JN247107

唐代伝奇を語る語り手

——物語の時間と空間——

葉山恭江著

汲古書院

序

葉山恭江さんは、二〇一三年一〇月末日、大東文化大学大学院文学研究科に博士号請求論文「唐代伝奇における語り――語り手と物語世界の関係」を提出し、二〇一四年三月に博士（中国学）の学位を取得した。本書はその学位論文をもとにして一書としたものである。

本書は、唐代伝奇と呼ばれる物語群の「語り」の特徴を明らかにすることを目的としている。基本的には「物語論」の方法を用い、出来事が起きた順序と物語が語られた順序はどのようになっているのか、語り手はどのような視点から、誰が見聞きし、また感じたことを語っているのか、語り手と語られた物語との関係はどのようになっているのかなどの点について検討を加え、唐代伝奇の「語り」の特徴を明らかにし、そこから個々の物語に新たな解釈をなそうとしたものである。

本書は、序論、第一部「理論篇」、第二部「実践篇」、「むすびにかえて」の四つの部分と、「付録」（唐代伝奇関係研究文献目録）で構成されている。

序論では、第一章「本研究の目的と方法」でまず、本書の研究の目的と方法を述べている。目的は、語り手と物語世界との関係を中心として検討することにより、唐代伝奇の語りの特徴を明らかにすることだとしている。また、その際に物語の形式、ことに「語り」の形式の在り方に着目して分析するという方法を用いるとしている。

第二章「日本における唐代伝奇研究の現状と課題」では、日本における唐代伝奇研究の現状と課題について整理し、本書を唐代伝奇研究史の中に明確に位置づけている。すなわち、本書は、作者の「創作意図」や作品の「主題」などを探求するという、これまで主流であった研究ではなく、「テクスト論」の流れの中にあると言う。しかし、それだけでなく、小南一郎氏の言う「時代の中で変化してゆくそれぞれの語彙の意味を正確に把握した上で、作品や作者を時代環境の中で理解する」（「中国古典文学研究の可能性——民衆文芸への視点——」（『東方学』一〇〇号、二〇〇〇年）という「中国古典学研究の王道」を継承するものでもあるとしている。そしてこの両者の立場は決して矛盾するものではないことを、小南氏やコンパニョン氏（中地義和・吉川一義訳『文学をめぐる理論と常識』岩波書店、二〇〇七年）の所説に基づいて説明している。第三章「本書の構成」では、本書の構成について簡潔に述べている。

第一部「理論篇」は三章から成っている。

第一章「物語論（ナラトロジー）の概説」は、本書で用いた研究方法「物語論（ナラトロジー）」について概説している。物語研究の方向は大きく分けて二つある。一つは物語の「内容」に基礎をおいたもので、もう一つは物語の「言説」に基づくものである。本書は後者に属するもので、主としてジェラール・ジュネットが『物語のディスクール——方法論の試み』（花輪光・和泉涼一訳。水声社　一九八五年）で示した方法を用いているが、この章では、その方法について簡潔に説明している。

第二章「唐代伝奇の語りの分類——語り手と物語世界の関係から——」では、魯迅の『唐宋伝奇集』

に収録された作品を、ジュネットの言う二組の分類基準（異質物語世界と等質物語世界、物語世界外と物語世界内）の組み合わせに基づいて、四つのタイプ（①異質物語世界外タイプ、②等質物語世界外タイプ、③異質物語世界内タイプ、④等質物語世界内タイプ）に分類している。

第三章「「謝小娥伝」の語り――語り手「私」と作中人物「私」の関係――」では、「謝小娥伝」を例に取り、物語と語り手の関係、語り手と作中人物「余」との関係、「余」とその他の作中人物との関係について論じ、「語り」の形式に着目して分析すると、物語をどのように新しく読むことができるのかという例を提示している。

「謝小娥伝」の語り手は基本的には「全知の視点」で物語を外側から語っているのであるが、語り手自身が物語に登場する場面があるだけでなく、先行研究で指摘されているように話の展開に無理のあるところがある。葉山さんは、このような点に検討を加え、語り手自身が物語に登場する場面としない場面とでは、語る速さや語り方に違いがあること、無理があるような展開によって場面の臨場感を増したり、物語として語られた内容の信憑性を高める効果をもたらしているという結論を導き出した。

このような結論は、これまでの方法では導き出し得なかったもので、この章は、第二部「実践篇」の検討で用いられる方法、すなわち、現代の西洋で考えられた物語研究方法が、東洋である中国の、しかも千二三百年前の物語を研究する上でも有効なものであることを具体的に示している。この章を「理論篇」の最後に設けたことで、本書は、全体として整合性を有した一篇の論考として周到に構成されたものとなっている。

第二部は「実践篇」と位置づけられ、やはり三章から成っている。

第一章「「古鏡記」の語り――語り手王度に語られた王度と王勣の物語――」は、「古鏡記」について検討している。「古鏡記」は、従来、古い鏡が引き起こしたさまざまな怪異な出来事を時系列に並べただけの単純な構成の物語だと考えられてきた。しかし、「語り手」という概念を用いて改めてこの物語を眺めてみると、語り手でもある王度自身の小話群の後半に、その弟の王勣だけが登場する小話群が含まれているという形式になっており、これまで言われていたような単純な構成ではないことが直ちに理解できる。

さらに、語りの順序、語り手と物語との関係という観点から詳細な検討を加えると、「一人称」の語りで語られる前半の王度の小話群の中に、一つだけ王勣しか登場しない「三人称」の語りの小話が挟み込まれていること、また、後半の王勣の旅物語は、旅から帰った王勣が王度に報告する言葉をそのまま引用するという形で語られていることなどが分かる。すなわち、「語り」の形式という角度から検討すると、一見シンプルな構成のように見えるこの物語は、実は、かなり複雑な構成となっていることが分かるのである。

葉山さんは、このような構成をさまざまな角度から分析検討した結果、王度は官職に就いていたが、それだけでは満足できないものを抱いていた。それは故郷に帰って隠遁したいという願望であった。物語では、その側面を弟に担わせ、そのような弟との対比によって、隋末の乱世にあって、隠棲志向を有しながらも政治の現場からは離れられなかった作中人物王度の精神が、そこに浮き彫りにされていると結論する。

このような結論は、これまでの研究者が想像もしなかったもので、この度の研究の独自性をはっきりと示すものとなっている。

第二章「「南柯太守伝」の時空と語りの枠――生き直しをさせられた夢――」では、「南柯太守伝」を扱っている。これは、「南柯の夢」ということばで有名な物語であるが、この章では、作中に描かれた時間の流れ、空間の構造、語りの形式などについて分析を加えている。作中人物淳于棼は、そのとき四十四歳であったにもかかわらず、夢の世界の大槐安国（実は蟻の世界）に入った直後に「少年」と呼ばれる。それはなぜなのか。また、淳于棼は夢から覚めた三年後に四十七歳で亡くなったのだが、それは、夢の世界にいたときに、死んだはずの父からの手紙で告げられた「三年後に会おう」ということばと符合していた。このことは何を意味するのか。この章では、語りの「枠」という概念を用いて物語を幾つかの層に分け、これらの疑問に検討を加えている。その結果、葉山さんは、淳于棼が現実と夢とを行き来する過程で、二度に亙って時間を遡っていることを「発見」した。

このこと自体これまで誰にも気付かれなかったことであるが、この章で検討されているのはそれだけに留まっていない。このような「発見」を通して、この物語は、現実世界で自由気ままに生きていた淳于棼が、死んだはずの父によって、夢の中で「士」としての人生を改めて生き直させられた物語であるという斬新な解釈を導き出したのである。これも、これまで誰も思いつかなかったもので、その研究の独自性を示すものと言える。

第三章「「南柯太守伝」に含まれる二つの焦点化――物語に介入する語り手――」は、前章に引き続いて「南柯太守伝」について論じたものである。前章では、「南柯太守伝」は、淳于棼が夢の中で生き直させられた物語として読み得るという新解釈を示したが、そうした解釈と、「政治批判」や「世相批判」の物語とする従来の解釈とはどのような関係にあるのか。第三章では、この問題を明らかにするために、「語り手」は、誰の視点から見て、どのように語っているのかという点からこの物語に検討を加えている。その結果、物語に登場しない語り手が、作中人物である大槐安国の国王（蟻の王様）および淳于棼の二人の視点を借りて、彼らの心情に重ねて語り手自身の感慨を語ることで、「政治批判」や「世相批判」の物語と、「淳于棼の生き直し」の物語とを繋ぎ合わせて、一つの物語として構成していると結論した。

この結論もきわめて斬新なものであるが、決して奇矯なものではない。その論証には説得力があり、これまで気付かれてこなかったこの物語の特徴を明らかにしている。

本書の評価すべき点は次の七点にまとめることができる。

一、当該分野の研究史における位置づけが明瞭であり、当該分野の研究の発展に貢献していること

葉山さんは、序論の第一章において、日本における唐代伝奇研究史全体を概観し本書をその中に明確に位置付けると同時に、このたびの自身の研究は、これまで主流であった作者の「創作意図」や作品の「主題」などを探求するものではなく、必ずしも主流ではなかった「テクスト論」の立場に立っていることを明言している。また小南氏のいわゆる「中国古典学研究の王道」を継

承するものでもあるとしている。その立場からなされた本書は、これまでにはなかった新たな成果をもたらしており、唐代伝奇研究の発展に貢献していると言える。

二、研究目的が明瞭で、妥当であること

序章において、自らの研究目的は、唐代伝奇の「語り」の特徴を解明することだと述べ、第一部、第二部のすべて章において、一貫してそのことを踏まえて論を展開し、斬新な結論に達している。このことは、序章で設定された研究目的が妥当なものであったことを示している。

三、研究方法に独自性があること

葉山さんの用いた研究方法は、すでに述べたように、「テクスト論」と「中国古典学研究の王道」を融合させたもので、そのような方法を自覚的に用いた研究は、これまでにはなかった独自のものであると言いうる。

四、論旨が明瞭で、論に一貫性があり、体系的に構成されていること

本書は、すでに述べてきたことから明らかなように、論旨が明瞭で、論の展開に一貫性があり、かつ全体は体系的に構成されている。

五、斬新な解釈を提示し、その論証には説得力があること

本書のそれぞれの章で導き出された結論はいずれも斬新なものであるが、そこに至る論証は原文に即しつつ論理的になされたもので、説得力がある。

六、中国古典文言小説のテクスト論的研究を進展させるものであること

本書で行った研究方法は、西洋文学や日本文学の研究ではすでに盛んになされてきたことで、必ずしも目新しいものではない。しかし、中国の、しかも古典文学の分野では、葉山さんが参考として用いた中里見敬氏の論考（『中国小説の物語論的研究』汲古書院　一九九六年）が先駆的な役割を果たしていることを除けば、ほとんど行われてこなかった。その意味では、本書に結実した一連の研究は、中里見氏が切り拓いた中国古典のテクスト論的研究を進展させたものであったと評価することができる。

七、真摯な態度で、緻密な読みと着実な検討を重ねたものであること

葉山さんは、大学院進学以来、原文を正確に読解する訓練を真摯な態度で粘り強く重ねてきたが、本書においても原文読解の誤りはほとんど認められない。また、そのような読解を基礎にして、一つ一つの研究課題に対して着実な検討を加え、斬新な結論を導き出している。

本書に示されたこの度の研究には、これといった欠点は認められない。ここでは、今後、期待することを二点述べておきたい。

一、六朝志怪の「語り」の特徴を検討すること

本書は唐代伝奇に限定したものであったが、唐代伝奇の前には六朝志怪という数多くの説話群が存在する。唐代伝奇の多くはこれらを踏まえてなされている。したがって、六朝志怪の「語り」の特徴を明らかにすることは、唐代伝奇のそれのさらなる解明に有効に作用することとなるはずである。

二、研究範囲を広げること

本書では検討の対象を魯迅の編纂した『唐宋伝奇集』に収録されたものに限定していたが、その研究範囲を『太平広記』『太平御覧』などに収められたものに広げ、さらには唐代・宋代の文章家の物語的な作品なども視野に納めて研究を進めていくことを望みたい。

以上、今後の研究に期待することについて述べたが、本書で示された研究実績からすれば、それは必ずや果たされるものと信ずる。葉山さんには、今後も研究を継続し、より大きな成果をもたらすよう望みたい。

二〇一六年八月十五日

門脇廣文

目　次

第一部　理論篇

唐代伝奇を語る語り手

――物語の時間と空間――

序論

第一章　本研究の目的と方法

本研究は、唐代伝奇について、「物語」の語り手と物語世界の関係を中心として検討することにより、唐代伝奇の語りの特徴を明らかにしようとするものである。

中国文学史において、六朝志怪が事実を記録したものとされるのとは異なり、唐代伝奇は、作者が何らかの創作意図をもって書いた作品群として位置づけられている。そのため、従来の日本の唐代伝奇研究では、書かれた「内容」が何であるかを読み取ることによって、「創作の意図」や作品の「主題」を考えるという研究が多くなされてきた。これについては次章で詳しく述べる。

一方で、唐代伝奇の表現の「形式」がどのようであるかという面から検討した研究もあるが、その数は必ずしも多くない。「形式」に言及した研究としては、内山知也氏や尾崎裕氏のものを挙げることができる。内山氏は『隋唐小説研究』(1)で、唐代伝奇の作品は散文で書かれているだけでなく、詩が含まれたり、状文、詔勅文などの多様な文体を組み合わせて成り立っていることを指摘している。また、尾崎裕氏は「「枕中記」と「南柯太守伝」――その「枠」を手がかりに」(2)で、「枠」という考え方を用い、その「枠」が物語をどのように成り立たせているかを検討している。

また、中国では、唐代伝奇の「形式」に関する研究のなかに、「叙事学」という文学批評理論を用いた研究がある。江守義氏『唐伝奇叙事』(3)や、劉俐俐氏「唐伝奇《古鏡記》的叙事学分析」、周承銘氏「《古岳瀆経》新解」(4)は、その例である。しかし、その分析の結果として、唐代伝奇は一三〇〇年以上も前に書かれた作品だが、西欧の近現代文学を検討する方法として始まった「叙事学」による分析に堪えうるほどの技法を含んでいることが裏付けられたというような無意味な価値判断を下すことに終わってしまうこともあった。[5]

本研究では、唐代伝奇の「形式」を検討するに際して、主にいわゆる「物語論（narratology）」を検討の方法として用いる。「物語論」とは、テクストの構造を読み解くことをめざす構造主義の流れをくむ文学理論であり、中国では「叙事学」と呼ばれているものである。本書では特に、ジェラール・ジュネット『物語のディスクール』[6]および『物語の詩学――続・物語のディスクール』[7]に示された「物語の言説の研究」のことを「物語論」と呼ぶことにする。

ジュネットの言う「物語」とは、「語られたものであると書かれたものであるとを問わず、一つあるいは一連の出来事の報告を引き受ける言説（ディスクール）そのもの」[8]である。したがって、唐代伝奇とよばれている数々の話は、それぞれ「物語」だと考えることができる。その「物語」が提示されるのには、何者かが語るという行為すなわち「語り」が欠かせない。また、「物語」を成り立たせる要素には、何が書かれているかという「内容」の側面と、どのように書かれているかという「形式」の側面がある。本研究では、唐代伝奇の「形式」を検討することから始めて「形式」の分類にとどまらず、「形式」から「内容」の読み取りへと検討を進めることにより、新たな作品解釈を示したい。

「物語論」を中国文学研究に用いた日本での先行研究として、まず中里見敬氏『中国小説の物語論的研究』[9]を挙げることができる。そのほか、近代小説を対象とした平井博氏[10]、景慧氏[11]、津守陽氏[12]らの研究がある。しかし、唐代伝奇を本格的に検討したものは、本書が日本においては初めてのものである。

本書は、唐代伝奇の検討に際して、特に次の三点から論じている。

①ストーリー（できごとが起こった順序）とプロット（できごとが語られる順序）の問題

②物語に語られたそのできごとを見ているのは誰かといういわゆる「視点」の問題

③物語を語る「語り手」の問題

である。この詳細は、第一部第一章に述べている。

唐代伝奇では、その語られたできごとが伝えられた経緯が、物語の初めや終わりに語り手によって語られる場合がある。「古鏡記」や「謝小娥伝」「南柯太守伝」はその例である。一般に「古鏡記」「謝小娥伝」は「一人称」の物語で、「南柯太守伝」は「三人称」の物語であると考えられている。しかし筆者は、語り手がどのような位置から、誰が体験した物事を、どのように語っているかを検討することで、「一人称」「三人称」という区分では分析できない唐代伝奇の語りの形式の特徴や、物語の内容を明らかにし、作品の新たな解釈を提示できるものと考えている。

注

(1) 内山知也『隋唐小説研究』木耳社、一九七七年。
(2) 尾崎裕「「枕中記」と「南柯太守伝」――その《枠》を手がかりに――」『学林』第三三号、二〇〇一年。
(3) 江守義『唐伝奇叙事』安徽人民出版社、二〇〇六年。
(4) 周承銘「《古岳瀆経》新解」『遵義師範学院学報』、第一四巻第六期、二〇一二年。
(5) 劉俐俐「唐伝奇《古鏡記》的叙事学分析」『蘭州大学学報』、社会科学版、第三七巻第四期、二〇〇九年、一一五頁。「譲人称奇的是、中国唐伝奇作家早在一三〇〇多年前就以如此豊富的叙述技巧印証了西方叙事学的諸多思想。」
(6) ジェラール・ジュネット著、花輪光、和泉涼一訳『物語のディスクール――方法論の試み』水声社、一九八五年。
(7) ジェラール・ジュネット著、和泉涼一、神郡悦子訳『物語の詩学――続・物語のディスクール』書肆風の薔薇、一九八五年。
(8) ジェラール・ジュネット著、花輪光、和泉涼一訳『物語のディスクール――方法論の試み』水声社、一九八五年。

(9)　中里見敬『中国小説の物語論的研究』汲古書院、一九九六年。
(10)　平井博「叙法から見た魯迅の一人称小説――唐代伝奇、晩清小説と対比しつつ――」『人民文学報』二七三―三、一九九六年。
(11)　景慧「魯迅の小説「傷逝」について――物語論からの一考察」『中国』二〇、二〇〇五年。
(12)　津守陽「「郷土」をめぐる時間形式――沈従文と「不変の静かな郷村」像」『日本中国学会報』六一、二〇〇九年。

第二章　日本における唐代伝奇研究の現状と課題

はじめに

この章では、「主題」や「意図」という術語に着目することによって、日本における唐代伝奇研究の歴史を概観しておきたい。

その前にまず、「伝奇」とは何かについて、ごく簡単に触れておきたい。「伝奇」という呼称の由来は、晩唐の裴鉶が編んだ『伝奇』によるとされる説や、晩唐の陳翰『異聞集』に「鶯鶯伝」が採録された時の題が「伝奇」であることによるなどの説があり、[1]「伝奇」と呼ばれる作品の範囲も様々である。[2]本書では内田泉之助氏・乾一夫氏にならって「唐人文人の創作した文語体の短編小説の作品群[3]」を「伝奇」と称することとする。それらの作品群は『太平広記』『太平御覧』『文苑英華』などに収められて現在に伝わっている。

前野直彬氏編の『中国文学史』（一九七五年）において、竹田晃氏は、唐代の伝奇について次のような見方を示している。まず六朝の「志怪は虚構ではなく、あくまで事実（と信じられていたこと）の記録[4]」であり、

伝奇とは「奇を伝える」という意味で、六朝の志怪同様、超自然的な現象や、常識の届かぬ奇怪なできごとを素材とする話である。しかし、唐代の伝奇は、個人の創意によって構成された虚構のなかに、作者の人生観、あるいは世界観が展開されるという点で、素朴な記録性を特徴とする六朝志怪とは大きく異なる。伝奇は、物語であ

り、ロマンであり、今日われわれが普通に言う〈小説〉のイメージにきわめて近いジャンルとしてその華を咲かせた。[5]

と。竹田氏は『中国小説史入門』(二〇〇二年)においても同様の見解を示している。[6]

ここに見られるように、唐代伝奇が「個人の創意によって構成された虚構」であるという見方は、戦後日本の唐代伝奇研究における共通認識と言ってよいであろう。そうした見解に基づいて、唐代伝奇の研究に際しては、従来しばしば「作者の意図」や「創作の意図」「主題」「テーマ」などが主要な研究目的として論じられてきた。そうした研究の多くは、作品とは作者がなんらかの「創作意図」を持って作ったものであり、作品にはその「創作意図」に基づいた主題が込められていると考えるいわゆる「作品論」の立場から論じられたものであったと言える。

これに対して、ロラン・バルトが一九六八年に提示した「作者の死」[7]以降、文学作品は作者から解放され、読者は、作者が設けたとされてきた「主題」や「意図」から離れたテクストとして読むことができるようになった。これが、いわゆる「テクスト論」の立場であり、読者がどのように解釈するかという方面から作品を論じるものである。ただ、アントワーヌ・コンパニョン氏[8]が言うように、たとえ作者を排除したとしてもなお一定の「意図」はどんな文学テクストにも想定されていると言えよう。

これまでの唐代伝奇研究の論著において、しばしば目にする「意図」や「主題」という術語は、それが研究の目的として最終的に求められるべき最も重要なものであるにもかかわらず、「意図」や「主題」という術語がどのようなことを意味しており、どのような背景をもって用いられているのかは必ずしも明確ではなかった。さらに、そのこと自体を論じた論考も、管見のおよぶ限り皆無である。そこで、本章では、「主題」や「意図」という術語に着目して、日本における唐代伝奇研究の歴史を概観しておきたい。

第一節　唐代伝奇研究史（一九四六〜二〇一四年）の概括

ここでは、次の三点、（一）一九四六年から二〇一四年までの論文の数の推移、（二）研究内容の分類、（三）文学研究の方法と立場について論じる。

（一）論文数

日本において、唐代伝奇が文学史の項目として立てられたのは、一九一九年の塩谷温氏『支那文学概論講話』が古く、その「第六章小説」に「唐代小説」の節を置いている。[9] しかし、唐代伝奇の作品に関する研究成果が続々と発表されてくるのは戦後になってからのことである。[10]

『中国文学研究文献要覧・古典文学』や『東洋学文献類目』、国立情報学研究所論文情報ナビゲータ（CiNii）のデータ検索など[11]によると、一九四六年から二〇一四年までに発表された唐代伝奇にかかわる（訳注や書評を含む）研究論文は、全部で六百五十八本である。これを十年ごとにまとめて示すと次の通りになる。

一九五〇年以前	十一本	五名
一九五一〜六〇年	六十三本	三十四名
一九六一〜七〇年	六十一本	三十三名
一九七一〜八〇年	六十四本	四十名
一九八一〜九〇年	八十本	四十一名

一九九一～二〇〇〇年　百七十四本　百二名
二〇〇一～二〇一〇年　百六十四本　百一名
二〇一一～二〇一四年　四十一本　十七名

一見して分かるように、一九九一～二〇〇〇年の十年間は論文の数が目立って増加しており、その前の十年間の二・二倍の論文数になっている。また、一九九一～二〇〇〇年の該当論文執筆者は約一〇〇名で、人数もその前の十年間の二・五倍に増えている。したがって、論文数は執筆者の増加に伴って増えたものと推測される。この現象は、一九九〇年代に大学院生の人数がそれまでの約二倍に増えたことと関係があるかもしれない[12]。

（二）研究内容の分類

ここでは、唐代伝奇に関する論文をその内容面から概括するために、次のように大きく九つに分類したい。

①時代背景（政治・儒教・道教・仏教）の研究
ア、作品の時代背景から作品にアプローチする（藩鎮政治、作者の人生など）
イ、伝奇を材料とする社会史・文化史の研究
②モチーフあるいはその系譜の研究
（狐妖、白猿、竜、槐樹、女性、恋愛、義侠など）
③テキスト分析
ア、作品の構造（形式中心）
イ、作品の主題（内容中心）

ウ、語彙や文法の分析

④伝奇と韻文

ア、作品内に含まれる韻文と物語の関係

イ、同じ題材を扱った伝奇と韻文の比較

⑤伝奇の成立（温巻・行巻、文壇、氏族の伝承、民間の語り物）

⑥中国小説史（志怪→伝奇→戯曲・白話小説）

⑦『太平広記』の訳注

⑧版本（『遊仙窟』や『太平広記』）

⑨日本文学への影響研究

ア、鶯鶯伝・任氏伝・遊仙窟→源氏物語など平安期の文学

イ、人虎伝・杜子春伝→明治期の文学

ウ、訓読

以上の分類に従い、二〇〇一年～二〇一〇年の論文百六十四本を分類すると、次頁のグラフのようになる。なお、論文によっては分類の複数項目に該当する場合もあるが、論文のタイトルおよび内容から、その論文が主に扱っていると考えられる項目に各一回のみ数えている。

その結果、[13]数が比較的多いのは、⑦『太平広記』の訳注や⑨日本文学への影響研究である。『太平広記』の訳注はこの十年間で盛んに行われており、広島大学（夜叉、幻術、神部など）や立命館大学（夢部）、熊本大学（竜部）から継続して公表されている。また、日本文学への影響の研究も、平安期の作品への影響を考察するものを中心として増加

唐代伝奇研究論文の傾向（2001－2010）
全164本

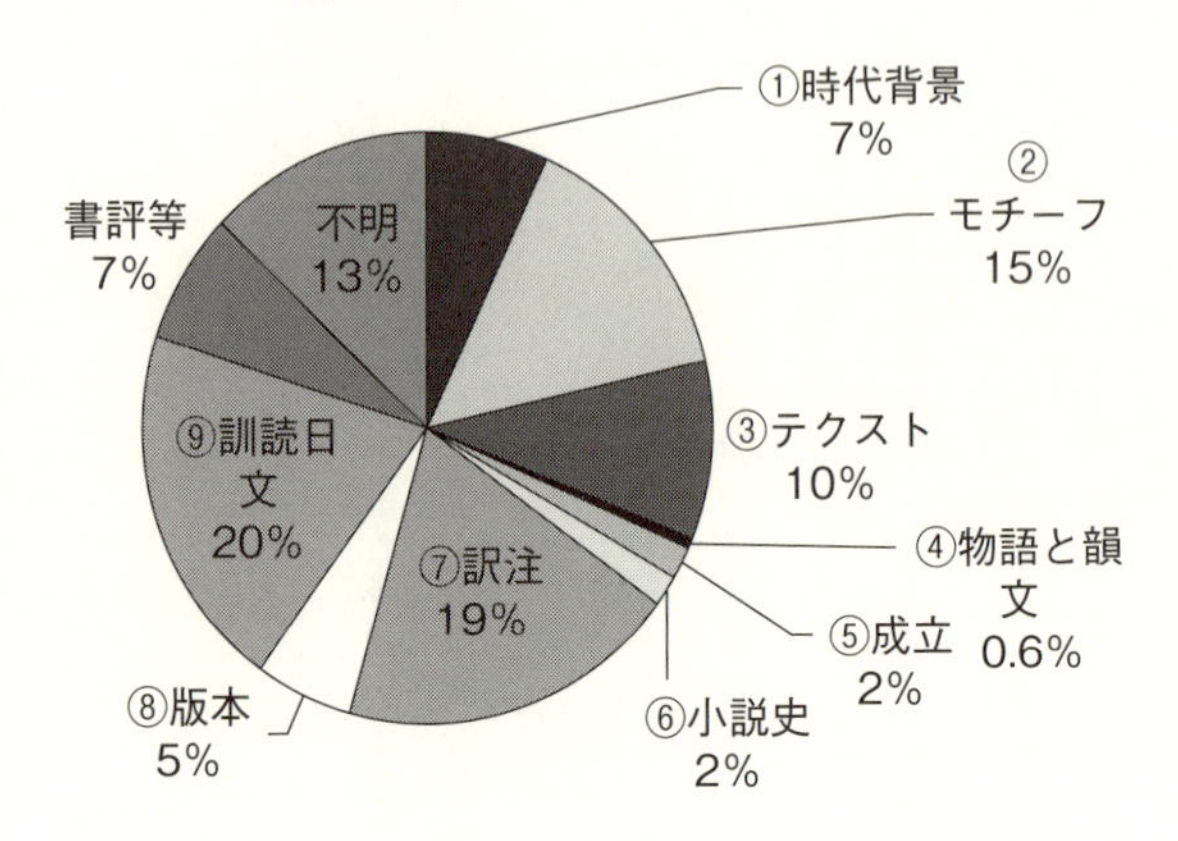

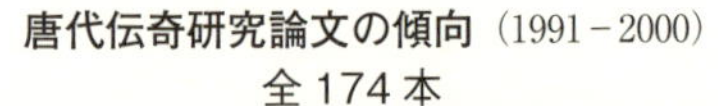

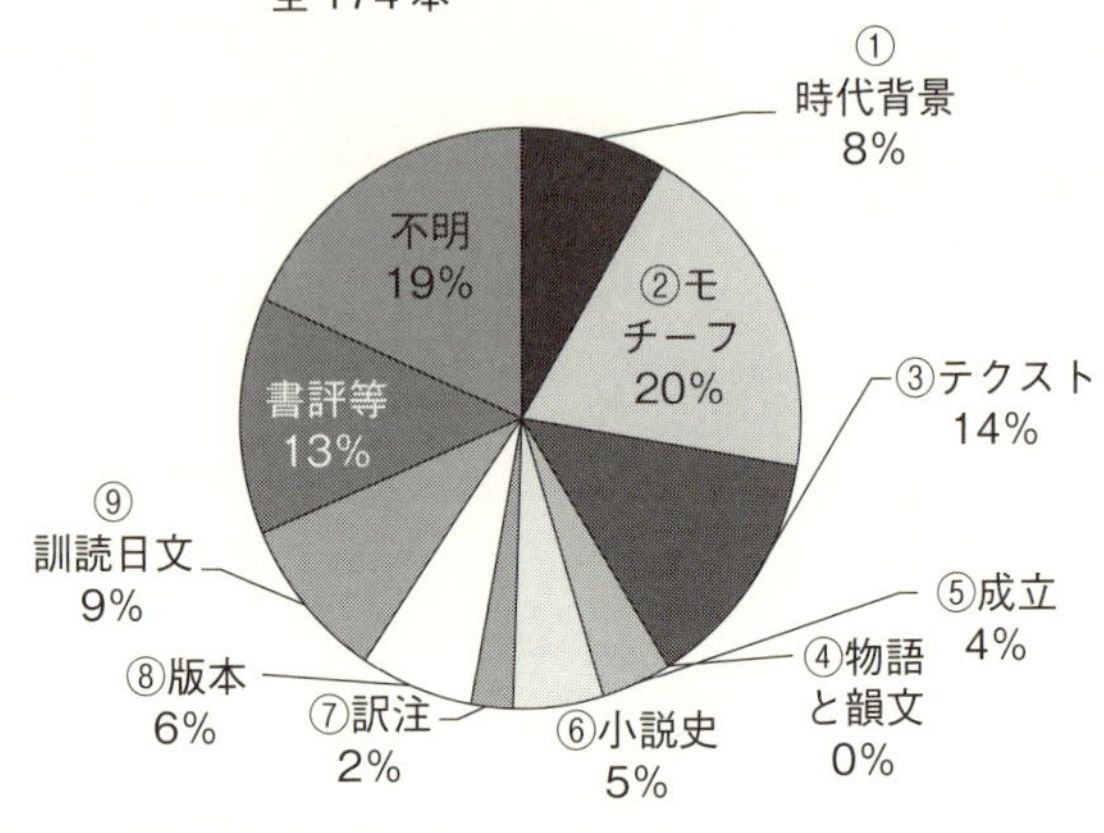

の傾向にある。この二分野が増えた分を差し引いた場合、他の分野の占める比率は、その前の十年間と比べて大きな変化はみられない。

（三）文学研究の方法と立場

前節にまとめたように、唐代伝奇に関する研究内容は多岐にわたっている。また、時代とともに研究の方法にも変遷があると推測され、その変遷には、研究者が生きている時代の思想風潮が影響していると考えられる。
　そこで、一つの例として日本近代文学研究の時代的変遷を紹介し、唐代伝奇研究の場合と比較したい。
石原千秋氏は「文学研究の現在――近代文学研究とパラダイムチェンジ」[14]（二〇〇七年）と題する講演録において、戦後の近代日本文学研究に関する次のような見取り図を示している。（引用にあたり一部省略した。）

〜一九六〇年代　作家論――（近代的自我／あるいは美の体現者としての作家）
〜一九七〇年代　作品論――（作者の意図を作品等から読む）
〜一九八〇年代　テクスト論[15]（作者の死・「方法」ではなく「立場」）
　　　　　　　　構造主義　○物語論　①物語言説と物語内容
　　　　　　　　　　　　　　　　　　②語り手という語る主体
　　　　　　　読者論　○身体論――意識（主体）と無意識（肉体）がまじり合う場↑フロイト
　　　　　　　　　　　○都市論――人間と都市の反転↑マルクス
〜一九九〇年代　ポスト構造主義――（主体の複数性）
一九九〇年代〜　カルチュラル・スタディーズ
二〇〇〇年代　ポスト・コロニアリズム
　　　　　　宗教へ？

　石原氏は、七〇年代には「作品論」に立脚した研究が行われていたことや、八〇年代に「テクスト論」が流行したことを指摘している。そして、七〇年代の作品論の特徴を、「作家論の尾っぽがまだあって、作品から『作者の意図』を読み込むというやり方がなされていた」としている。[16]一方、八〇年代の「テクスト論」とは、「作者の意図」

は作品から読み取ることはできない、したがって作者に言及することはやめようという「立場」であると述べている。

研究におけるこうした変化は、実は日本近代文学の研究に限定した話ではなく、日本古典文学の研究においても同様であった。そのことは、上原作和氏・陣野英則氏編『「主題」論の過去と現在』（テーマで読む源氏物語論1、勉誠出版、二〇〇八年）に、『源氏物語』の「主題」を導き出す論考の変遷をたどる過程で明らかにされている。また、中国古典文学の研究においても、「作品論」から「テクスト論」へという流れの影響がなかったわけではない。小南一郎氏が『東方学』百号（二〇〇〇年）において中国古典文学研究の概括と展望を行った文章(17)に、次のようにあるのはそのことを示している。

一九七〇年代から八〇年代にかけての時期、西欧の文学理論の影響を受けて展開されたテキスト論は、中国古典文学研究の分野においても、表面的には華々しく受容されるといった様子は見えなかったが、それ以後の、我々の作品理解に相当に大きな影響をおよぼしている。現在にあって、敗戦直後の中国文学論を読むとき、いかにもナイーブな文学理解だと感じるのは、やはり我々がテキスト論の洗礼をくぐり抜けてきたあとに位置しているからであるにちがいない。

もっとも、小南氏は、「テキスト論（テクスト論）」は中国古典文学研究の分野においては「華々しく受容されるといった様子は見えなかった」が、「我々の作品理解に相当に大きな影響をおよぼしている」と述べている。この「テクスト論」がもたらした中国古典文学研究への影響については、本章第三節にあらためて検討を行うが、「テクスト論」の立場の研究者が目指してきたことは、先行する「作品論」で前提としていた、作者が作品に込めたとされる「作者の意図」を読み取ることから脱却を図ることである。このことは改めて言うまでもないだろう。

ただ、唐代伝奇研究の論著には、「作者の意図」や、「創作の意図」「主題」「テーマ」、それに類似することばを、現在においても目にすることは少なくない。そこで次節では、それらがどんな意味で用いられ、どのような考え方を背景に持っているかを、唐代伝奇研究の先行研究を概括することによって考えてみたい。

第二節　唐代伝奇研究と「創作の意図」あるいは「主題」

この節では、「創作の意図」や「主題」とは何かを考えるために、それらに言及している唐代伝奇に関する次の論著を年代を追って検討したい。

①乾一夫氏「補紅総白猿伝論――その創作動機・目的論をめぐる管見」『國學院雜誌』七一―九、一九七〇年
②内山知也氏『隋唐小説研究』木耳社、一九七七年
③近藤春雄氏『唐代小説の研究』笠間書院、一九七八年
④内山知也氏「鶯々伝の構造と主題について」『日本中国学会報』四二、一九九〇年
⑤富永一登氏「唐代伝奇『魚服記』の創作意図――唐代小説の娯楽性の視点から」『学大国文』、一九九五年
⑥富永一登氏「唐代小説の創作意図――『杜子春』を中心として」松本肇・川合康三編『中唐文学の視角』、創文社、一九九八年
⑦岡本不二明氏『唐宋の小説と社会』汲古書院、二〇〇三年
⑧赤井益久氏「「杜子春伝」臆説」『中国古典研究』五三号、二〇〇八年

（一）　一九七〇年代

一九七〇年代の論著として、乾一夫氏、内山知也氏、近藤春雄氏のものを挙げて、検討を行う。

①乾一夫氏「補紅総白猿伝論[18]——その創作動機・目的論をめぐる管見」『國學院雑誌』七一—九、一九七〇年

乾氏はこの論文で、「補江総白猿伝」の製作時期については初唐説と中唐以後説があるが、原形は民間説話にあり、初唐後半から盛唐の間に語られた原形から文字化され、その結果、現在のような体をなしたと推察している。

氏は、このような結論を導く過程で、この作品の「製作目的」が重要なポイントであるとしている。それを作品から読み取ることができると乾氏が考えていたことは次の文から分かる。（傍線は引用者による。以下同。）

もし欧陽詢を悪む者が彼を誹謗し嘲笑する目的で作ったものならば、いかに中国人がその手段、手法に巧であるとはいえ、そうした口吻が文字の表面に現われてしかるべきであり、またそうでなければ意味をなさない。しかるに、筆者の観察眼による限り、事実は全くその逆である。小説のしめくくりとして最も重要と目される篇末にみられる「（詢は）長ずるに及んで果たして学を文り書を善くし、名を時に知らる。」という語は、……その不世出の才能——欧陽詢の天才ぶり——を賛美し、時に著名な人物であったことを喧伝する目的の措辞だとみるべきである。（一六頁）

「補紅総白猿伝」の作者は明らかではないが、乾氏はある特定の作者を想定し、その作者が「その（引用者注：欧陽詢の）不世出の才能——欧陽詢の天才ぶり——を賛美し、時に著名な人物であったことを喧伝する目的」を持って「製作」または「創作」したと述べている。

別の部分には「意図」という語も数回用いている。「この小説の意図はというに、それは決して……侮蔑の意志に

出るものではなく、広く説話世界にみられる始祖誕生型のモチーフを踏襲するもの」（一七頁）や、「補江総白猿伝」の「製作意図も当然説話的世界内の意志として把握されなければならぬ」（二一頁）がそれである。これらの「意図」や「製作意図」は、他で繰り返し用いている「目的」や「製作目的」と同義で用いていると認められ、乾氏の言う「目的」「意図」とは、作者が何のために作品を書いたのかという意味だと理解できる。

②内山知也氏『隋唐小説研究』木耳社、一九七七年

内山氏は、各作品の「主題」は、作品の成立背景や受容史、ストーリーや登場人物の形象など、さまざまな観点から見い出し得るものと考えている。

たとえば、「補江総白猿伝」を扱った節での「主題について」の項の書き出しは次のように始まる。

> 「補江総白猿伝」のテーマは一体何だろう。もしこの答が明快に導き出せるならば、初唐説と中唐説の見解のくいちがいの大半は解消したにちがいない。（一五八頁）

まずこの一文から、内山氏がこの節の見出しに用いた「主題」という語と「テーマ」という語を同義に用いていることが分かる。そして「初唐説と中唐説の見解のくいちがい」とは、氏が前節までに論じた「補江総白猿伝」の成立年代をめぐる考察を指している。つまり、主題が何かを導き出すことにより、成立年代の推定にフィードバックできるという考え方である。

こうした考え方は、先に紹介した乾一夫氏が、「製作目的」は製作時期を推定する際に重要であることを述べているのと共通する点がある。しかし、「製作目的」という語が明らかに作者を意識しているのと比べると、内山氏のここで言う「主題」「テーマ」は、作品に表現された内容を後世の人々がどのように受け取ったかという受け手の受容のあり方と関係していると読み取れる。それは、前の引用部に続く次の文章からうかがうことができる。

「補江総白猿伝」のテーマは宋代知識人や以後の文学史家には欧陽詢の嘲笑として受けとられ、説話人たちを通して庶民の耳目には怪猿退治として受けとられていたのである。（一五九頁）

氏はこのように、「テーマ」に関する二つの受容の在り方、すなわち宋代知識人や以後の文学史家による受容と、庶民による受容の在り方を紹介している。そして、「宋のころから「補江総白猿伝」のテーマについては二つの違った解釈のしかたがあったものと考える」（同前）と言い、受け手の違いによって受け取るテーマが違うことがあると述べている。

さらに、内山氏は「補江総白猿伝」が、怪猿退治の物語素材として後世に影響を及ぼしたことを重く見ており、この項の結論部分では次のように言っている。

「補江総白猿伝」の欧陽紇の妻がもし貞操を守っていたら（引用者注：そうであれば白猿と欧陽紇の妻との間に子の欧陽詢は生まれないので）、この物語はたいへん変わってきたであろう。だからこの物語では、やはり古い説話に従って、欧陽詢という傑出した人物が生まれるというところに焦点があてられていると考えるのが至当であろう。（同前）

ここに、物語のストーリーが変われば物語のなかで焦点があてられる部分も変わるという考えが示されていることから、内山氏が、物語の内容は「テーマ」と密接に関係していると考えていることが理解できる。

また、「李娃伝」に関して述べた節の「（c）登場人物と主題について」では、登場人物の形象や言動が主題と関係することを次のように述べている。(19)

さて、この作品の主題であるが、行簡（引用者注：「李娃伝」の作者白行簡）は自分の意図を率直に述べている。すなわち、「ああ、倡蕩の姫にして節行かくの如し。古先の烈女と雖も、踰ゆること能はざるなり。いずくんぞこれがために歎息せざるを得んや。」というように、遊女の節行に対する感動共感である。……行簡が真に訴えたかったことは、これら無償なる愛の営為のすばらしさ、青春の若者のみが為しうる生命を賭けた愛の行為ではなかったろうか。（四八七頁）

つまり、白行簡が「真に訴えたかったこと」は、「李娃伝」の作中に作者自身が述べた文から「意図」を読み取り、そこから推察できるものであり、それがこの物語の「主題」だということのようである。

もうひとつ、「テーマ」「主題」と関係が深いことばに、「モチーフ」がある。「霍小玉伝」の項で、内山氏は、その物語の「モチーフ」に言及して、

こういう（引用者注：「霍小玉伝」の李益が心疾に悩まされていたという）事実、あるいは伝聞によって、李益の心疾は、彼の若い時、彼が棄てた遊女霍小玉の呪詛によってもたらされたものである、というのがこの物語のモチーフなのである。（四二八頁）

と述べる。この「モチーフ」は、物語の中で霍小玉が李益を怨みながら死ぬ場面のせりふから導かれたものである。(20) 氏によれば、このような「モチーフ」とは別に「主題」があり、そのことを次のように述べる。

現世での夫婦のきずなを永遠に強く持続したいという願いと、……かつての愛の誓いを忘却しようとする（男ばかりでなく女も）現実との相克を主題としている。（四四四頁）

この「主題」は、内山氏が「霍小玉伝」と類話のプロットとの比較検討をした結果として導き出したものである。

以上のように、内山氏の言う「主題」とは、作品に書かれた内容や作品の書かれた背景などから読み取ったことを考察した結果として導き出したものと言える。

③近藤春雄氏『唐代小説の研究』笠間書院、一九七八年

近藤氏は、伝奇にあって「奇は一に現実をえがくための工夫」で、「奇そのものは目的ではない」（四二頁）という考えを示している。そして、「奇」に工夫した理由は、「奇」で人々を喜ばせ、伝奇に本来ある「何かを言おうとする意図」を伝わり易くし、表現の自由を取り、才を競ったからだと言う。[21] 伝奇に本来ある「何かを言おうとする意図」の中身については、諷喩することや作者自身の名を知らしめることなどを、作品に即した具体例として挙げている。

また近藤氏はこの書で「主題」という語は用いていないが、「テーマ」は一度だけ用いている。「柳氏伝」について、「文にしたのには意図があり、その諷喩にあったことが考えられる」（二三九頁）とまず述べ、その根拠としては「柳氏伝」本文の一節を引いて考察している。それに続けて「こう（引用者注：「柳氏伝」が天子への諷喩をこめたものであり、またこの作によって許堯佐自身が認められようとしたと）考えれば、この作は表面、韓翃・柳氏の愛情をテーマとした作品のようでも、じつは意図するところの大きな作品であった」（二四一頁）と言う。ここでの「テーマ」の意味は「主題」というよりは、先の内山氏の用語を用いて言うとすれば「モチーフ」の意味だと考えられる。

こうしてみると、近藤氏の用いる「意図」ということばの意味は、創作にあたっての作者の思いや、作者が作品を作るにいたった理由といった意味である。したがって、他で用いている「目的」や「由来」という語に近いと言える。

たとえば、「謝小娥伝」の作られた「目的」[22]について近藤氏は次のように述べる。

これが作られたのには、一つの目的があった。それは小娥の貞節を風教に益ありとして旌美するにあった。そのことは作者自ら「善を知りて録せざるは春秋の義に非ず。故に伝を作りて以て之を旌美す」と言っているのからも、また「……女子の行は唯だ貞と節と能く終始之を全うするのみ。小娥の如きは以て天下の道に逆ひ常を乱すの心を儆むるに足る」という君子の言を引いているのからも知られる。（三三〇頁）

また「無双伝」の作られた「由来」[23]については次のように言う。

この作のつづられた由来は、篇末に

賛に曰く、……嘗に謂へらく、古今無き所なりと。無双は乱世に遭ひて籍没し、而して仙客の志、死するも奪はれず。卒に古生の奇法に遇ひて之を取る……何ぞ其の異なるや。

とあるのからは、仙客・無双の数奇の会合を異として、それを伝えることにあったといえる（二三四頁）

この二つの文章における「目的」や「由来」は、先に引用した文章における「意図」と異なるところはなく、氏の言う「目的」「由来」とは、作者が作品を作るにいたった理由という意味だと言える。

以上のことから、近藤氏は、伝奇が作られた「目的」や「由来」は、伝奇の本文に書かれたことから読み取り得るものであると考えていたこと、「意図」についても同様に考えていたことが理解できる。

（二）一九八〇年代

一九八〇年代の論著としては、内山知也氏の論文を挙げることができる。

④内山知也氏「鶯々伝の構造と主題について」『日本中国学会報』四二、一九九〇年

内山氏は「一　旧説とそれに対する批判」で、まず、小説理解のための三方面からのアプローチ方法を提示する。それは「第一に伝記的事実よりの研究、第二に倫理的観点よりの研究、第三に作品に内在する諸問題の研究である」（一五六頁）と述べ、この観点にそって「鶯鶯伝」に関する先行研究を整理している。それに続けて、氏は「長年「鶯々伝」を繰り返し読みながら、これら多くの障害を克服し、作者の意図を正しく把握する方法を考えあぐんで来たが、漸く私なりの推論を得た」（一五八頁）と述べる。

内山氏は先の『隋唐小説研究』で、「主題」「テーマ」は、作品に表現された内容との関係や、後世の受容のあり方

などから導かれるという見方を示していた。そして、この「鶯々伝」の論文でもやはり同様に考えていることが結論部「五　主題について」から分かる。

以上に述べたように、「鶯々伝」は元稹の私小説ではなく、若い科挙受験生に対する訓戒の意図を蔵した小説であって、その物語構成は、主題にも直接関係する受験生活における禁欲とその破棄の構造、好色論と「自献」の矛盾構造、「補過」の構造の三本柱によって組み立てられていると言えよう。（一六六頁）

ここで、この作品は「禁欲とその破棄の構造」「好色論と「自献」の矛盾構造」「「補過」の構造」という三つの構造が三本柱になっており、それが「主題にも直接関係する」と述べていることから考えれば、「主題」もこの三本柱から組み上がったものということであろう。また、内山氏の言う「意図」とは誰の意図かといえば、他の部分で「元稹の著作意図も小説本文にはそのように記されている」（一六三頁）と述べることや「「鶯々伝」における作者の配慮が感じられる」（一六六頁）とあることから考えると、「鶯々伝」の作者元稹の意図であることは明らかである。

内山氏は、先に「補江総白猿伝」の「テーマ」を考察した際には、「補江総白猿伝」の作者が不明なこともあって、作品と作者の関係について述べていなかった。しかし、氏がここで「鶯々伝」の「意図」と言っているものは明らかに、作者によって作品に込められたものであり、それを読者が解読するものだということである。また、氏によれば「鶯鶯伝」の「主題」は、三本柱からなる立体的構造から読み取られたものであるから、「鶯鶯伝」には中心的な主題が一つだけあるのではなく、立体的なものとして主題が存在していると捉えていたことが読み取れる。

（三）　一九九〇年代

一九九〇年代には、富永一登氏の二篇の論考を挙げることができる。

⑤富永一登氏「唐代伝奇『魚服記』の創作意図――唐代小説の娯楽性の視点から」『学大国文』、一九九五年

富永氏は、論文の冒頭で、まず次のように述べている。

……「魚服記」は『荘子』大宗師篇の「夢に魚と為りて淵に没す」を小説化したものとも、仏教の殺生勧戒説話の一種とも考えられ、従来、仏法宣揚の作品とする見方と、解放の喜び・理想世界への飛翔を主題としたものだという相異なる二つの見解が提示されている。しかし、「魚服記」にはそれらとは別の創作意図があったように思える。（二四一頁）

この作品の「主題」について従来、「仏法宣揚」あるいは「解放の喜び・理想世界への飛翔」という異なった考えが示されてきたが、氏はそれらとは別の「創作意図」があったと述べている。また、『太平広記』に収められた「魚服記」（「薛偉」出『続玄怪録』）と、その先蹤作と思われる「張縦」（出『広異記』）を比較している。

Ⅴ（引用者注：「魚服記」を五段落に分けた第五段落目）は後日譚であるが、「三君並びに鱠を投じ、終身食らはず」と記されているところから、「魚服記」を仏法宣揚を主題とした作品とする見解が出てくる。しかし、既に検討してきたⅠからⅣの四段落によって明らかなように、この作品に仏法宣揚の意図は見当たらず、この部分は殺生勧戒説話の名残と考えた方が妥当である。（二五三頁）

氏は「魚服記」に仏法宣揚の「意図」はなく、仏法宣揚を「主題」とした作品ではないと主張している。このように、「魚服記」の内容の整合性を確認したうえで、結論として、「李復言の創作意図」は「ある特定の主張や願望を込めたのではなく、如何にして奇怪な話を作り、人を驚かせ楽しませるか、これこそ彼の意図したことであった」（二五三頁）としている。氏の言う「意図」は、「目的」と置き換えることができるものである。そのことは、次に挙げる「杜子春」についての論考からも明らかである。

⑥富永一登氏「唐代小説の創作意図――『杜子春』を中心として」松本肇氏・川合康三氏編『中唐文学の視角』、創文社、一九九八年

この論考は、「杜子春」という小説は「読者のより「奇」を求める期待に応える諧謔を意図した小説であった」（二六六頁）と結論づけており、先の「魚服記」の「創作意図」を、娯楽性の視点から捉えているのと同じ発想のもとにある。

富永氏の言う「創作意図」は、創作者が何のために作品を書いたかという「目的」の意味である。近藤春雄氏は、伝奇の「奇」は工夫であって目的でないと述べていたが、富永氏の考え方はそれを反転させたものだと言えよう。

さらに、富永氏がこの論文によって、「主題」説あるいは「テーマ」説への反論を試みたことが、次の文章から読み取れる。

……唐代伝奇「杜子春」については、従来、そのテーマをめぐって、神仙の肯定か否定かを中心に様々な説がある。……しかし、そもそもこの小説は、本来あるテーマをもって書かれた、或いは作者の人生観を反映した作品なのであろうか。従前の論は、芥川の「杜子春」に影響されて、唐代伝奇も近代の小説と同様に、作品には作者の主義主張が反映されているという観念から抜けきれていないように思われる。（二四五頁）

このように、唐代伝奇を作者の設定したテーマや人生観を反映した作品として扱うことへ疑問を呈している。そして、氏が「杜子春伝」を考察したのは、「作者自身がテーマを記していない大多数の作品群の一つの傾向を知る上で有力な手がかりになる」（二四六頁）からだと述べている。

（四）　二〇〇〇年代

二〇〇〇年代の論著としては、岡本不二明氏、赤井益久氏のものを挙げることができる。

⑦岡本不二明氏『唐宋の小説と社会』汲古書院、二〇〇三年

岡本氏は「第一章　唐代伝奇「李娃伝」の読み方」の「第五節　父親滎陽公」で、主人公である滎陽生の父親の人物形象に注目して作品を読み解いている。その過程で、「李娃伝」の影響がみられる『太平広記』に収める姜太師の条（出『王氏見聞』）と「李娃伝」とを比較し、『王氏見聞』の記事が、「李娃伝」における長安街を舞台にした部分を捨て去り、専ら曲行池での鞭打と剣門での和解に着目していることに注目している。そして「「李娃伝」の主題をどうとらえるかという問題がここに顕在化しているように思われてならない」（三三頁）と述べる。曲行池は滎陽生が、剣門は李娃が、それぞれに現実的あるいは象徴的な「死」を通過した場面であり、その両方で父親滎陽公が重要な働きをしているとする。

思えばこの作品には、李娃と滎陽生の恋愛騒動という主旋律とは別に、父子の対立と和解という、作品前半では必ずしも多くを語られていない副旋律も流れていた。そしてこの二つの旋律は、互いに表になり裏になりして物語を構成しているのであるが、曲行池の場面はその二つの旋律が入れ代わった瞬間、それまで潜伏していたあらたなテーマが浮上した瞬間であった。（三八頁）

ここで、岡本氏は「李娃伝」の「テーマ」を音楽における旋律になぞらえている。ただ「副旋律」と「潜伏していたテーマ」が同じことを意味しているのか、あるいは旋律の合間にテーマが潜伏しているのか、この文章からははっきりとは読み取れない。しかし、「テーマ」は「主題」と同義と考えられること、一作品から読み取ることのできる「テーマ」は一つではなく、複線化したものまたは複層性のあるものだと考えていることがうかがえる。

⑧赤井益久氏「「杜子春伝」臆説」『中国古典研究』五三号、二〇〇八年

赤井氏は、「『杜子春伝』を考察するとき、他の類話のいかなる部分が付加あるいは減却されて構成されているかという点を通して、その主題がおのずと浮かび上がってくるように思われる（一〇頁）」と述べており、「主題」を考えるにあたり、類話と比較することによって「杜子春伝」に加わっている新しい要素を明らかにしている。その際に、物語から見出した三つの構成要素を検討している。それは、宗教者と同行者の邂逅、「不言」の難行、物語の収束の場面である。

物語中で、杜子春が「老人」から三度にわたり多額な金銭を受け取ることについて、赤井氏は次のように述べる。

三度の金銭の授受自体が同行者にその資質を有するか否かの「試し」であったと考えられるが、おそらく作者の意図は「老人」を通して現世に超越する異能者を登場させるのではなく、平凡な人間の理想を追い求める姿を写し取りたかったのではあるまいか。それによって神仙物語からより現実味を帯びた理想の頓挫を主題とする話へと大きく変質したように思われる。（一一頁）

ここで、「作者の意図」は、金銭授受を繰り返すという描き方がなぜなされたのか、なぜ作者が作品をそのように構成したのかという点に関して想定されている。また、「主題」として「神仙物語からより現実味を帯びた理想の頓挫」を読み取っている。このことをさらに言い換えて、「杜子春の理想世界への試練とその頓挫、および挫折からの再起という新たな主題を持ちえている可能性を指摘できる」（一四頁）とも述べている。つまり、氏による「杜子春伝」の新しさの要は、神仙世界を描いたり、術を求める道士を描くことを主とするのではなく、その同行者である平凡な杜子春を主人公として人物形象を描くことにあり、その分析を通じて「主題」を明らかにしている。

さらに、「はじめに」において、「『杜子春伝』の主題を考察するに当たって、張籍のこの（引用者注：仙術を学ぶ若者が惜しくも若くして命を落とすことに対する）批判的な言辞は同時代人の指摘として、まず心にとめておきたい。」（二頁）と述べていることから、「杜子春伝」が作られた同時代の見解を、「主題」を考察する際の参考材料としていることが読み取れる。

このように、赤井氏の言う「主題」は、作者による作品構成の「意図」とは区別されるものであって、物語を考察することによって読者によって読み取られたものであることが理解できる。

（五）まとめ

ここまで、唐代伝奇に関する先行研究を対象として、六名の研究者が用いた「意図」や「主題」という語について考察してきた。

その結果、それぞれの研究者が用いている「意図」ということばは、個々によって含む内容が異なっていることが判明した。作者はなぜ書いたのか（動機）、何のために書いたのか（目的）、何を伝えようとしたのか（テーマ）といったものが「意図」という一つのことばで表現されているのである。また、その「意図」は、作品の文章から直接読み取られるとしているものもあれば、作品の構成を分析することで明らかになるとしているものもある。

一方、「主題」や「テーマ」については、読み手が作品の内側や外側から読み取るものであるとしている。そして、その「主題」や「テーマ」は、中心的な一つのものがあるという考え方から、立体的なものもしくは重層的なものだと捉える考え方へと変わってきているようである。

ところで、日本古典文学の分野に、「主題」について言及した論考を集めた上原作和氏・陣野英則氏編『「主題」論の過去と現在[24]』というアンソロジーがある。これは、『源氏物語』の主題に言及している国内既発表の論考を集め、編者が解説を付したものである。全体は二部構成からなり、「第一部　多様な「主題」論」では、『源氏物語』研究における「主題」概念の変遷を追っている。そして「第二部　「主題」論への懐疑」では、テクスト論の考えの萌芽が読み取れる論文やテクスト論の立場からの論考を集めてまとめられている。

それでは、中国古典文学の分野では「テクスト論」はどのように扱われているだろうか。また「主題」との関係はどのようになっているだろうか。次節でそのことを確認したい。

第三節　中国古典文学研究とテクスト論

小南一郎氏は「中国古典文学研究の可能性――民衆文芸への視点――」（二〇〇〇年）[25]で、今後の中国古典文学研究の展望として、中国の民衆文芸を調査研究しその価値観を明らかにすることによって、士大夫階層の価値体系による従来の文学史を読み替える方向性を示している。そのような文脈の中で、テクスト論に対して次のように述べている。

……テキストの独立性を重視する考え方は、以後（引用者注：一九七〇年代から八〇年代にかけての後）の文学史研究に、急激な変化としては表われなかったが、我々の文学への対し方に、やはり大きな影響をおよぼしていると言えるだろう。特に、作品の成立を一人の作者の経歴やその思想と直接に結びつけて解釈を施すことが基本的に困難な、白話小説や戯曲など民衆文芸的性格の強い領域において、従来のモチーフ形象論的研究を越えるための、テキスト論、および作品の構造的分析などの新しい方法論への探索がこの時期に着手された。

日本におけるいわゆる「テクスト論」の受容は一九七〇年代に始まっていたにもかかわらず、小南氏の分析によれば、中国古典文学の研究においては「テキストの独立性を重視する考え方は、以後の文学史研究に、急激な変化としては表われなかった」ということである。

それでは、なぜ中国「文学史研究に、急激な変化としては表われなかった」のであろうか。これについて論者は次のように考える。それは、伝統的な中国古典文学の研究における考え方と「テクスト論」の考え方（立場）が相容れないように見えるために、表面的には受け入れられなかったのであり、その一方で、「テクスト論」は方法として、作品の主題や意図を考える従来からの研究のなかに取り込まれたためである。

小南氏は前掲の文章で、「中国古典学研究の王道」を「時代の中で変化してゆくそれぞれの語彙の意味を正確に把握した上で、作品や作者を時代環境の中で理解する」ものとし、その例として吉川幸次郎氏の研究を挙げている。そのような「作品や作者を時代環境の中で理解する」という立場と、作者から作品を切り離して考えるというテクスト論の立場は、一見相反するように見える。

しかし、次の二つの理由から、両者は決して相反するものではないと論者は考える。

一つめに、「テクスト論」は、作者が設けたとされている作者の意図から作品を切り離すものであるが、作品の生み出された時代環境や作者から完全に作品を切り離すことはできないからである。もし本当に完全に切り離してしまったとしたら、それは作品でもテクストでもなく、ただの偶然の産物にすぎなくなる。しかし、作者を作品から切り離すことで可能となることは、作者の実人生における事跡によって作者の意図や作品の主題を設定することから、読者が自由になることである。したがって、たとえ作者を作品から切り離したとしても、「時代の中で変化してゆくそれぞれの語彙の意味を正確に把握」する作業は不可欠であり、「作品や作者を時代環境の中で理解する」ことを妨げるものではないため、「中国古典文学の王道」と「テクスト論」は相反するものではない。

二つめは一つめと関係しているが、「テクスト論」が、テクストすなわちそこに書かれている「言説そのもの」を分析の対象とするからである。従来、作品の意図や主題を考える場合には、作品の内容に重きをおいてきたと言える。

前節でまとめたように、「意図」の意味するものが、作者はなぜ書いたのか（動機）、何のために書いたのか（目的）、何を伝えようとしたのか（テーマ）であったり、あるいは「主題」が、作品の内側や外側から読み手が読み取ったものであるならば、それらは作品の内容に重点がおかれたものである。つまり、作品に込められた意図や主題を考える場合は、内容に重点がおかれているために、その形式の分析、すなわちその作品はどのように表現されているかという面の分析は軽視されるか、ほとんど顧みられることがない。

ところが、「主題」や「意図」を内容から読み取って論じるのであっても、実際には、「言説そのもの」から、どのように書かれているかという形式面から読み取るよりほかないのである。ここに「テクスト論」が方法として用いられることになる。たとえば、内容を語る「言説そのもの」になんらかの構造や規則性を見出して、そこから作者が込めたとされる主題の考察へ移るというように、「テクスト論」の立場での研究において作者を切り離すこととは逆に、作者へと帰結してゆく。その結果として、「主題」や「意図」という語が指す内容は、作者が意図したとされる一つの中心的なものから、立体的なもの重層的なものへと変化してきたと考える。

論者は唐代伝奇の研究が今後向かう方向を見通すだけの眼力を持ち合わせていないが、進む方向性の一例として紹介したいのは、アントワーヌ・コンパニョン氏がテクストと作者の「意図」をめぐって述べる次のような命題である。

解釈をめぐる論争については、バルトとピカールの論争のように、両極端の立場――意図派と反意図派――を対比して考えることができる。それは、つぎの二点に要約できる。

（一）テクストには作者の言わんとしたこと、ピカールのいう作者の「明白で明晰な意図」を探り出す必要があるし、またそれで充分である。それが解釈の妥当性を保証する唯一の基準である。

（二）テクストには、作者の意図とは無関係に、それが（読者に）語ることしか見いだせない。解釈の妥当性を保証するような基準などはない。

私としては客観主義か主観主義か、決定論か相対論かというこの二者択一の罠から自由になり、意図は解釈の妥当性の唯一の基準だが、それは「明白で明解な」先行計画とは同一視できないことを示したい。

そう考えると、前述の二者択一はつぎのように書きかえることができるだろう。

（一）テクストには、それが原初の（言語的、歴史的、文化的）コンテクストにもとづいて語っていることがらを探し出すことができる。

（二）テクストには、読者と同時代のコンテクストにもとづいて語っていることがらを探し出すことができる。

このふたつの命題はもはや相互に排除しあうものではなく、逆に補完しあうものではないだろうか。これらの命題は、われわれを先行理解と理解を結びつける解釈の地平に導いてくれるうえ、他者は完全に洞察できなくても、いくぶんかは理解できるという原理を提示するものである。[28]

コンパニョン氏による命題の（一）は、小南氏の述べる「中国古典学研究の王道」の「作品や作者を時代環境の中で理解する」ことと通じると考えられ、先に本章第二節でまとめた唐代伝奇に関する先行研究による考察の結果もその傾向を示している。一方、命題の（二）は、物語論や読者論といったテクスト論の立場と近いものである。

日本の唐代伝奇研究においては、これまでテクスト論の立場や考えを取り入れた論考は決して多くない。しかし、コンパニョン氏が述べるとおり命題の（一）と（二）が対立関係でなく同じ方向を目指す考えだとするならば、中国古典文学の研究においては、従来どおり「時代の中で変化してゆくそれぞれの語彙の意味を正確に把握した上で、作品や作者を時代環境の中で理解する」という「王道」の研究を深めつつ、その双輪として「テクスト論」（物語論や読者論）の立場から「内容を示す言説そのもの」の研究を進めることは意義のないことではない。

事実「テクスト論」の代表的なものである「物語論（ナラトロジー）」を応用した研究は、中国古典文学の研究においてー九八〇年代以降も行われている。その代表的なものは、中里見敬氏『中国小説の物語論的研究』（一九九六年）[29]である。氏は研究対象として、賦や自伝、話本『六十家小説』、魯迅の小説を扱った。そして、ジュネットが言うところの「態（語り手の問題）」を中心に論じている。この中里見氏の論考に対して、鈴木陽一氏、大木康氏、金文京氏、豊後宏記氏の書評[30]がある。たとえば金文京氏は、「物語論の方法を導入することによって中国文学全体へのあらたな視野を開くことへの期待」があると総括した。また豊後氏は、中里見氏の論の独自性は時間詞に着目した分析にあることを指摘し、ジュネットとバンヴェニストの概念の混在について指摘しつつも、その試みを高く評価している。

また、唐代伝奇研究では、尾崎裕氏が中里見氏の研究を承けて物語論を用いた研究を行っており、代表的な論文として「「枕中記」と「南柯太守傳」――その《枠》を手がかりに――」（二〇〇一年）や「唐代傳奇の語りに關する物語論的考察」[31]（二〇〇四年）などを挙げることができる。

さらに、本書に収めた論者の論考「「南柯太守伝」の時空と語りの枠」（初出二〇〇九年[32]）他も、唐代伝奇を物語論によって検討した論考である。

このほか、近代小説を対象とした研究もある。平井博氏「叙法から見た魯迅の一人称小説――唐代伝奇、晩清小説と対比しつつ」（一九九六年[33]）、津守陽氏「「郷土」をめぐる時間形式――沈従文と「不変の静かな郷村」像」（二〇〇九年[34]）、中里見敬氏「自由間接話法について」（二〇一一年[35]）、同氏「文体としての風景――中国伝統小説における「風景」の発見以前」（二〇一三年[36]）などを代表的な論考としてあげることができる。ただ、その論考の数においては、中国文学の各分野における論文数に比べると必ずしも多くない。

ジュネットが物語論によって分析を行ったプルーストの作品『失われた時を求めて』は、フランス語の現代小説である。その方法が、文化背景も言語構造も違う中国の文学にどのように応用できるかは、今後も検証されなければならないであろう。しかし、この方法による研究は、これまで述べてきたように、すでに優れた成果がもたらされてきており、唐代伝奇の作品を深く理解するに際して十分に有効な方法であると言える。

おわりに

中国では「物語論（ナラトロジー）」を「叙事学」と呼んでおり、外国文学や現代文学の研究を中心として、これを応用した研究が盛んにおこなわれている。その動向については、中里見敬氏が一九九六年に『中国小説の物語論的研究』[37]の第三章「中国における物語研究として」において、陳平原氏『中国小説叙事模式転変』（一九八八年）や、趙毅衡氏『苦悩的叙述者——中国小説的叙述形式与中国文化』（一九九四年）を紹介し、「叙事学」による研究方法に対して検討を加えている。

中国においては、「叙事学」による研究は文学研究方法としてすでに定着をみせており[38]、近現代の中国文学研究を中心に用いられている。また、古典研究でも、王平氏『中国古代小説叙事研究』（二〇〇一年）[39]や康韻梅氏『唐代小説承衍的叙事研究』（二〇〇五年）[40]、江守義氏『唐伝奇叙事』（二〇〇六年）[41]といった著作があるほか、数多くの論考が発表されている。これらを含む中国における唐代伝奇研究の動向については稿を改めて論ずることとしたい。

注

（1）李宗為『唐人伝奇』中華書局、一九八五年、一頁。

（2）近藤春雄『唐代小説の研究』笠間書院、一九七八年、三一―三六頁。
（3）内田泉之助・乾一夫『唐代伝奇』新釈漢文大系、明治書院、一九七一年、三頁。
（4）前野直彬編『中国文学史』東京大学出版会、一九七五年、八三頁。
（5）前掲（4）の一一八頁。
（6）竹田晃『中国小説史入門』岩波テキストブックス、岩波書店、二〇〇二年、七一頁、一一五頁。
（7）Roland Barthes "La mort de l'auteur",1968（邦訳は、花輪光訳『物語の構造分析』（みすず書房、一九七九年）に収録。）
（8）アントワーヌ＝コンパニョン著、中地義和・吉川一義訳『文学をめぐる理論と常識』岩波書店、二〇〇七年、八三頁。
「……どれほど激しく作者を批判した人でさえ、どんな文学テクストにもやはり一定の意図性を想定しているのだ（最小限のもので、作品やたんなるテクストに見られる首尾一貫性がそれである）。それゆえテクストを偶然の産物（タイプライターを叩くサルとか、水に浸食される岩とか、コンピューターとかの産物）としては扱わない。」
（9）塩谷温『支那文学概論講話』の唐代小説に関する分類の独自性や、森槐南から受けた影響については、溝部良恵「森槐南の中国小説史研究について――唐代以前を中心に」『中国研究』（一）、二〇〇八年に詳しい。
（10）内山知也『隋唐小説研究』木耳社、一九七七年の「序論　四、小説の方法」に詳しい。
（11）論文数の集計にあたって次のものを参照した。
①CiNii（国立情報学研究所学術情報ナビゲータ）のデータ検索。検索キーワードには、「唐&伝奇」や「唐&小説」、唐代伝奇の個々の作品名、作者名、関係論文の執筆者名などを使用した。また、単行の研究書や記念論集に収録の論文については別途補った。
②『中国文学研究文献要覧・古典文学一九七八～二〇〇七』（日外アソシエーツ、二〇〇八年）。
③『中国文学研究文献要覧・一九四五～一九七七（戦後編）』（日外アソシエーツ、一九七九年）。
④『東洋学研究文献類目』（京都大学人文科学研究所）一九六一、一九六二年および『東洋学文献類目』（京都大学人文科学研究所付属東洋学文献センター）一九六三～二〇〇九年。

⑤川口秀樹「隋唐小説研究文献目録」http://www.ne.jp/asahi/sinology/lib/history/biblio/mokuroku.html
一九一二年から二〇〇一年に至る間に、日本・中国（台湾を含む）で発表・発行された隋唐五代の小説に関する研究論文及び書籍を収録した文献目録。（同氏「隋唐小説研究文献目録一九九〇〜九九年」『中唐文学会報』第六号、一九九九年の増訂版）
⑥NDL（国立国会図書館）-OPACの雑誌記事データ検索。
⑦『日本中国学会報』学会展望欄の文献目録。

(12) 一九九〇年代は大学院の学生数が大幅に増えた時期にあたる。『文部統計要覧』平成四年版〜十三年版および『文部科学統計要覧』平成二十三年版によると、一九六〇年から大学院の学生数は毎年おおむね増加の一途をたどる。このうち、人文科学博士課程の学生数は八〇年に二八六〇人、九〇年は三五九四人であり八〇年の一・二五倍となっている。これに対して、二〇〇〇年は六八七一人であり、九〇年の約二倍に増えている。また、唐代伝奇研究論文のみならず、中国文学研究の他分野でも論文本数の増加の例が見られる。陶淵明研究は、八〇年代に九十六本で、九〇年代は百二十四本と、二九％増加した（三枝秀子「陶淵明関係文献目録（稿）――日本編」『たのしみを詠う陶淵明』汲古書院、二〇〇五年）。また、李商隠研究は、八〇年代に三十五本で、九〇年代は四十八本と、三七％増加した（鈴木拓也「李商隠関係研究文献目録（稿）――日本編」『大東文化大学中国学学論集』第二七号、二〇〇九年）。

(13) 内訳は、①時代背景―十一本、②モチーフ―二十四本、③テキスト分析―十六本、④物語と韻文―一本、⑤伝奇の成立―三本、⑥中国小説史―三本、⑦訳注―四十五本、⑧版―本九本、⑨訓読、日本文学への影響―三十三本、書評や概説・現代中国論文の訳注―十二本である。その他、内容調査が及んでおらず題名が「作品名＋考（ついて）」などのため内容の推測ができないものを不明とした。

(14) 石原千秋「文学研究の現在――近代文学研究とパラダイムチェンジ」『二松学舎大学人文論叢』七八、二〇〇七年。

(15) 前掲注(14)の四、五頁。原文では「テクトス論」になっているが、明らかな誤植と考えられるため、引用に際し「テクスト論」に改めた。

(16) 前掲注（14）、一七頁。
(17) 小南一郎「中国古典文学研究の可能性——民衆文芸への視点——」『東方学』一〇〇号、二〇〇〇年。
(18) 乾氏のこの論文には『補紅総白猿伝』と『補江総白猿伝』の表記が混在するが、「江総」が正しい。
(19) 前掲注（10）、四四一～四四五頁の「霍小玉伝」の主題について述べた節でも人物の形象が主題と関係することを述べている。
(20) 前掲注（10）、四二六頁。
(21) 近藤春雄『唐代小説の研究』笠間書院、一九七八年、四三～四六頁。
(22) 「目的」には、前掲注（10）の三二九頁や三一四頁、三三八頁、三五七頁、三四八頁でも言及している。
(23) 「由来」には、前掲注（10）の一一頁や七五頁、三八七頁、四〇〇頁、四一三・四一四頁でも言及している。
(24) 上原作和・陣野英則編『「主題」論の過去と現在』テーマで読む源氏物語論第一巻、勉誠出版、二〇〇八年。
(25) 前掲注（17）、九一頁。
(26) 前掲注（17）、九二頁。
(27) 前掲注（8）。
(28) 前掲注（8）、八三、八四頁。
(29) 中里見敬『中国小説の物語論的研究』汲古書院、一九九六年。
(30) 鈴木陽一「小説研究の方法を求めて——中里見論文を評す」『中国古典小説研究動態』六、一九九三年。
大木康「物語論的研究の里程標」『東方』一九一、一九九七年。

金文京「書評　中里見敬『中国小説の物語論的研究』」『中国文学報』五十六冊、京都大学文学部中国語中国文学研究室、一九九八年。

豊後宏記「書評　中里見敬『中国小説の物語論的研究』——その方法論を中心に」『学林』二十七、中国藝文研究会、一九九七年。

(31) 尾崎裕「唐代傳奇の語りに關する物語論的考察」『学林』三九、中国芸文研究会、二〇〇四年。
(32) 拙論「「南柯太守伝」の時空と語りの枠——生き直させられた夢」『集刊東洋学』一〇二、二〇〇九年。
(33) 平井博「叙法から見た魯迅の一人称小説——唐代伝奇、晩清小説と対比しつつ」『人民文学報』二七三—三、一九九六年。
(34) 津守陽「「郷土」をめぐる時間形式——沈従文と「不変の静かな郷村」像」『日本中国学会報』六一、二〇〇九年。
(35) 中里見敬「自由間接話法について」『東アジア文化交渉研究別冊』七、二〇一一年。
(36) 中里見敬「文体としての風景——中国伝統小説における「風景」の発見以前」『言語文化論究』二九、二〇一三年。
(37) 中里見敬『中国小説の物語論的研究』汲古書院、一九九六年。
(38) 北京大学中国語文学系研究生課程の講義科目でも「叙事学」が開講されている。筆者が高級進修生として留学をした二〇〇九〜一〇年は車槿山氏が担当していた。また研究生用教科書として、胡亜敏『叙事学』（文学理論批評建設叢書、華中師範大学出版社、二〇〇四年）のように中国文学における具体的分析例を含んだ概説書もある。また、江守義「叙事批評的発生与発展」（『安徽師範大学学報——人文社会科学版』第三八号第二期、二〇一〇年）は、中国における「叙事」分析の発展について簡潔にまとめている。
(39) 王平『中国古代小説叙事研究』河北人民出版社、二〇〇一年。
(40) 康韻梅『唐代小説承衍的叙事研究』台湾里仁書局、二〇〇五年。
(41) 江守義『唐伝奇叙事』安徽人民出版社、二〇〇六年。

第三章　本書の構成

この章では、本書の第一部と第二部の各章で述べる内容に関して概要を述べる。

第一部は「理論篇」として位置づけ、第一章で本書の検討で用いる方法について概説する。第二章でその方法を用いて唐代伝奇の語りの形式に関する分類を行い、第三章で作品の具体的な検討を行う。

第一章は、本書で用いる方法論である「物語論（ナラトロジー）」の概説をする。物語論には大きく分けて二つの方向があり、一つは物語の内容の類型研究で、もう一つは物語の言説の研究である。本書は後者に属するもので、その中でも主にジェラール・ジュネット『物語のディスクール』に示された方法によっている。そこで、ジュネットの考え方の三本柱となる「時間」「叙法」「態」について概説する。そして、その方法を唐代伝奇の検討に用いることによって、本書で明らかにする事柄について述べる。

第二章は、唐代伝奇の語りの形式に関する分類を行う。ジュネットの方法を参考とし、唐代伝奇において語り手がどのように物語世界と関係しているかという観点から、魯迅校録『唐宋伝奇集』収録の唐代伝奇を分類する。唐代伝奇の物語と語り手の関係にバリエーションがあることを、作品を具体的に検討することで明らかにする。

第三章は、「謝小娥伝」について、物語と語り手の関係や、語り手と作中人物である「私」との関係、「私」とその他の作中人物との関係を論じる。「謝小娥伝」は、「話の展開上無理がある」と先行研究に指摘されるような順序で物語が語られているが、そのような順序での語りによって何が表現されているのか。また、作中人物にとどまらない語り手としての「私」のはたらきはどのようなものか。それらを明らかにする。「謝小娥伝」の語り手は、いわゆる全知の視点で物語を外側から語っており、語り手自身が物語に登場する場面としない場面とで語る速さや語り方を変えている。それによって場面の臨場感を増したり物語として語られた内容の信憑性を高めたりする効果を生んでいる。さらに、物語内のできごとが確かに起きたできごとであるということを、当事者以外の作中人物によって保証される枠組みに支えられていると言える。

第二部は「実践篇」として位置づけ、第一章では「古鏡記」を、第二章と三章では「南柯太守伝」を論じる。先の第一部第二章において語りの形式に関する分類を行い、「古鏡記」は「等質物語世界外タイプ」、「南柯太守伝」は「異質物語世界外タイプ」というように異なるタイプに分類された。それぞれの作品の語り手がどのように物語を語っているかを検討する。

第一章は、「古鏡記」の語り方について論じる。従来「古鏡記」は、古い鏡が引き起こした怪異を時系列に並べた物語と考えられてきたが、実際は、古鏡の持ち主である「王度」の物語の中に、弟「王勣」の物語が含まれるという複雑なプロットを持っている。物語の語りの順序や、語り手と物語との関係という観点から詳細な検討を加えると、いわゆる「一人称」の王度の物語の中に、「三人称」の王勣の物語が含まれており、また、後半の王勣の旅物語の内容は、旅から帰った王勣が王度に報告するせりふを引用する形で示されていることが明らかになる。そのように語られた作中人物「王度」と「王勣」の関係を、次のように考えることができる。政治を担う儒家「王度」の性質に収まらない隠者としての面を弟「王勣」が引き受けており、弟「王勣」との対比によって、隋末の乱世にあって政治から離れられない作中人物「王度」の生き方が浮き彫りになると言える。

第二章は、「南柯太守伝」の作中に描かれた時間の流れや空間の構造、およびその語り方を論じる。「南柯太守伝」

の作中人物「淳于棼」が、ある夢を見た三年後に四十七歳で亡くなったのはなぜか。また、夢のなかで前触れもなく「少年」と呼ばれているのはなぜか。この問題を検討し、従来指摘されていなかった、淳于棼が現実と夢とを行き来する過程での「時間の遡り」を指摘し、遊侠の男が現実世界で生きることができなかった「士」としての人生を、夢の中で父によって生き直しをさせられた人生物語であるという解釈を示す。

第三章は、前章に引き続いて「南柯太守伝」について論じる。前章で、「南柯太守伝」を、淳于棼が夢の中で生き直しをさせられた物語として読み取る解釈を示した。そうした解釈と、従来指摘されている「政治批判」や「世相批判」の物語と読み取る解釈はどのような関係にあるのか。それを明らかにするために、「語り手」は、物語を誰の視点からどのように語っているかを検討する。その結果、物語に登場していない「語り手」が、作中人物である「淳于棼」と「国王」の視点を借りて語り、作中人物の心情に重ねて「語り手」自身の感慨を語ることによって、「男の人生物語」と「国の政治物語」が繋ぎ合わされて一つの「南柯太守伝」が構成されていると言える。

以上のように、物語内のできごとが起きた順序と語られた順序の違いや、語り手が誰の見聞きし感じた物事を語っているのか、また、語り手と語られた物語との関係といった観点から検討を進めることで、従来知られていない唐代伝奇の語りの特徴を明らかにする。

第一部　理論篇

第一章　物語論（ナラトロジー）の概説

この章では、本書に用いる方法論である「物語論（ナラトロジー）」について概説をする。

「物語論」には大きく分けて二つの研究方向があり、一つは「物語の内容の類型研究」で、一つは「物語の言説の研究」である。前者の「物語の内容の類型研究」は、ロシアのウラジミール・プロップ『昔話の形態学』（一九二八年）や、フランスで活動したA・J・グレマス『構造意味論』（一九六六年）に代表され、物語に共通する構造を見出そうとするものである。後者の「物語の言説の研究」は、フランスのジェラール・ジュネット『物語のディスクール』（一九七二年）に代表され、物語の言説（＝テクスト）そのものを研究対象として物語の語り方を分析するものである。

以下、本書では後者を「物語論」と呼び、ジェラール・ジュネット著、花輪光、和泉涼一訳『物語のディスクール――方法論の試み』[1]およびジェラール・ジュネット著、和泉涼一、神郡悦子訳『物語の詩学――続・物語のディスクール』[2]、に述べられた考え方を概説し、本書で用いる術語を説明する。

まず「物語」とは、「語られたものであると書かれたものであるとを問わず、一つあるいは一連の出来事の報告を引き受ける言説（ディスクール）そのもの」のことである。

ジュネットは、「物語」を次の三つの相「物語内容」「物語言説」「語り」に分けている。「物語内容」は、物語として報告された内容（構造主義でいうところの「意味されるもの（シニフィエ）」）を指し、「物語言説」は、物語のテクストそれ自体のこと（「意味するもの（シニフィアン）」）を指す。そして「語り」とは、物語を生産する語る行為と、広い意味ではその行為が置かれている現実もしくは虚構の状況全体のことをさす。

この「語り」という概念に付随して大切なのは、物語を語る人物すなわち「語り手」という考え方である。物語は、必ず何者かが語ることによって成り立つのである。しかし、この「語り手」は、作者とは区別されたものである。実際の作者が誰であるかを問わず、「物語を生産する語る行為」をしていると想定される人物を「語り手」と称する。

ジュネットの考えでは、「物語言説」こそが直接の研究対象となるものであって、「物語言説」を介することによって、三つの相「物語内容」「物語言説」「語り」の関係を研究する。

それら三つの相の関係は、「時間」「叙法」「態」のカテゴリーに分けて検討されている。「時間」と「叙法」は、「物語言説」と「物語内容」の関係を扱うもので、「態」は、「語り」と「物語言説」の関係と共に、「語り」と「物語内容」の関係も扱っている。それらは、実体的なものではなく、一種の関係である。

続けて、ジュネットの「物語論」の三本柱となる「時間」「叙法」「態」のカテゴリーについて概説する。また、その検討方法を本書の何章で用いるかを述べる。

第一節　時　間

このカテゴリーは、物語言説を語る時間的順序（プロット）と、物語内容として語られた物語世界のできごとが起きた順序（ストーリー）の関係を扱うものである。「時間」のカテゴリーは、さらに下位の領域である①順序　②持続　③頻度に分けられている。

①順序

物語言説を語る時間的順序（プロット）と、物語世界のできごとが起きた順序（ストーリー）とには、ずれが生じることがある。そのずれには大きく分けて二つあり、時間的に後から起こるできごとをあらかじめ語る場合（先説法）や、物語内容の現時点に対して、時間的に先に起こったできごとを後から語る場合（後説法）がある。また、できごとを全体のどこに位置づけるかを判別できない場合（空時法）もある。

②持続

物語内容における時間の持続と、物語言説の時間の持続（語りに費やす文字の量）の関係を扱う。物語を構成する四つの基本テンポを、「休止法」「情景法」「要約法」「省略法」と呼ぶ。「休止法」は風景や状況を描写する語り、「情景法」は対話・台詞によって場面を示す語り、「要約法」は物語内容の長い期間を短く報告する語り、「省略法」は場面を語らないという語りである。これらのテンポの入れ替わりによって語りに緩急が生じる。

③頻度

物語世界でできごとが起きた回数と、物語言説にできごとを語る回数との関係を扱う。そのヴァリエーションには、一度起きたことを一度語るもの（単起法）、何度か起きたことを起きた回数だけ語るもの（単起法の繰り返し）、一度起きたことを何度か語るもの（反復法）、何度か起きたことを一度だけ語るもの（括復法）がある。

以上のような「時間」にまつわる関係は、唐代伝奇にも見出すことができる。本書では、第一部第三章で「謝小娥伝」について、第二部第一章「古鏡記」、第二章「南柯太守伝」について、それぞれのストーリーとプロットの関係を検討することにより、作品の内容理解へとつなげてゆく。

第二節　叙　法

このカテゴリーは、「物語言説」が「物語内容」をどのように再現しているかを検討するものである。このカテゴリーはさらに①距離　②パースペクティヴに分けられている。

①距離

物語言説が、作中人物の言葉を報告する際の形式を、ジュネットは次の三つに分けている。a．語られた（物語化された）言説、b．転記された言説、c．再現された言説である。

a．語られた（物語化された）言説は、語り手の介入度合いが最も大きくなる叙述の形式であり、「物語内容」と語り手との距離は最も大きな状態になる。b．転記された言説は、間接話法の形式をとるものを指す。c．再現された言説は、直接話法の形式をとるものを指し、作中人物が直に物語っているという印象が強くなる。

②パースペクティヴ

これは、一般的に「視点」の問題として論じられてきた分野である。ある制限的な「視点」を選択すること、あるいはしないことから生じる情報の制御の仕方を検討する。

ジュネットは、従来の研究者による「視点」に関する分類では、どの作中人物の視点が語りのパースペクティヴを方向付けているのかという問題と、語り手は誰なのかという問題が、混同されてきたと考えた。そこで、彼はそれを区別し、「誰が見るのか」（＝叙法の問題）と「誰が語るのか」（＝態の問題）とに分けて論じている。

さらに、作中人物と語り手の持つ情報量の差として検討するために、視覚に偏った用語をさけて、「焦点化

(focalisation)」という術語を用いた。その「焦点化」は大きく三つのタイプに分けられる。

（1）焦点化ゼロのタイプ（語り手の情報＞作中人物の情報）→いわゆる全知の語り手

（2）内的焦点化の物語言説（語り手の情報＝作中人物の情報）

a．内的固定焦点化→ある作中人物の視点を一貫して守る

b．内的不定焦点化→焦点人物を移動させながら物語を語り進める。

c．内的多元焦点化→複数の作中人物の視点から同一のことを語る。

（3）外的焦点化の物語言説（語り手の情報＜作中人物の情報）→ある人物の外側のみを描く

ひとつのまとまった物語言説（作品）は、一貫して同じ焦点化を選択しているわけではなく、焦点化は物語の切片ごとに移り変わるものである。

こうした「叙法」の問題に関して本書では、第一部第三章で「謝小娥伝」について、第二部第一章で「古鏡記」、第三章で「南柯太守伝」について論じ、一つの物語に含まれた異なる焦点化が物語全体に及ぼす影響を考察する。

第三節　態

このカテゴリーは、「語り」をする「語り手」と、場合によってはその「聴き手」について検討するものである。

①語りの時間

物語内容に対する「語り手」の時間的な相対的位置を示し、「後置的（過去時制の使用）」「前置的（未来時制、予知的言説）」「同時的（現在形時制）」「挿入的」に分けられる。

②語りの水準

「水準」は、いわゆる「入れ子」の概念を整理したものである。物語内容から読み取れる「物語世界」と、「語り手」との相対的位置関係を示し、語り手の位置は「物語世界外」と「物語世界内」に大別される。

一例として、『千夜一夜物語（アラビアン・ナイト）』を挙げて説明する。まず、『千夜一夜物語』というテクスト全体を「第一次物語言説」と考える。それを語る「語り手」を「第一次の語り手」と呼ぶ。この語り手（無名）は、自身が語る物語世界の中に登場していないため、「物語世界外」に位置する語り手である。次に、『千夜一夜物語』の作中人物であるシャハラザードは、王に対して物語を毎夜語って聞かせる。シャハラザードは「物語世界内」の「語り手」であり、「第二次の語り手」である。その語る物語は、シャハラザード自身は登場しない数々の物語で、そのひとつはシンドバッドの冒険譚である。その冒険譚は、「第二次物語言説」であり、また「メタ物語」と呼ぶ。

③人称

「人称」とは、言い換えると、語り手と、語り手の語る物語内容との関係のことである。従来からある「一人称」小説、「三人称」小説といった呼び方は、不適切であるとジュネットは考えていた。なぜなら、いわゆる「三人称」小説であっても、「語り手」は自身のことを語りにおいて「私」と呼ぶことができることから、どのような「物語言説」であっても潜在的に一人称の物語言説だと考えられるためである。

そこで、ジュネットは新たな分類と名称を示した。ジュネットによる「人称」は従来とは違って、「語り手」と「物語内容」の関係を検討するものである。語り手が自身の語る物語内容に登場しない場合を「異質物語世界」と呼び、語り手が自身の語る物語に作中人物として登場する場合を「等質物語世界」と呼んだ。

さらに、「語り手」の置かれた位置を、②「語りの水準」と③「人称」によって定義すると、次に四つのタイプに分けられる。


a．「異質物語世界外タイプ」　自分自身は登場しない物語内容を語る第一次の語り手。

b．「等質物語世界外タイプ」　自分自身の物語内容を語る第一次の語り手。

c．「異質物語世界内タイプ」　自分自身は登場することのないいくつもの物語内容を語る第二次の語り手。

d．「等質物語世界内タイプ」　自分自身の物語を語る第二次の語り手

本書では、この「語りの水準」と「人称」による分類について、次章「唐代伝奇の語りの分類」でさらに詳しく述べて、唐代伝奇の分類を物語世界と語り手の関係から行う。また、「態」に関して、第一部第三章で「謝小娥伝」について、第二部第一章で「古鏡記」、第三章で「南柯太守伝」について論じる。

注

（1）ジェラール・ジュネット著、花輪光、和泉涼一訳『物語のディスクール――方法論の試み』水声社、一九八五年。
（2）ジェラール・ジュネット著、和泉涼一、神郡悦子訳『物語の詩学――続・物語のディスクール』書肆風の薔薇、一九八五年。

第二章　唐代伝奇の語りの分類——語り手と物語世界の関係から——

はじめに

この章では、唐代伝奇の語りの形式に関する分類を、ジェラール・ジュネットの方法を参考にして行う。唐代伝奇の物語内容と語り手がどのように関係しているかという観点から、魯迅校録『唐宋伝奇集』に収録された唐代伝奇を分類し、物語内容と語り手の関係にバリエーションがあることを、作品の具体的な検討を通じて明らかにする。

唐代伝奇の分類には、従来大きく分けて二種類あり、一つは内容による分類、一つは形式による分類である。以下に例を挙げて紹介する。

内容による分類には、狩野直喜氏や塩谷温氏、内田泉之助氏らのものがある。

狩野直喜氏『支那小説戯曲史』[1]は、「唐代の小説」の章を五つに分け、（一）怪談小説、（二）寓意小説（Allegory）、（三）恋愛小説、（四）詩物語、（五）随筆としている。（一）怪談小説には、具体的作品名を挙げていないが、その「怪談」のなかには、神仙譚や、鬼夜叉に関する物語、動物や植物の怪異を記す物があると述べている。（二）寓意小説（Allegory）の例として、『枕中記』『南柯伝』を挙げている。それら寓意小説は「怪談には相違なきも、或る思想を説明し、若しくは教訓を説くことを主眼となし居れる小説なり」と述べる。（三）恋愛小説は、『遊仙窟』『長恨歌伝』『梅妃伝』『会真記』を例としている。それらの内容には、怪談的記事も含まれてはいるが、「男女の恋愛を写すことが重なる目的となりて居る」と述べる。（四）詩物語には、『揚州夢記』『本事詩』を挙げている。「唐の小説には散文中に詩を挿入するもの甚だ多」く、『遊仙窟』や『会真記』は物語の中に詩を入れたものだが、「詩物語」の場合は、「詩が骨子となりて物語はそれより生ずるの観あり」と述べている。（五）随筆では、李商隠『雑纂』を挙げる。ただし、唐の小説の分類は先の（一）から（四）までであり、『雑纂』は小説ではなく随筆であると述べる。

塩谷温氏『支那文学概論講話』(2)は、唐代小説を（一）別伝類（二）剣侠類（三）艶情類（四）神怪類の四つに分類した。氏はこの分類にあたり、森槐南氏が分類した（一）別伝、（二）異聞瑣事、（三）雑事という唐代小説の三分類のうち、特に（一）別伝を「小説」として取り上げて「伝奇小説」と名付けた。（一）別伝類は「史外の逸聞」で、「東城老父伝」「高力士伝」「長恨歌伝」などを挙げる。（二）剣侠類は「侠男女の武勇談」で、「虬髯客伝」「紅線伝」など、（三）艶情類は「佳人才子の艶物語」で、「霍小玉伝」「李娃伝」など、（四）神怪類は「神仙道釈妖怪談」で「柳毅伝」「南柯記」「枕中記」「離魂記」などである。

内田泉之助氏・乾一夫氏『唐代伝奇』(3)の解説では、（一）神怪類（二）艶情類（三）剣侠類（四）別伝類に分けている。（一）神怪類は「神仙道釈に関する不可思議の物語」で、「古鏡記」「補江総白猿伝」「枕中記」「南柯太守伝」「柳毅伝」「杜子春伝」を挙げる。（二）艶情類は「いわゆる恋愛小説のことで、才子佳人の風流韻事を叙したもので、「遊仙窟」「鶯鶯伝」「霍小玉伝」「李娃伝」「離魂記」などを挙げる。（三）剣侠類は「侠客を題材として文学化したもので、一種の武勇伝に属する一類」で、「紅綫伝」「聶隠娘」「無双伝」を挙げる。（四）別伝類は「史伝逸聞を録したもの」で、「高力士外伝」「長恨伝」「東城老父伝」などである。

以上の三者の分類は、伝奇作品それぞれの主な内容によって分けたものである。

一方、形式による分類の例として、内山知也氏『隋唐小説研究』(4)におけるものを挙げることができる。内山氏はその第三節「柳氏伝」の「文体について」の項で、「柳氏伝」に関して次のように述べている。

物語の中に二編の贈答の詩を交えるほか、状文、詔勅文、それに物語の末尾に評論文を加える。このような複雑な成分をとりこんでいる小説は実ははなはだ少ない。(5)

さらに次のように述べる。

内容も、前半（A）はやわらかく、後半（B）は肩を張った堅い表現となる。また、叙事散文以外のジャンルの韻散文の占める比率は全体の二五・五％にも達し、その存在の意味の重大なことを示している。後半（B）の堅い表現は、状文において沙吒利の権勢に対する非難と許俊の行為の称揚を試み、詔勅文（といってもごく短いのであるが）では、ことがらの決着を示し、評論文では人物論を述べて、前半（A）のストーリーを収束する。(6)

このように、どのような文体を用いて「柳氏伝」の内容が書かれているかを検討している。そして、その他の唐代伝奇が、作中に詩や論賛などを含むか否かを一覧表として注に挙げている。

内容による分類を示した狩野氏らが、節立てや項目立てをして作品内容の概説をしているのと比べると、内山氏の場合は、文体の特徴を一覧として示したものであって、分類するまでには至っていない。しかし、『隋唐小説研究』の序論からは、内山氏が作品の内容によって分類を行うことに必ずしも意味を見出していないことが読み取れる。氏は、「小説」という概念の歴史を振り返る文脈で、魯迅が「寓意的小説」と「伝奇」を区別したことに言及し、魯迅が「伝奇」と認めた「枕中記」などの作品にも「寓意の要素」が皆無ではないし、逆に「寓意的小説」の中にも「奇」が認められると指摘している。(7)一方で『隋唐小説研究』からは、各作品の「構成」と「文体」についての一貫した関心を読み取ることができる。したがって、この内山氏の検討は、文体という形式による分類の試みとして位置づけることができる。

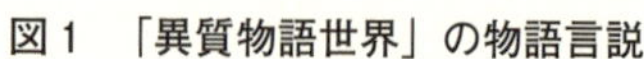
図1　「異質物語世界」の物語言説

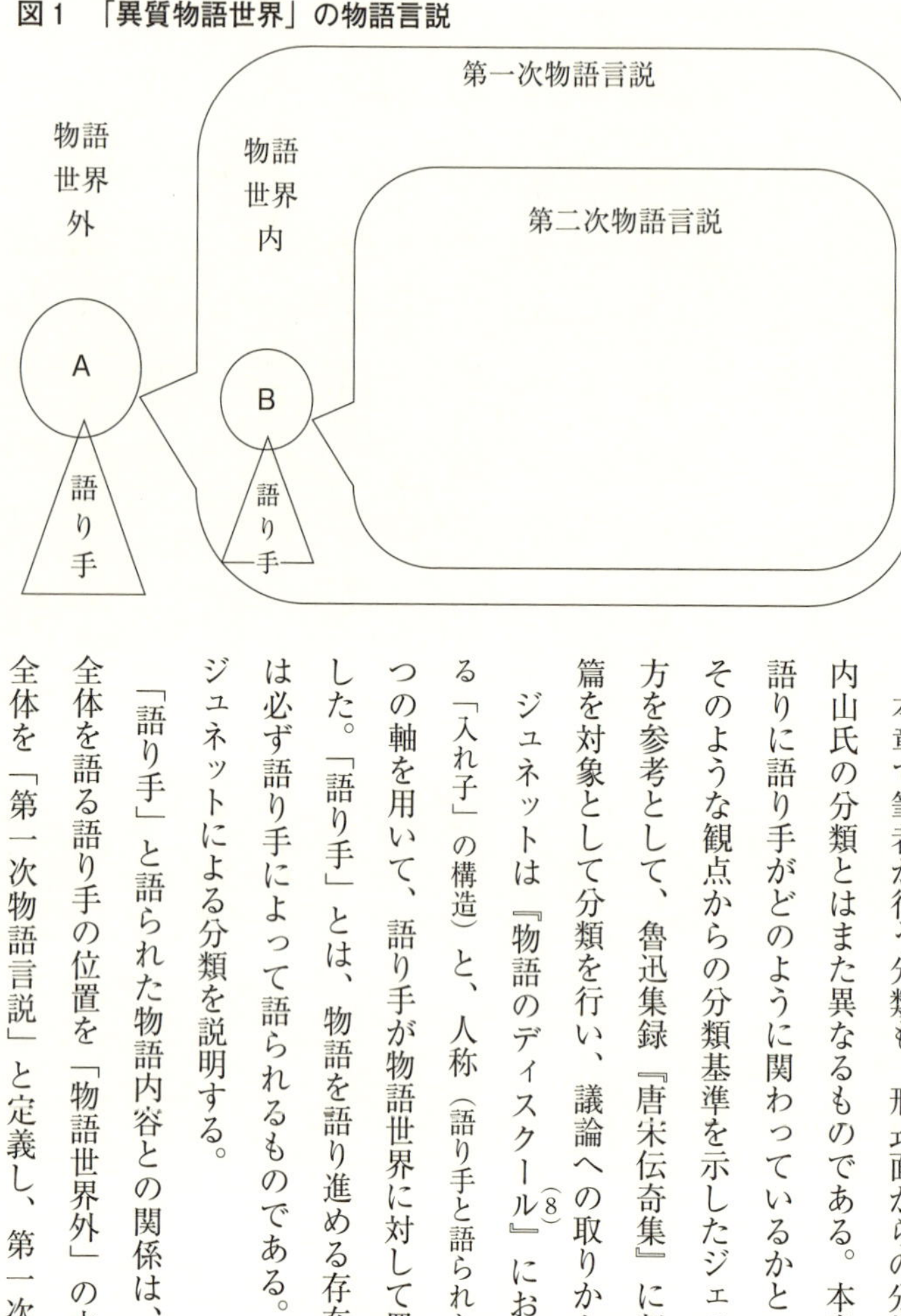

本章で筆者が行う分類も、形式面からの分類に属するものであるが、内山氏の分類とはまた異なるものである。本書全体で扱うのは、伝奇の語りに語り手がどのように関わっているかという問題である。そこで、そのような観点からの分類基準を示したジェラール・ジュネットの考え方を参考として、魯迅集録『唐宋伝奇集』に収録された唐代伝奇三十六篇を対象として分類を行い、議論への取りかかりとしたい。

ジュネットは『物語のディスクール』[8]において、語りの水準（いわゆる「入れ子」の構造）と、人称（語り手と語られた物語世界の関係）という二つの軸を用いて、語り手が物語世界に対して置かれた相対的位置を分類した。「語り手」とは、物語を語り進める存在を指す術語であり、物語は必ず語り手によって語られるものである。少し長くなるが、以下にジュネットによる分類を説明する。

「語り手」と語られた物語内容との関係は、**図1**のようになる。作品全体を語る語り手の位置を「物語世界外」の水準とする。そして、作品全体を「第一次物語言説」と定義し、第一次物語言説を語る語り手は「第一次の語り手」である。また、第一次物語言説で語られるできごとを「物語世界内」のできごとと呼ぶ。さらに、その「物語世界内」で、作中人物として語る語り手の位置を「物語世界内」の水準とした。その語り手は「第二次の語り手」となり、その語るものが「第二次物語言説」となる。これは、いわゆる「入れ子」の構造のことであり、何層にも繰り返される場合がある。以上が「語りの水準」で、一つめの軸である。

図2 「等質物語世界」の物語言説

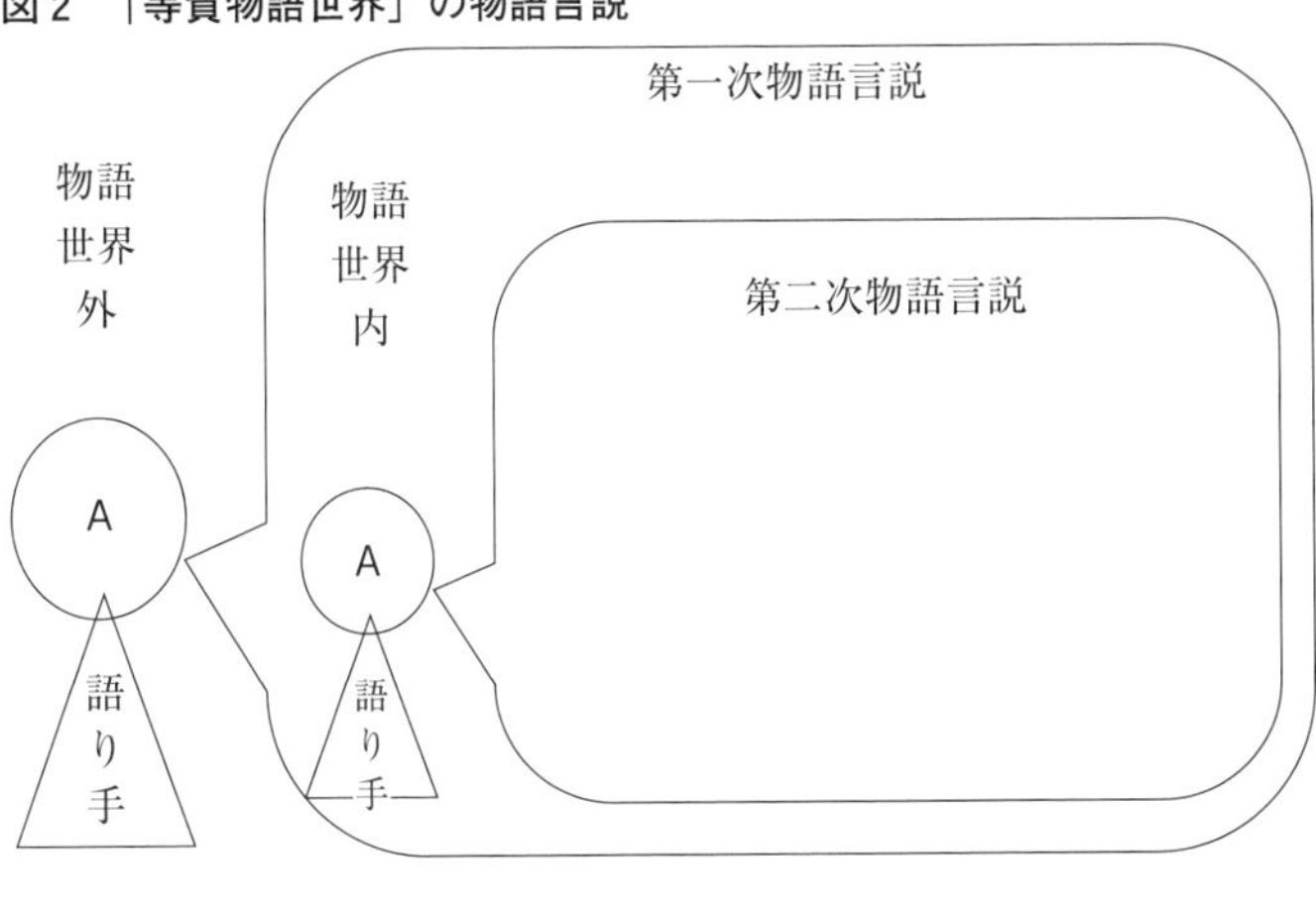

二つめの軸は、「人称」（語り手と語られた物語世界の関係）である。語り手が語る物語内に、語り手自身が登場しない場合を「異質物語世界」の物語言説（図1。AとBは別人物）と呼ぶ。また、語り手自身が作中人物として登場する場合を「等質物語世界」の物語言説（図2。AとAは同じ人物）とする。

これらを縦軸と横軸にとると、次の四象限が生じる。

(1)異質物語世界外のタイプ。範例―自分自身は登場しない物語内容を語る第一次の語り手ホメーロス。（『オデュッセイア』引用者補）

(2)等質物語世界外のタイプ。範例―自分自身の物語内容を語る第一次の語り手ジル・ブラース。（『ジル・ブラース』引用者補）

(3)異質物語世界内のタイプ。範例―自分自身は概して登場することのないいくつもの物語内容を語る第二次の語り手シャハラザード。（『千夜一夜物語』引用者補）

(4)等質物語世界内のタイプ。範例―自分自身の物語内容を語る第二次の語り手である、第九歌から第一二歌までのオデュッセウス。（『オデュッセイア』引用者補）(9)

表1　語り手のタイプ

関係＼水準	物語世界外	物語世界内
異質物語世界	ホメーロス	シャハラザード C.
等質物語世界	ジル・ブラース マルセル	オデュッセウス

表1は『物語のディスクール』（二九三頁）のものを、横書きから縦書きに書き換えたもので、（1）から（4）の範例に挙がっている語り手を表に配したものである。[10]

以上のようなジュネットによる分類を基礎とする。

今回分類した魯迅『唐宋伝奇集』の三十六篇の唐代伝奇は、異質物語世界外タイプが二十五篇、等質物語世界外タイプが十一篇となった。また、異質物語世界内タイプを一例、等質物語世界内タイプを四例見いだすことができた。

唐代伝奇では、その終わり（または始め）に語り手が現れて、語り手が語った物語や人物について批評を加えたり、物語の由来を付したりする場合がある。特にそのような部分に語り手の価値判断が表現されることは言うまでもない。そこで、語りのいつの時点で語り手が登場するか、語り手が物語世界で名乗るかどうか、語り手は物語に対して批評を加えるか、物語の由来を明らかにするかという観点を加えて分類したものを次に示す。

この分類について、次節からは、作品に即して具体的に検討してゆく。

第一節　異質物語世界外タイプ

異質物語世界外タイプは、語り手が物語世界外にいて、語り手自身が登場しない物語を語るものを指す。これに分類した作品は、二十五篇である。それをさらに、（一）物語のみ、（二）①物語を批評する、②物語の由来を記す、③由来と批評を記す、という四つに分けた。**表2**に作品名を挙げて、具体的に述べることにする。

表2　異質物語世界外タイプ

分類	配列	作品名	作者	語り手	語り手の登場	由来（物語の一次ソース）	批評
物語のみ	2	補江総白猿伝	不明	無名	なし	不明	なし
	30	冥音録	不明	無名	なし	不明	なし
	32	霊応伝	不明	無名	なし	不明	なし
	38	開河記	不明	無名	なし	不明	なし
	4	枕中記	沈既済	無名	なし	不明	なし
	9	李章武伝	李景亮	無名	なし	不明	なし
	10	霍小玉伝	蔣防	無名	なし	不明	なし
	19	開元昇平源	呉兢	無名	なし	不明	なし
物語を批評する	7	柳氏伝	許尭佐	無名	終わり	不明	あり
	25	無双伝	薛調	無名	終わり	不明	あり
	26	上清伝	柳珵	無名	終わり	不明	あり
	27	楊娼伝	房千里	無名	終わり	不明	あり
	29	虬髯客伝	杜光庭	無名	終わり	不明	あり
	37	迷楼記	不明	無名	終わり	不明	あり
物語の由来を記す	3	離魂記	陳玄祐	玄祐	終わり	張仲規（離魂体験をした娘の父の甥）	なし
	13	廬江馮媼伝	李公佐	李公佐	終わり	渤海の高鉞（物語との関係は不明）	なし
	17	長恨伝	陳鴻	鴻	終わり	不明（白居易の長恨歌）	なし
	33	隋遺録上	顔師古	無名	／	／	／
	34	隋遺録下	顔師古	無名	終わり（跋文）	梁代の古寺から会昌に出た古書	なし
	31	東陽夜怪録	不明	王洙の知人	始め	王洙（物語の主人公である成自虚の知人）	なし
	35	隋煬帝海山記上	不明	余（無名）	始め	不明	なし
	36	隋煬帝海山記下	不明	／	／	／	／
由来と批評	5	任氏伝	沈既済	沈既済	終わり	韋崟（任氏のパトロン）	あり
	8	柳毅伝	李朝威	李朝威	終わり	薛嘏（柳毅と交流したいとこ）	あり
	12	南柯太守伝	李公佐	公佐	終わり	遺跡を尋ねた or 淳于棼の肉親	あり
	15	李娃伝	白行簡	白行簡	始めと終わり	白行簡の大伯父（滎陽生の後任者）	あり
	28	飛烟伝	皇甫枚	予（三水人）	終わり	遠（趙象）の後任李垣の手記、予	あり

（一）　物語のみ

ここに分類されるものは八篇あり、物語のいわば本体のみが記され、物語の由来などを語る部分が付されておらず、語り手は表だって登場しないものである。「補江総白猿伝」「冥音録」「霊応伝」「開河記」「枕中記」「李章武伝」「霍小玉伝」「開元昇平源」がそれにあたる。

この中でも、実際の作者の名が現在に伝わっているものと伝わっていないものがある。語り手は、実際の作者と同じと考えて差し支えない場合もあるし、作者とは違う場合もあるが、その区別は、いま語り手が誰かを考えるときには重要でない。そのことを「枕中記」を例として述べたい。

「枕中記」のテクストは、『文苑英華』巻八三三「枕中記」（沈既済撰）と、『太平広記』巻八二「呂翁」（出『異聞集』）が伝わっているが、一般に『文苑英華』収録のテクストがよいとされ、魯迅『唐宋伝奇集』もそちらを採っている。

「枕中記」の作者を沈既済とみなすのは『文苑英華』によっているが、清の『唐人説薈』巻二〇「枕中記」には「唐李泌撰」となっている。同じ作品であっても、このように作者名が変化して後世に伝わることもある。したがって、作者を特定するのであれば、伝播の過程を追うことが欠かせない。また、作品内に選者として名が記されているかどうかも重要な手がかりとなる。

しかし、語り手という概念は、作品から作者の意図を読み取るという考え方から離れるために用いられる概念であるから、実際の作者のことはひとまず関係がない。ただ、結果として作者と語り手が同じ人物であることもあるし、物語世界内で語り手が名乗っているならば、それは語り手が誰であるかを特定する決め手となる。

それでは、「枕中記」の物語世界内に語り手に関する手がかりはあるだろうか。「枕中記[11]」の始めと終わりは次のとおりである。

開元七年、道士有呂翁者、得神仙術。行邯鄲道中、息邸舎、摂帽弛帯、隠嚢而坐。俄見旅中少年、乃盧生也。

（開元七年、道士の呂翁という者がいて、神仙術を身につけていた。邯鄲へ行く道すがら、宿屋で休み、かぶり物を脱いで帯をゆるめて、荷物に寄りかかって座った。ふいに道行く少年が目に入った、それが盧生である。）

盧生欠伸而悟、見其身方偃於邸舎、呂翁坐其傍。主人蒸黍未熟、触類如故……稽首再拝而去。

（盧生はあくびとのびをして目覚め、見れば自分が宿屋で身を横たえていて、呂翁はそのかたわらに座っている。宿の主人が蒸している黍はまだ炊きあがらず、すべてもとのままである……盧生は丁重に二度お辞儀をして立ち去った。）

「枕中記」に語られる大部分は、盧生が見た夢の内容であるが、その始めと終わりには、盧生が登場し、立ち去る場面が語られている。その盧生より前に登場するのは、道士呂翁である。そして、盧生が登場するときに「ふいに道行く少年が目に入った、それが盧生である」とあることから、語り手がこの場面を、呂翁の「見」るという視点を通じて、物語っていることが読み取れる。

また、物語の終わりでは、夢から覚めた盧生が、自分の置かれた状況が眠る前と何も変わっていないことを「見」て認識するというように、盧生の視点を通じて語っている部分もある。しかし、それでは語り手は物語世界内にいるのかというと、そこに作中人物としては登場しない。あくまでも物語の外でこの物語全体を俯瞰するように語っている「異質物語世界外タイプ」の語り手である。語り手は作中人物の知覚を通じて語りを進めることはあるものの、物語のどこにも名をあらわすことはなく、したがって語り手が誰であるかをテクスト内の言説から特定することはできないのである。

（二）　物語を批評する

ここに分類されるものは六篇で、物語の終わりで、語られた物語に対する批評が記され、それは語り手のものと考えられる。「柳氏伝」「無双伝」「上清伝」「楊娼伝」「虬髯客伝」「迷楼記」がそれにあたる。

「無双伝」[12]を一例として、物語の終わりにおける批評について述べる。まず、「無双伝」の始めは次のようである。

唐王仙客者、建中中朝臣劉震之甥也。初、仙客父亡、与母同帰外氏。震有女曰無双、小仙客数歳、皆幼稚、戯弄相狎。震之妻常戯呼仙客為王郎子。

（唐の王仙客は、建中年間の朝臣劉震の甥である。話は遡るが、仙客の父が亡くなり、母と一緒に劉震の家に身を寄せた。震には娘がいて無双と言ったが、仙客より数歳年下で、ともに幼い年頃、ふざけあって親しくしていた。震の妻はいつも仙客を王家のお婿さんとおふざけで呼んでいた。）

このように、無双と親しくしていた親戚である王仙客の身の上話から始まる。そして、成長した無双と王仙客は離別や困難を経た後に結ばれ、無双の物語は次のように終わる。

与無双偕老矣、男女成群。（仙客と無双は年寄るまで添い遂げ、息子や娘も大勢いた。）

こうして物語が終わった後に、さらに続けて語られる。

噫、人生之契闊会合多矣、罕有若斯之比。常謂古今所無。無双遭乱世藉没、而仙客之志、死而不奪。卒遇古生之奇法取之、冤死者十余人、艱難走竄後、得帰故郷、為夫婦五十年。何其異哉。

（ああ、人生には別れや出会いが多いものだが、このようなことはまれである。むしろ古今ないことだと以前より考えていた。無双は乱世に遭って家財を没収されたけれども、仙客の志は死でも奪われなかった。ついには古生の奇抜な手法にめぐりあって無双を手に入れたが、罪無くして死んだ者は十人余り、艱難に満ちた逃亡の後、故郷へ帰ることができ、夫婦となって五十年を送った。なんとも数奇なことだ。）

無双と王仙客の人生を振り返って漏らされたこの感慨は誰のものであろうか。この部分が、物語として語られたできごとを踏まえた感慨であることは明らかであるため、この物語を知っている何者かの感慨ということになる。「無双伝」は『太平広記』に「薛調撰」として収められているため、そうしたテクスト外の情報によって、語り手が薛調でありその感慨だと一応は見なすことができる。しかし、物語内には記名がないことから、このテクストの感慨は無名の語り手によるものだと言える。仙客と無双の物語が世にもまれなできごとであるという語り手の感慨や評価をここから読み取ることができる。

（三）　物語の由来を記す

ここに分類されるものは六篇で、物語の終わりや始めで、語られた物語の由来が語られる。「離魂記」「廬江馮媼伝」「長恨伝」「隋遺録」「東陽夜怪録」「隋煬帝海山記」がそれにあたる。

「離魂記」[13]を例に、その物語の由来についての語りを確認したい。まず、この物語の大まかな内容は次のようなものである。張鎰の娘である倩娘と、張鎰の甥である王宙は互いに想いを寄せあっていたが、張鎰は倩娘を別の男に嫁がせることを決めた。失意の王宙が都を目指して旅立ったところ、倩娘が追いかけてきた。二人はそのまま逃げて暮らし、子も生まれた。五年が経ち、王宙が張鎰の家へ詫びに行ったところ、なんと倩娘は家で何年も病に伏せったままだと言う。その後、旅に出ていた倩娘と家にいた倩娘が対面し、着物まで重なり合って一人の倩娘になったという話である。この物語に続けて次のように語られる。

玄祐少常聞此説、而多異同、或謂其虚。大暦末、遇萊蕪県令張仲覯、因備述其本末。鎰則仲覯堂叔、而説極備悉。故記之。

（玄祐はこの話を以前若い頃に聞いたけれど、食い違いが多く、ことによるとうそであろうと考えた。大暦の末、萊蕪県令の張仲覯に出会い、そのときにその顚末をすべて話してくれた。鎰というのは仲覯の父方の叔父であって、話はたいへん詳しかった。そこでここに記す。）

「離魂記」を書き記したのは玄祐で、玄祐にその離魂の物語を話したのは、張仲覯である。そして張仲覯は、離魂した倩娘の父張鎰の甥にあたる人物で、たいへん詳しく話してくれたので、信憑性があるということのようである。ところで、その離魂のできごとが起きたのは、いつのころであろうか。玄祐が離魂の物語を聞いたのは「大暦の末」であるので、七七九年ごろということになる。そして「離魂記」は次のように始まる。

天授三年、清河張鎰因官家于衡州。性簡静、寡知友。無子、有女二人、其長早亡、幼女倩娘、端妍絶倫。鎰外甥太原王宙、幼聡悟、美容範、鎰常器重、毎曰「他時当以倩娘妻之。」後各長成、宙与倩娘、常私感想於寤寐、家人莫知其状。

（天授三（六九二）年、清河の張鎰は役人だったので衡州に住んでいた。性格は物静かで、友人は少なかった。息子は無く、娘が二人有ったが、長女は早くに亡くなり、次女の倩娘は、容貌の優美さはこの上ない。鎰の外甥である太原の王宙は、幼いときから聡明で、整った顔立ちであり、鎰は日頃より重んじていて、いつも「将来、倩娘を王宙に娶せよう。」と言っていた。後にそれぞれ成長して、宙と倩娘は、いつも密かに寝ても覚めても思いを寄せていたが、家の者は誰もそれを知らなかった。）

この物語の始まりが天授三（六九二）年で、そのとき倩娘と王宙はまだ幼かったのであろう。その後成長して互いに想い合うようになったのは、おそらく七～十年後の時期と考えられる。それからほどなく二人が駆け落ちをし、「約五年が経ち、息子が二人生まれたが、鎰とは連絡が絶えていた（凡五年、生二子、与鎰絶信）」。その直後に、王宙が張鎰を訪ねたとき、離魂のできごとは発覚した。したがって、離魂のできごとが起きたのは七〇四～七〇七年ごろとなり、その話を張仲覩が玄祐にした大暦の末には、できごとから七十年ほど経っていることになる。張仲覩が離魂のできごとを直接見たのか、伝え聞いたのかといったことはテクストに書かれていないが、こうしてみると、張仲覩が玄祐に話したできごとは、かなり昔に起きた話である。しかし、張仲覩が張鎰の親類であり、その話に信憑性があるということで玄祐が記録したということであろう。

以上のように、物語の由来は物語の終わりに付されるものが多いが、「東陽夜怪録」「隋煬帝海山記」のように始めに語られることもある。

「東陽夜怪録」[14]の場合は次のように始まる。

前進士王洙字学源、其先瑯琊人。元和十三年春擢第。嘗居鄒魯間名山習業。洙自云、前四年時、因随籍入貢、暮次滎陽逆旅。値彭城客秀才成自虚者、以家事不得就挙、言旋故里、遇洙、因話辛勤往復之意。自虚字致本、語及人間目睹之異。是歳、自虚十有一月八日東還……。

（前の進士の王洙、字は学源と言い、その先祖は瑯琊の人である。元和十三年春に及第した。以前に鄒や魯のあたりの名山に住んで学んだことがある。洙が自ら言うには、「四年前に、郷里の試験に合格し都へ受験に向かうため、暮れ時に滎陽の宿屋に泊まった。彭城出身の旅人で秀才の成自虚という者に出会ったが、家の都合で科挙を受けることができず、故郷に帰ると言い、洙とたまたま出会ったので、旅の道行きの苦労を話した。自虚は、字を致本と言い、世間で自らが目撃した怪異のことまで語った。この年、自虚は十一月八日に東へ向かって帰り……。）

この物語の由来をまとめると次のようになる。まず「語り手」が「王洙」を紹介するところから始まっている。次いで、「王洙」が登場するが、「洙が自ら言うには」とあることから、それ以下に続く物語は王洙が語った物語である。それを聞いた何者かが「語り手」となり、王洙の語りを引用して物語っているということである。また、王洙の語る物語内容は、「成自虚」が体験したできごとで、成自虚が王洙に語ったので、王洙は語ることができたのである。このように、成自虚が語った物語を王洙が聞き、それを王洙から語り手が聞くという伝達の順番が読み取れる。

物語の中心部は、成自虚が体験した怪異であり、ある一夜のできごとを時間を追って語る。そして最後は、成自虚が怪異の起きた場所から逃げ去り、あまりにも怪奇なできごとに数日間呆然としたさまが語られて終わる。

遂策馬奔去、至赤水店、見僮僕、方訝其主之相失、始忙於求訪。自虚慨然、如喪魂者数日。

（自虚は）そのまま馬に鞭打って走り去り、赤水店に着いて、見れば、召使いの童子は主人がいなくなったのを訝しんで、捜索を始めようとしているところである。自虚は深い物思いにふけり、数日は魂を失った者のようだった。）

この物語の始めで確認したように、王洙の言葉を引用して「洙が言うには」と語られてきたこの物語は、「自虚は深い物思いにふけり、数日は魂を失った者のようだった」までが王洙の語った内容である。王洙から話を聞いて記した無名の語り手の存在はうかがえるものの、語りを引き受けているのはほとんど王洙ということになる。この王洙のような語り手は「異質物語世界内」タイプである。このことについては第三節に改めて述べる。

「東陽夜怪録」の作者名は現在伝わっていないし、物語内にも語り手の名はないので、語り手が誰なのかは分からない。しかし、この物語の冒頭の語りは、語り手に物語を伝えた人物の姓名や出身地といった身元を明らかにすることで、物語の信憑性を高めているもののようである。

（四）由来と批評を記す

ここに分類されたものは五篇で、物語の終わりや始めで、語られた物語の由来と批評が語られる。「任氏伝」「柳毅伝」「南柯太守伝」「李娃伝」「飛烟伝」がそれにあたる。

「任氏伝」[15]を例に、その物語の由来と批評の語りを確認したい。

任氏、女妖也。有韋使君者、名崟、第九、信安王禕之外孫。少落拓、好飲酒。其従父妹婿曰鄭六、不記其名。

（任氏は、女のあやかしである。韋使君という者がいて、名は崟、排行第九、信安王禕の外孫である。若い時分より放蕩者で、酒を好んだ。そのいとこの婿は鄭六と言い、その名は記さない。）

このように物語の主要な作中人物である任氏と韋使君、鄭六の紹介から始まる。そしてその三人の物語が語られた後に、「その後鄭氏は総監使となり、家はたいへん豊かで、飼い馬も十数匹いた。六十五歳で亡くなった（其後鄭子為総監使、家甚富、有櫪馬十余匹。年六十五卒）」というところで三人の物語は終わる。さらに次のように続く。

大暦中、沈既済居鍾陵、嘗与崟遊、屢言其事、故最詳悉。後崟為殿中侍御史、兼隴州刺史、遂歿而不返。

嗟乎、異物之情也、有人道焉。遇暴不失節、徇人以至死、雖今婦人有不如者矣。惜鄭生非精人、徒悦其色而不徵其情性。向使淵識之士、必能揉変化之理、察神人之際、著文章之美、伝要妙之情、不止於賞玩風態而已。惜哉。

建中二年、既済自左拾遺、与金吾将軍裴冀、京兆少尹孫成、戸部郎中崔需、右拾遺陸淳、皆謫居東南、自秦徂呉、水陸同道。時前拾遺朱放、因旅遊而随焉。浮潁渉淮、方舟沿流。昼讌夜話、各徵其異説。衆君子聞任氏之事、共深歎駭、因請既済伝之、以志異云。沈既済撰。

（大暦年間（七六六～七七九）に、沈既済は鍾陵に住み、そのころ崟と交友したが、しばしばそのことを言っていたので、すべてに詳しいのである。後に崟は殿中侍御史となり、隴州刺史を兼ね、ついには亡くなって帰らぬ人である。

ああ、あやかしの情も、人の道にかなうものがあるのだ。暴力に見舞われても節を失わず、人につき従って死んでしまったのは、今の婦人でも及ぶ者がないほどだ。惜しいことに鄭生は高尚な人ではなかったので、その美貌を楽しんだだけでその心を明らかにしなかった。もし見識高い人物であれば、必ずや変化の原理をつかみ、神と人の境を見分け、美しい文章に著し、深淵微妙な心を伝えることができ、器量物腰をもてあそぶだけに終わらなかったはずなのだ。惜しいことだ。

建中二（七八一）年、既済は左拾遺から、金吾将軍の裴冀、京兆少尹の孫成、戸部郎中の崔需、右拾遺の陸淳と一緒に東南地方に左遷されて、秦から呉へ行き、水路陸路をともにした。その時に前の拾遺の朱放が、旅をしていて一緒になったのだ。潁水に浮かび淮水を渡るのに、舟を並べて流れにまかせ、昼は宴、夜は物語をし、それぞれが珍しい話を披露した。諸君子は任氏のことを聞いて、皆深く感嘆し、既済にこれを伝にするように頼んだので、珍しい話として記した。沈既済撰す。）

以上のように、語り手である沈既済の感慨と、「任氏伝」を書いたいきさつが詳しく語られている。狐の化け物であった任氏の、人に劣らぬ貞節を褒め、鄭生が任氏の美貌を喜ぶだけでその心を明らかにしなかったことを残念だと述べている。また、この任氏の物語を、沈既済が左遷地へ赴く道中で珍しい話として語ったところ、一座の者から伝を書くように勧められたことを述べている。

このほか、「李娃伝」(16)の場合は、始めと終わりに語り手が現れている。まず始めは次のようである。

汧国夫人李娃、長安之倡女也。節行瑰奇、有足称者。故監察御史白行簡為伝述。

（汧国夫人李娃は、長安の妓女である。節操品行にとりわけ優れ、称えるべきものがある。そこで監察御史の白行簡は伝え聞いたことを述べる。）

このように、李娃の節操品行を褒めるために白行簡が語るということが明示されている。続いて、李娃に入れ込んだ男鄭生の父である滎陽公が紹介される。この物語の中心部は、李娃と鄭生の身に起きたできごとであり、最後には二人は幸せな結婚をし、子孫も繁栄する。その後にまた語り手の感慨が語られる。

嗟乎、倡蕩之姫、節行如是、雖古先烈女、不能逾也。焉得不為之歎息哉。予伯祖嘗牧晋州、転戸部、為水陸運使、三任皆与生為代、故諳詳其事。貞元中、予与隴西公佐、話婦人操烈之品格、因遂述汧国之事。公佐拊掌竦聴、命予為伝。乃握管濡翰、疏而存之。時乙亥歳秋八月、太原白行簡云。

（ああ、妓女ながらも、貞節品行はこのようであり、昔の烈女でも、勝ることはできまい。称賛せずにはいられないのだ。私の祖父の兄はかつて晋州を治め、戸部に転任して、水陸運使となったが、その三度の任官はどれも鄭生の後任だったので、そのことをたいへん詳しく知っていた。貞元年間に、私と隴西の公佐は、婦人の貞節の品格を語り合い、そこでそのまま汧国夫人のことを述べた。公佐は手をたたいて面白がって聴き、私に伝を作るよう命じた。そこで筆を執り墨に潤し、これを書き上げた。時は乙亥の歳（貞元十一（七九五）年）秋八月、太原の白行簡書く。）

この終わりに書かれた内容については、白行簡が「李娃伝」を「乙亥の歳」に本当に書いたのか否かを巡って諸説あるが、今はそうした作者のことには触れない。

ここで確認しておきたいのは、語りの最後に「白行簡」と記名があることから「私（＝予）」と称する人物が「白行簡」であると明らかになることと、その「私」は「祖父の兄」から伝え聞いた鄭生たちの話を「李娃伝」として語ったと述べているということである。また、この物語の「始め」でも述べていたように、李娃の貞節品行は称える価値があることを「終わり」でも繰り返し述べている。

また、「南柯太守伝」にも、物語の終わりで由来や批評を加える語り手が登場する。この物語の語り手は、自身が登場していない物語世界内でも、作中人物の視点を借りて自己の考えを述べることもあるが、それについては後に第二部第三章に改めて論じる。

第二節　等質物語世界外タイプ

等質物語世界外タイプは、語り手が物語世界外にいて、語り手自身が登場する物語を語るものを指す。これに分類した作品は、十一篇である。それをさらに、（一）自己物語、（二）記録者、の二つに分ける。以下、作品名を具体的に挙げて述べることにする。

（一）自己物語

ここに分類されたものは五篇で、語り手自身が、物語世界内の作中人物として登場していて、自己にまつわる物語を自分で語る。「周秦行記」「古鏡記」「古岳瀆経」「謝小娥伝」「秦夢記」がそれにあたる。

たとえば、「周秦行記」[17]は次のように始まる。

余真元中、挙進士落第、帰宛葉間。至伊闕南道鳴皋山下、将宿大安民舎。会暮、失道不至。更十余里、行一道甚易、夜月始出、忽聞有異気如貴香、因趨進行、不知厭遠。見火明、意荘家、更前駆、至一宅、門庭若富家。有黄衣閽人曰「郎君何至。」余答曰「僧孺姓牛、応進士落弟、本往大安民舎、誤道来此、直乞宿、無他。」

（私は真元年間（七八五〜八〇五年）に、進士に挙げられたが落第し、宛県・葉県のあたりへと帰った。伊闕の南に至って、鳴皋山のふもとに道をとり、大安の民家に泊まろうとした。日暮れになり、道に迷ってたどり着かない。さらに十里余り、一本道を行くとたいへん平坦であり、夜の月が出始めると、急にすばらしい香りのような不思議な雰囲気を感じ、そのため歩みを早めて進み、どれほど進んだかも分からなくなった。火がともるのが見えたので、農家であろうと思い、さらに先へと急いで進むと、一軒の家にたどり着き、門構えや庭は富豪の家のようである。黄色の着物の門番がいて言った。「あなた様はなぜいらっしゃったのか。」私は答えて言った「名は僧孺、姓は牛と言い、進士に応じて落弟し、もともと大安の民家に行くところが、道を間違えてここに来ました。ただ宿をお願いしたいだけで、他は何もありません。」

このように、物語の始めから「私」という人物が登場して、その人物の体験が語られる。語りが進むにつれ、その「私」が「牛僧儒」であることが明らかになる。そして物語は、作中人物牛僧儒の知覚を通じて、見聞きした物や感じたことを語り、交わした会話や詩を引用しながら語って終わりまで進んでいく。牛僧儒は訪れたその家で一夜を過ごし、翌朝になってもとの世界に戻る。

太后使朱衣送往大安、抵西道、旋失使人所在、時始明矣。余就大安里、問其里人、里人云「此十余里有薄后廟。」余卻回望廟宇、荒毀不可入、非向者所見矣。余衣上香経十余日不歇、竟不知其何如。

表3　等質物語世界外タイプ

	配列	作品名	作者	語り手	語り手の登場	由来（物語の一次ソース）	批評
自己物語	21	周秦行記	韋瓘	余（牛僧儒）	物語内	余（牛僧儒）	なし
	1	古鏡記	王度	度	始め	王度、王勣、侯生、豹生、張竜駒	あり
	11	古岳瀆経	李公佐	無名	終わり	楊衡、岳瀆経、公佐	あり
	14	謝小娥伝	李公佐	余	終わり	余、謝小娥	あり
	24	秦夢記	沈亜之	余	終わり	（沈亜之の見た夢）	あり
記録者	6	編次鄭欽悦弁大同古銘論	李吉甫	余（＝李吉甫）	終わり	（李吉甫の伝聞）	あり
	16	三夢記	白行簡	予（行簡）	始めと終わり	（予の伝聞）	あり
	18	東城老父伝	陳鴻祖	鴻祖	物語内	賈昌（＝東城老父）	あり
	20	鶯鶯伝	元稹	予（稹）	物語内、終わり	張生（物語の男主人公）、予（稹）	なし
	22	湘中怨辞	沈亜之	余	始めと終わり	朋（主人公鄭との関係は不明）	あり
	23	異夢録	沈亜之	亜之	物語内	隴西公、呉興の姚合	なし

（太后は朱衣の者に大安へ私を送って行かせ、西道に行き当たると、すぐさま使いの姿は無くなって、そのときようやく明るくなったのだ。私が大安に着いて、その村人に尋ねると、村人が言うには「ここから十里ばかりの所に薄后廟がある。」とのこと。私は引き返して廟の様子をうかがったが、荒廃して入ることはできず、昨夜見たものではなかったのだ。私の着物についた香りは十日あまり過ぎても失せなかったが、結局それが何であったか分からない。）

このように最後まで「私」が語る物語であることが明らかである。

このほか、「古鏡記」の場合は、物語の始めに「度」と言う人名が何度も用いられるが、この「度」は従来より「王度」の自称として捉えられており、語り手「王度」が体験した古鏡の怪異のできごとを語るという物語である。また、「謝小娥伝」の場合は、「謝小娥」が主要な作中人物であるが、「李公佐」もまた重要な作中人物であり、その「李公佐」が語り手でもあるという構成になっている。この二作品については後に改めて、第一部第三章で「謝小娥伝」について、第二部第一章で「古鏡記」について詳しく論じる。

（二）記録者

ここに分類されたものは六篇で、「編次鄭欽悦弁大同古銘論」「三夢記」「東城老父伝」「鶯鶯伝」「湘中怨辞」「異夢録」がそれにあたる。物語世界内に、語り手自身も作中人物として登場しているのだが、語り手自身はそこに語られたできごとの主役という訳ではなく、目撃者あるいは証人のような立場で物語を語る。

たとえば、「東城老父伝[18]」は次のように始まる。

老父姓賈名昌、長安宣陽里人、開元元年癸丑生。元和庚寅歳、九十八年矣。視聴不衰、言甚安徐、心力不耗。語太平事、歴歴可聴。

（老人の姓は賈、名は昌、長安の宣陽里の人で、開元元（七一三）年癸丑に生まれた。元和庚寅の歳に、九十八歳なのである。目や耳は衰えず、話しぶりはたいへん落ち着いて、思考力も衰えていない。太平の世のことを語れば、明晰で耳を傾けるに足る。）

ここに登場する賈昌（東城老父）の幼少期から、長じて結婚し子も生まれたあと出家するまでの物語が、物語世界外の無名の語り手によって語られる。その賈昌の人生物語が一通り終わった後に、この物語の語り手が物語世界内に登場する。

元和中、潁川陳洪祖携友人出春明門、見竹柏森然、香煙聞於道。下馬覲昌於塔下、聴其言、忘日之暮。宿鴻祖於斎舎、話身之出処、皆有条貫、遂及王制。鴻祖問開元之理乱、昌曰「老人少時……」

（元和年間のこと、潁川の陳洪祖は友人と連れだって春明門を出て、竹や柏が鬱蒼と茂るのを見かけ、お香の煙は道にまで香っていた。馬を降りて舎利塔の下で昌に拝謁し、その言葉に耳を傾けて、日が暮れるのも忘れた。鴻祖を斎舎に泊めてくれ、身の上を話してくれたが、みな筋が通っていて、ついには朝廷の政治のことに話は及んだ。鴻祖が開元の治乱について尋ねると、昌は言った。「私が若いときに……」）

このように、先に語られてきた賈昌の物語は、賈昌本人が話した身の上話を陳洪祖が聞いて、陳洪祖が語り手となって物語っていたことが明らかになる。そして「昌は言った」より後は、賈昌の語った話としてその言葉を延々と引用する。賈昌の話を聞き続けた陳洪祖は、物語の最後で、「鴻祖は黙ったままどうにも返事ができないで、立ち去った。（鴻祖黙不敢応而去）」というように、物語世界から退場し同時に「東城老父伝」も終わる。

この「東城老父伝」の賈昌は、物語世界内で物語る「等質物語世界内タイプ」の語り手である。これについては第四節で改めて論じたい。

第三節　異質物語世界内タイプ

「異質物語世界内タイプ」は、物語世界内の人物が語り手となり、その語り手自身とは関係がない物語を語るものを指す。このタイプは一例で、「東陽夜怪録」の王洙がそれである。先に本章第一節（三）で、「東陽夜怪録」を「異質物語世界外」タイプの語り手が作品全体を語る物語として取り挙げた。ここでは、その語り手と王洙の関係について述べたい。

前掲した「東陽夜怪録」の始めと終わりを再度挙げる。（傍線は引用者による。以下同。）

前進士王洙字学源、其先瑯琊人。元和十三年春擢第。嘗居鄒魯間名山習業。洙自云、前四年時、因随籍入貢、暮次滎陽逆旅。値彭城客秀才成自虚者、以家事不得就挙、言旋故里、遇洙、因話辛勤往復之意。自虚字致本、語及人間目睹之異。是歳、自虚十有一月八日東還……。

（前の進士の王洙、字は学源と言い、その先祖は瑯琊の人である。元和十三年春に及第した。以前に鄒や魯のあたりの名山に住んで学んだことがある。洙が自ら言うには、「四年前に、郷里の試験に合格し都へ受験に向かうため、暮れ時に滎陽の宿屋に泊まった。彭城出身の旅人で秀才の成自虚という者に出会ったが、家の都合で科挙を受けることができずに、故郷に帰ると言い、洙とたまたま出会ったので、旅の道行きの苦労を話した。自虚は、字を致本と言い、世間で自らが目撃した怪異のことまで語った。この年、自虚は十一月八日に東へ向かって帰り……。）

……遂策馬奔去、至赤水店、見僮僕、方訝其主之相失、始忙於求訪。自虚慨然、如喪魂者数日。

（……（自虚は）そのまま馬に鞭打って走り去り、赤水店に着いて、見れば、召使いの童子は主人がいなくなったのを訝しんで、捜索を始めようとしているところである。自虚は深い物思いにふけり、数日は魂を失った者のようだった。）

先に述べたとおり、「洙が自ら言うには」から最後にいたるまですべてが王洙の語った言葉の引用であるが、その語る物語内に王洙は登場せず、語られた物語は「成自虚」が体験したできごとである。

しかしながら、「前の進士の王洙……」から始まる物語全体を「第一次物語言説」と考え、その層の語り手を「第一次の語り手」と見なすとき、王洙は「第一次の語り手」によって語られた物語の作中人物であることが確かである。そして、「第一次物語言説」の中で物語を語る王洙は「第二次の語り手」であり、物語世界内で語り手自身が登場しない物語を語るその境位（物語世界に対する語り手の相対的位置）は、「異質物語世界内タイプ」と言える。

なお、「東陽夜怪録」は作者名が伝わっておらず、「第一次の語り手」が誰かについては、可能性が二つある。一つは、無名の語り手である。「前の進士の王洙……」という史書と同様の語りはじめから考えると、語り手は王洙とは別の誰かである無名の語り手である。二つめは、王洙その人である。「「前の進士の王洙……」という第三者を装った語りは、実は「第一次の語り手」王洙その人の語りであり、それに続く「洙が言うには」の「洙」は自称であって、それより後の語りは「第二次の語り手」王洙の語りである。

いずれの場合であっても、「前の進士の王洙……」と語る語り手と、「洙が言うには」より後を語る語り手の位置する層が違うことには違いない。また、「第二次語り手」である王洙が語る物語が、王洙自身の体験でないことも変わらない。そこで、作中人物である語り手王洙は「異質物語世界内タイプ」となる。

第四節　等質物語世界内タイプ

等質物語世界内タイプは、物語世界内の作中人物が語り手を担い、語り手自身の物語を語るものを指す。代表的なものは、「東城老父伝」の賈昌（東城老父）や、「霊応伝」の九娘子や承符、「古鏡記」の王勣である。「東城老父伝」について、黒田真美子氏は「インタビュー形式の直接話法という、他の伝奇では見当たらない斬新な手法で綴られている(19)」と述べている。

確かにこの物語は、作中人物陳洪祖が「開元の治乱」について賈昌（東城老父）に問い、開元年間から生きてきたという老人賈昌が自身の見聞や考えを述べるものである。その賈昌のことばを、語り手陳洪祖が引用した部分が、文字数にして物語全体の三分の一程度と大きく占めている。しかし、「東城老父伝」における作中人物賈昌の長い語りが「直接話法」で引用されているのと同様のものが「他の伝奇では見当たらない」という点については異論を述べたい。

「東城老父伝」と同様に、作中人物の語りに対する聞き手が作中に配置されているものとして、『唐宋伝奇集』からは、「古鏡記」の王勣の語りや、「霊応伝」の九娘子や承符の語りを挙げることができる。また、前節で取り挙げた「東陽夜怪録」も、作中人物王洙の語ることばを直接引用しているという点では同類のものと言える。

さらに、「直接話法」というかたちに注目するならば、作中人物の長い語りを引用するものだけでなく、短い会話の引用も同じものである。そういったものも範疇に含めると、むしろ「直接話法」を全く含まない作品は、『唐宋伝奇集』収録の唐代伝奇に見いだすことはできない。

「霊応伝」[20]では、物語全体を語るのは物語世界外の無名の語り手であり、物語の内容は次のようである。作中人物の周宝のところへある日、「九娘子」という者が尋ねてくる。そして、「九娘子」は自分の身の上と窮状を、周宝に対してとうとうと語る。この「九娘子」は作中人物であり、物語世界内で自己の物語を語るという語り手である。さらに物語が進むと、周宝の部下の「承符」が登場する。この「承符」は、一度亡くなった後に生き返り、家族の尋ねに応じて、自分が死んでいたときの体験を延々と語り始める。これも「九娘子」と同様に、物語世界内で自己の体験を語る語り手である。また、その語りに対する聞き手が物語世界内の人物だと明らかである。

このほか、「古鏡記」では、物語全体の語り手は、古鏡の持ち主である「王度」であり、その語り手「王度」自身が見聞した古鏡の怪異を語るという物語である。しかしこの物語の後半では、王度の弟「王勣」が古鏡を借り受けて旅に出る。その長旅における「王勣」の見聞を伝える部分は、「王度」と「王勣」の再会場面を語る中に、「王勣」の会話のことばを直接引用するかたちで伝えている。この王勣の語りについては、後に第二部第一章で詳しく論じることにしたい。

おわりに

唐代伝奇の語り手と物語の関係について分類してみると、多様な語り手があることが確認できる。語り手は、その語る物語世界の作中人物であることもあるし、作中人物ではないこともある。また語り手には、作品全体を物語る第一次の語り手や、作品の中でさらに別の物語を語る第二次の語り手もある。

それらの語り手が、語られた物語世界とどのように関わっているかを明らかにするために、「謝小娥伝」、「古鏡記」、

「南柯太守伝」についてさらに詳しく検討することにする。

注

(1) 狩野直喜『支那小説戯曲史』みすず書房、一九九二年（一九一六年の講義用原稿をまとめたもの）、三四～四九頁。
(2) 塩谷温『支那文学概論講話』大日本雄弁会、一九一九年、三九四頁。氏は『晋唐小説』（国訳漢文大成 文学部 第一二巻、国民文庫刊行会、一九二〇年）にも同じ分類を用いている。
(3) 内田泉之助、乾一夫『唐代伝奇』新釈漢文大系四四、明治書院、一九七一年、五頁。
(4) 内山知也『隋唐小説研究』木耳社、一九七七年、三七四頁。
(5) 前掲注（4）、三六九頁。
(6) 前掲注（5）に同じ。
(7) 前掲注（4）、六～七頁。
(8) ジェラール・ジュネット著、花輪光、和泉涼一訳『物語のディスクール 方法論の試み』水声社、一九八五年。
(9) 前掲注（8）、二九二頁。
(10) 表の中の「C.」や「マルセル」は、ジュネットが『物語のディスクール』で詳細な検討を行ったマルセル・プルーストの『失われた時を求めて』等に関わる語り手である。
(11) 『文苑英華』巻八三三「枕中記」。
(12) 『太平広記』巻四八六、雑伝記三「無双伝」。
(13) 『太平広記』巻三五八、神魂一「王宙」。
(14) 『太平広記』巻四九〇、雑伝記七「東陽夜怪録」。
(15) 『太平広記』巻四五二、狐六「任氏」。
(16) 『太平広記』巻四八四、雑伝記一「李娃伝」。

(17)『太平広記』巻四八九、雑伝記六「周秦行記」。
(18)『太平広記』巻四八五、雑伝記二「東城老父伝」。
(19)黒田真美子『枕中記・李娃伝・鶯鶯伝〈唐代Ⅱ〉』中国古典小説選五、明治書院、二〇〇六年、二六四頁。
(20)『太平広記』巻四九二、雑伝記九「霊応伝」。

第三章　「謝小娥伝」の語り――語り手「私」と作中人物「私」の関係――

はじめに

この章では、「謝小娥伝」について次の三点を検討する。一、物語世界のできごとが起きた順序と、それが語られた順序との違い、二、語られた物語と語り手との関係、三、「私」とその他の作中人物との関係である。第一部理論篇のなかで、「謝小娥伝」について検討するのは、第一章で概説した「物語論」を方法として用いることによって、唐代伝奇を多面的に検討できることを示すのに適した作品だと考えるためである。

「謝小娥伝」[1]は、『太平広記』巻四九一に、李公佐撰として収められており、父と夫を殺された謝小娥が仇討ちを遂げる内容の唐代伝奇である。『新唐書』巻二〇五「列女伝」に「段居貞妻謝」と記されているのは、この謝小娥の仇討ちの話が史実として採られたものである。また、李復言『続玄怪録』「尼妙寂」（『太平広記』巻一二八）は「謝小娥伝」と類似したストーリーを持ち、「同一の物語が別人により筆録されている[2]」ものとして知られている。

赤井益久氏は「謝小娥伝札記[3]」で、「謝小娥伝」と「尼妙寂」との比較にとどまらず、その他の類話や後世の受容作を含めて検討している。そのうえで、「謝小娥伝」に登場する李公佐が、謝小娥に仇の名を教示して仇討ちを助ける活躍をすることにこそ、この物語の特徴があることを明らかにした。

しかし、「謝小娥伝」は、作中に登場する李公佐が「私（＝余）」と名乗り、しかも『謝小娥伝』を語っている

「私」でもあるという構成を持っている。単に物語世界内の人物としての「私」にとどまらない、物語を語り進める語り手としての「私」は、どのように「謝小娥伝」を成り立たせているのだろうか。

　また、富永一登氏は『中国古小説の展開』の中で、「謝小娥伝」と「尼妙寂」とを比較し、「謝小娥伝」におけるできごとが語られた順序（プロット）に「話の展開上無理がある」(4)ことを述べている。その「無理」とは、できごとが起きた時点では作中人物「私」が知るはずのないできごとが、「私」によって物語として語られていることに関するものである。

　しかし、その「無理」が起きている理由は必ずしも明らかになっていない。「無理」があると見受けられるその部分を検討することで、「謝小娥伝」という物語に固有の語り方が明らかになるのではないだろうか。

　こうした先行研究による他の作品との比較から見えてきた「謝小娥伝」の特徴は、「謝小娥伝」がどのように語られているかに注目して読み直したときにどのように解釈できるだろうか。

　そこで、本章では次の二つの問題について取り上げたい。一つめは、「謝小娥伝」のプロットが何を表現しているのか、二つめは「謝小娥伝」という物語に「私」がどのようにかかわっているのかである。

　これらを明らかにするために、「謝小娥伝」という物語と語り手「私」の関係や、語り手「私」と作中人物「私」の関係に注目して分析する。このような点について、中国で「叙事学（文学批評理論「物語論」のこと）」を方法として用いた王平氏や江守義氏の先行研究がある。それらを踏まえたうえで検討を進め、さらに作中人物「私」とその他の作中人物との関係を考えることで、「謝小娥伝」全体の構成について論じたい。

　語り手「私」と作中人物「私」が属する層を区別して「謝小娥伝」を読むことを通じて、本章で取り上げる二つの問題は、一つの新たな作品理解に結びつくと考えられる。

第一節　「謝小娥伝」のプロットおよび作品構成

この節では、「謝小娥伝」の物語内のできごとが語られる順序（プロット）と、できごとが起きた順序（ストーリー）との違いや、「謝小娥伝」を語る語り手について検討し、本章での問題の所在を明らかにする。

（一）　プロット

「謝小娥伝」の成立は、物語内に語られた内容によれば、元和十三（八一八）年の夏より後のことである。一方、同じ題材を扱った『続玄怪録』「尼妙寂」の成立は、これも物語の内容によれば、大和庚戌（八三〇年）より後である。したがって、「謝小娥伝」と「尼妙寂」の成立には、およそ十二年の開きがあることになる。両者は概ね同じような内容を持つ話ではあるが、その伝播の過程か収録の際に違いが生じており、人名が「小娥」から「妙寂」に変わっているだけでなく、物語のプロット（できごとが語られる順序）や物語の内容も一部変化している。

富永一登氏は『中国古小説の展開』において、『続玄怪録』の特色を述べる項で、「謝小娥伝」と『続玄怪録』「尼妙寂」とを比較している。[5] まず、両者の末尾に付された作者による執筆・収録の動機を比較し、「謝小娥伝」は李公佐が「その（引用者注：謝小娥を指す。）貞節を賛美し、戒めと教訓の意を込めて筆を執った」のに対し、「尼妙寂」は李復言が「道徳的意義は全く持ち出さず、「奇事」としての興味で『続玄怪録』に収録した」ことを確認した。これにより両者の「執筆の意図が違う」ことが明らかであり、さらに「このことは、本文の構成や描写からも窺える」と述べ、物語が語られた順序を比較して次のように述べている。

「謝小娥伝」は、

1．小娥の父と夫が旅先で強盗に殺され、夢に父が現れて謎語で犯人の名を告げる。
2．作者李公佐が、小娥のために謎を解いてやる。
3．小娥は男装して復讐を果たした後、尼僧となる。
4．作者李公佐が尼僧となった小娥と再会する。

という時間の経過に従った構成になっている。そのため、小娥が復讐を果たす3の段落を、4の段落で小娥と再会して始めて復讐の成否を尋ねる作者李公佐がどうやって知ったのかが不明で、話の展開上無理がある。一方、「尼妙寂」では、3と4を入れ替えて、李公佐と再会した妙寂（小娥）の口から復讐劇の顚末を語らせるという構成にし、読み手が違和感なく話の展開が理解できるように工夫している[6]。

富永氏は、「尼妙寂」の構成は「違和感なく話の展開が理解できるように工夫」した結果であり、それは「如何に読者に『奇事』を興味深く伝えるかに力点を置いたからだ」と考えている。一方で、「謝小娥伝」が何のために「話の展開上無理」な構成になっているのかについては述べていない。

本章では、できごとが起きた時点では作中人物「私」が知らないはずのできごとが、語り手「私」によって物語として示されている「謝小娥伝」のプロットが何を表現しているかを、一つめの問題として検討し、第二節以下で論じたい。

（二）　作品構成と語り手

「謝小娥伝」の物語世界内には「余（私）」と称する作中人物がおり、その「私」のことを物語内の謝小娥が「李君」「洪州李判官二十三郎」と呼んでいる。この「李君」「洪州李判官二十三郎」は、李公佐のことであると考えられており、『太平広記』も李公佐撰として「謝小娥伝」を収める。したがって、「小娥復冤の契機となった夢中の謎を解いたのは他ならぬこの伝奇の作者李公佐であり、李公佐自身が「私」として伝中に登場する」物語として「謝小娥伝」は捉えられてきた。(7)(8)

ここからの論を進めるにあたり、「語り手」という術語を用いる。「語り手」とは「物語論」における術語であり、物語を書いた実際の作者とは区別される概念であって、物語そのものを語る存在のことを指す。(9)

「謝小娥伝」に話を戻すと、作者李公佐とは別に、語り手「私（＝李公佐）」を想定し、それとはまた別の層に作中人物「私（＝李公佐）」があると考えるのである。

こうした「語り手」という考え方をふまえて、王平氏は『中国古代小説叙事研究』で、「謝小娥伝」の語りの視点について次のように述べている。（傍線は引用者による。以下同。）

『謝小娥伝』は、李公佐自らが経験したできごとを記録したものであるが、語りの過程では、二種類の語りの視点を活用している。作品の始まりから「何年経っても謎の手がかりは得られなかった（歴年不能得）」までは、三人称の全知視点で語りを進め……小娥は行く先々でその夢の解釈を人に尋ね、ついに作者李公佐に出会った。続けて、語り手は一人称の語りの視点に切り替えて語る……それから、小娥を召し出して「私」は彼女にその謎を解き明かしてみせた。その後、語り手はまた三人称の全知視点を活用して小娥の復讐の経過を語り、仇を殺した後、小娥は仏門に帰依した。このとき、語り手は再び一人称の語りの視点を活用する……語り手「私」は、物語全体において副次的な人物であり、そのはたらきとして重要な点は事情通として謝小娥の物語を貫き通したことである。一人称の視点と三人称の視点を切り替えて使うことで、物語の真実性を強めることができるだけでなく、

一人称の語りの視点の限界を補うこともできている。(10)

王平氏の述べる「三人称の全知視点」の「三人称」とは、語り手が物語世界内にいる人物を三人称で呼んでいるということであり、「全知視点」とは、語り手が物語世界外にいて、物語に語られているできごとが起きたその時点で作中人物が知り得る以上の情報を持って、俯瞰するように語っているということである。

また「一人称の語りの視点」とは、語り手が語る物語の内容として描き出された物語世界内に、語り手自身が作中人物として登場しているということである。

ここで、王平氏の述べる「三人称の全知視点」と「一人称の語りの視点」を、先に紹介した富永氏の示したプロットと対応させてみると次のようになる。

三人称の全知視点　1．小娥の父と夫が旅先で強盗に殺され、夢に父が現れて謎語で犯人の名を告げる。
一人称の語りの視点　2．作者李公佐が、小娥のために謎を解いてやる。
三人称の全知視点　3．小娥は男装して復讐を果たした後、尼僧となる。
一人称の語りの視点　4．作者李公佐が尼僧となった小娥と再会する。

こうしてみると、作中人物「李公佐（＝私）」が登場しない場面は「三人称の全知視点」で、「私」が登場する場面は「一人称の語りの視点」となっている。富永氏が「小娥が復讐を果たす3の段落を、4の段落で小娥と再会して始めて復讐の成否を尋ねる作者李公佐がどうやって知ったのかが不明で、話の展開上無理がある」と述べた「無理」は、この人称の違いと関係して生じているようである。

しかし、王平氏の言う「一人称の語りの視点」という見方は、問題を含んでいる。それは、語り手と物語世界との時間的・空間的な隔たりがどのようであるかを説明できていないことである。

王平氏は『中国古代叙事研究』の中で、「語りの視点」に関する六分類を示しているが、この分類の際に、羅鋼氏の『叙事学導論』の一五九頁を参照したことを注に記している。羅鋼氏はその著で、ヨーロッパで展開されたいわゆる「視点論」の代表的な説を概説している。王平氏はそこに挙がっているノーマン・フリードマンの八分類を元にして、中国古代小説の展開に沿わせて六分類にまとめ直した。その一つが、「一人称の語りの視点」である。ノーマン・フリードマンの視点論は、ジェラール・ジュネットが区別すべきことを指摘した「誰が見たものなのか」（叙法）と「誰が語っているか」（態）を区別していない。語り手が自身を一人称で称する機会があるかどうかと、語り手と物語世界の関係は別の問題であって、ジェラール・ジュネットが指摘したように分けて考える必要がある。

これは王平氏のみの問題というよりは、中国での「叙事学」による分析において、以前より継承してきたものであって、語り手と物語世界との距離の問題が整理されていないことは、つとに中里見敬氏が『中国小説の物語論的研究』[11]において指摘している。

それでは、語り手と物語世界との距離を検討することで何が明らかになるのかを次節より述べたい。

第二節　語り手「私」と作中人物「私」の関係

この章では、「謝小娥伝」の語り手「私」が、物語内容に対して置かれている位置を確認し、さらに、作中人物「私」が登場する場合と登場しない場合との語りの違いについて確認する。

（一）　物語世界の外で語る「私」

物語を「誰がどこで語っているか」、すなわち物語内容に対して語り手が置かれている位置の問題を、ジェラール・ジュネットは『物語のディスクール』[12]で、二つの軸を使って分類している。その軸は、「語りの水準」と「語り手と語られた物語世界の関係」である。「語りの水準」は、語り手が「物語世界外」で語るか「物語世界内」で語るかに分けられる。また、「語り手と語られた物語世界の関係」は、語り手が自分の語る物語世界内に登場しない「異質物語世界」と、語り手が自分の語る物語世界内に登場する「等質物語世界」に分けられる。それらを縦軸と横軸に取ると、次の四象限に分けられる。

A．異質物語世界外のタイプ　自分自身は登場しない物語内容を語る第一次の語り手。
B．異質物語世界内のタイプ　自分自身は登場することのない物語内容を語る第二次の語り手。
C．等質物語世界外のタイプ　自分自身の物語内容を語る第一次の語り手。
D．等質物語世界内のタイプ　自分自身の物語内容を語る第二次の語り手。

なお、AとCの説明にある「第一次の語り手」とは、一つの物語（作品）全体を第一次物語言説と考えたときに、その言説を語る語り手である。そして、第一次言説として語られた物語世界の中の登場人物が語り手となるのが、「第二次の語り手」（BとD）である。物語内容に対する語り手の位置関係は、一つの物語（作品）において原理的に変わらない。以上の説明は『物語のディスクール』（二九二頁）を元に、論者がまとめたものである。

すでに前章で、このジュネットの分類方法を用いて、論者は唐代伝奇の語りに関して分類を行った。その際に取り上げた作品の中から、代表例をとりあげて表にしたものが次頁の表である。

表　唐代伝奇における語り手のタイプ

関係＼水準	物語世界外	物語世界内
異質物語世界	A 自分自身は登場しない物語内容を語る第一次の語り手 「枕中記」の沈既済 「尼妙寂」の李復言	B 自分自身は登場することのない物語内容を語る第二次の語り手 「東陽夜怪録」の王洙
等質物語世界	C 自分自身の物語内容を語る第一次の語り手 「謝小娥伝」の李公佐 「至元和八年春、余罷江西従事、扁舟東下、淹泊建業……」	D 自分自身の物語内容を語る第二次の語り手 「古鏡記」の王勣

「枕中記」の語り手沈既済は、自分自身が登場しない物語内容を物語世界の外で語る「A．異質物語世界外のタイプ」であり、「東陽夜怪録」の王洙は、自分自身は登場しない物語内容を物語世界の中で語る「B．異質物語世界内のタイプ」である。これらの詳細はすでに、前章第一節（一）と、第三節に述べた。

また、本章で検討する「謝小娥伝」の李公佐は、自分自身の物語内容を物語世界の外で語る「C．等質物語世界外のタイプ」であり、「古鏡記」の王勣は、自分自身の物語内容を物語世界の中で語る「D．等質物語世界内のタイプ」（第二部第一章で改めて論じる）である。「謝小娥伝」と物語内容が似ている「尼妙寂」は、語りの面からみると「謝小娥伝」とは異なり、語り手自身は登場しない物語内容を物語世界の外で語る「A．異質物語世界外のタイプ」である。

「謝小娥伝」の語り手が、その語った物語内容における物語世界とどのような位置関係に置かれているかについて、以下に検討したい。

ここに「謝小娥伝」のプロットを、論者が六つに区切ったものを示す。（　）内は、各プロットにあたる原文の始めと終わりである。

①小娥の父と夫が強盗に殺され、父と夫が夢で小娥に謎を伝える。（「小娥姓謝氏」～「歴年不能得」）
②「私」が小娥の夢の謎を解く。（「至元和八年春」～「垂涕而去」）
③小娥が仇討ちをする。（「爾後小娥便為男子服」～「不忘本也」）
④「私」と小娥が再会し、「私」は仇討ちの成功を知る。（「其年夏月、余始帰長安」～「不復再遇」）
⑤君子の言葉。（「君子曰」～「足以観天下貞夫孝婦之節」）
⑥「私」の著作動機を記す。（「余備詳前事」～「故作伝以旌美之」）

「謝小娥伝」の最後のプロットの⑥は次のように語られている。

余備詳前事、発明隠文、暗与冥会、符於人心。知善不録、非春秋之義也、故作伝以旌美之。

私は先のできごとをすべて明らかにし、隠された文字を解き明かした。それは、霊知に密かに通じ、人々の心に符合したものだ。善だとを知って記録しないのは、『春秋』の義に合わないので、この伝を作ってそれを誉め称えるのである。

「先のできごと」とは、謝小娥の復讐にまつわる一連のできごとを指すので、この物語全体にあたるプロットの①から⑥までを語る語り手は、「私（余）」ということになる。

しかし、始まりのプロットである①から「謝小娥伝」を読み始めたばかりの読者には、語り手が誰であるかは、プロットの①の時点では明らかではない。たとえ、作者が李公佐であると知って読み始めたとしても、作者と語り手は同一人物とは限らない。ただ「小娥、姓謝氏、豫章人、估客女也……」という史書の列伝のような書き出しの形から、物語世界の外側から語る謝小娥ではない第三者を語り手として想像するのみである。このようなプロットの①の語り手は、ひとまず、物語の外側から自分が関わらないできごとを語っている「A．異質物語世界外のタイプ」と言うことができようが、続くプロットとの関係も考えたい。

プロットの②では、「元和八年の春になり、私は江西従事を辞めて、小舟で東へ向かい、建業に停泊し（至元和八年春、余罷江西従事、扁舟東下、淹泊建業……）」というように、ここで初めて「私（余）」が登場する。プロットの①から読み取る限りでは、この物語の語り手は「A．異質物語世界外のタイプ」と見えていたが、実は、語り手自身が物語世界内に登場しており、「C．等質物語世界外のタイプ」か、「D．等質物語世界内のタイプ」の語り手ということになる。

ここで、先に王平氏の先行研究を紹介した際に指摘した「語り手と物語世界との距離」の問題が関係する。まず、語り手「私」が作中人物「私」の登場する物語を語るのであるから「等質物語世界」であるところまでは問題がない。次に、語り手「私」と物語世界との水準が、外か内かという問題である。これを区別するには、語り手が語っている物語の聞き手として設定されているのは誰なのかを読み取る必要がある。聞き手と語り手は、同じ水準に位置するためである。そこで、プロットの②全体を読んでみると、この語りの聞き手は物語内には描かれていない。つまり、語り手は物語外で語っており、「C．等質物語世界外のタイプ」となる。

続くプロットの③～④では、謝小娥は旅立ち、仇を見つけ出して仇討ちを果たした後で、李公佐と再会する。これは、先の富永一登氏が「話の展開上無理がある」と述べた部分にあたる。

プロットの③には、

見竹戸上有紙牓子、云「召傭者」。小娥乃応召詣門。（竹の門の上に「雇われ人を求む」と張り紙があるのを見た。小娥はそこで求めに応じて門をくぐった。）

という表現がある。これは文脈上、張り紙を「見た」のが謝小娥であることが明らかである。このように、作中人物である謝小娥の視点から、その見たものを通じて語り手が語り進めるという語りが認められる。[13] しかし、この場面を語っているのが謝小娥だという形跡はなく、プロットの③の語り手もやはり「私」だと読み取れる。

仮にここで、プロットの③を語る語り手「私」自身が、謝小娥による仇討ちが行われているまさにその時に知り得た情報を実況中継のように語っていると考える場合、その仇討ちに同行しているとは文中から読み取れない「私」がそれを語るのは、確かに無理があると言える。プロットの④の物語言説から読み取る限り、「私」が謝小娥の仇討ちの模様を知るのは、あくまで仇討ちが完了した後の再会においてだからである。

しかしこの問題は、作中人物である「私」と、この物語を語っている語り手である「私」を別の層に属するものとして分けて考えることによって、整理することができる。つまり、「謝小娥伝」の語りは、「私」自身が過去にかかわった事件全体を後から振り返って総合的に語るという「C．等質物語世界外のタイプ」の語り手なのである。始まりのプロットの①で、すでに起きたできごとを語り手がいま語り出したときに、その語るできごととは別の次元に語り手があるのと同じように、プロットの③で、そこに提示された世界にいる「私」と、いま語っている世界の「私」は同じ人物であるが、同じ層にあるのではない。

そうであれば、「謝小娥伝」のプロットの③から④の流れには、時間的な無理は全く生じていない。謝小娥の仇討ち（プロットの③）と、「私」が仇討ちの完了を知ったできごと（プロットの④）を、起こった時間的順序（ストーリー）に並べると、先に仇討ちが起こり、その後で仇討ちの模様を語り聞くことができるのは明らかである。したがって、起きた時間の流れ通りに整理して語られているということになる。このようなことが可能となるのは、語り手「私」が、物語内ではなく物語外で語っているからに他ならない。

以上の検討から、「謝小娥伝」という物語全体を考えると、語り手「私」は自分が登場する物語を物語世界外から語る存在であり「C．等質物語世界外のタイプ」の語り手と言える。語られた内容としてのできごとが起きたその場面に、語り手が「私」と呼ぶ作中人物がいるかいないかというい わゆる「三人称」や「一人称」の問題は、語り手と物語世界と距離の取り方とは関係がない。

しかしながら、「謝小娥伝」では、「私」が謝小娥と直接関わった場面と、「私」が登場しない場面とでは、語り方に明らかな違いが読み取れることも確かである。そうした表現によって、どのような効果が生じているかを次でさらに検討する。

（二）　語る速度と物語内容との距離

前項で、プロットの③「謝小娥の仇討ち」で語られる内容が、プロットの④で「私」が後から知ったはずの内容であることを確認した。それと同じように、プロットの①で語られる謝小娥の身の上話や謎を含んだ夢の内容についても、プロットの②で初めて謝小娥と対面した「私」が後から知ったはずの内容である。このように、プロットの①と②の関係は、プロットの③と④の関係と同じである。

さらに、「謝小娥伝」の語り方を検討してみると、プロットの①・③と、プロットの②・④とでは、物語を語る速さや時間の幅(14)や、語り手の物語世界への干渉の仕方が違っている。

まず一つめに、物語を語る速さや時間の幅、すなわち、できごとを語る際に費やす文字数や紙幅と、語られた内容に含まれる時間との関係について確認する。謝小娥がメインの作中人物であるプロットの①には、次のような語りがある。

小娥不自解悟、常書此語、広求智者弁之、歴年不能得。

（小娥は自分で謎を解くことができず、夢で知った謎の言葉をいつも書いて、知恵のある人を広く探し求めそれを説明してもらったが、何年経っても謎の手がかりは得られなかった。）

このように、何度か繰り返し起きたできごとを「いつも（常）」とまとめたり、数年という時間を短くまとめて「何年経っても（歴年）」と語っている。同じく謝小娥がメインのプロットの③では、

謝氏之金宝錦繡、衣物器具、悉掠在蘭家。小娥毎執旧物、未嘗不暗泣移時。

（謝氏の財宝や絹織物、衣類や用具は、すべて奪い取られて蘭の家にあった。小娥は遺品を手に取るごとに、ひそかに泣いてひと時を過ごさないことはこれまでなかった。）

のように、「〜ごとに……しないことはこれまでなかった（未嘗不）」と、やはり何度もあったできごとをまとめて語っている。このように語られる時間の速さは、速いと言うことができる。

一方、作中人物「私」が登場するプロットの②・④では、それぞれある一日に起きたできごとを中心として語っている。

小娥嗚咽良久乃曰「我父及夫、皆為賊所殺……」余曰「若然者、吾審詳矣……」

（小娥はむせび泣き、たいへん長いこと経ってようやく「私の父や夫は、みな盗賊に殺されました……」と言った。私は「そうであれば、私が明らかにしよう……」と言った。）

中有一尼問師曰「此官豈非洪州李判官二十三郎者乎。」師曰「然。」曰「使我獲報家仇、得雪冤耻、是判官恩徳

也。」……「某名小娥……豈不憶念乎。」余曰「初不相記、今即悟也。」

（その中に尼僧が一人いて大徳尼に尋ねて言った。「こちらのお役人様は、洪州の李判官二十三郎様ではありませんか。」大徳尼は「そうです。」と言った。「私に家の仇を討たせ、恥をすすがせたのは、判官様の恩徳なのです。」と言った……「私の名は小娥です……覚えていらっしゃいませんか。」私は「さきほどは記憶になかったが、今はもちろん思い出した。」と言った。）

このように、会話を引用し、その場面のできごとを再現して語っている。したがって、語られる時間の速さは、遅くなっていると言える。さらに、こうした表現により、「私」が登場するプロットの②・④は、その場面を追体験もしくは疑似体験するような臨場感の高まりが生じている。

二つめに、プロットの①・③と、プロットの②・④とでは、語り手の物語世界への干渉の仕方、すなわち、語り手自身の考えを語りに表現するかしないかが違うことを確認する。

すでに確認したとおり、「私」が登場するプロットの②と④では、会話が多用されている。その場合の語り手の役割は場面を提示することである。それでは、語られた物語内に「私」と自称する人物が登場しないプロットの①と③では、語り手はどのように物語世界に関わっているだろうか。

プロットの③に次のような語りがある。

蘭引帰、娥心憤貌順、在蘭左右、甚見親愛。金帛出入之数、無不委娥。已二歳余、竟不知娥之女人也。

（蘭は（小娥を）連れて帰り、小娥は心の中では憤っていたが表向きは従順にし、蘭の傍らに仕え、たいへん信頼された。財産の管理も、小娥に何でも任せた。すでに二年余り、なんと小娥は女だと知られなかったのである。）

この部分は地の文であるから、「なんと小娥は女だと知られなかったのである（竟不知娥之女人也）」は語り手の言葉である。男装をした小娥が女だと見破られなかったことに、語り手が感心している気持ちがここに表れている。このような語気を伴う「也」の字が「謝小娥伝」の地の文に使われるのは、「私」が作中人物として登場しないプロットの①と③に限られる。

一方、プロットの②や④で「也」が用いられているのは、作中人物の言葉を引用した部分である。たとえば、「余曰「初不相記、今即悟也」（私は言った。「さきほどは記憶になかったが、今は思い出した。」）」のように用いられる。しかし、プロットの②・④の地の文には、文末に「也」を伴った語りはない。

つまり、作中人物「私」が登場するプロットの②・④では、語り手は会話を多く引用してその場面を再現する語りをし、作中人物「私」が登場しないプロットの①・③では、語り手「私」が引き受けている語りの中に語り手の感情が表現されているという傾向がある。

ところが、プロットの④の終わりには、物語外の語り手「私」の語りなのか、物語内の人物「私」の感慨なのかが曖昧な次のような表現が表れる。

小娥又謂余曰「報判官恩、当有日矣。」豈徒然哉。嗟乎、余能弁二盗之姓名、小娥又能竟復父夫之讐冤、神道不昧、昭然可知。小娥厚貌深辞、聡敏端特、錬指跛足、誓求真如。爰自入道、衣無絮帛、齋無塩酪、非律儀禅理、口無所言。後数日、告我帰牛頭山。扁舟汎淮、雲遊南国、不復再遇。

（小娥は私にこうも言った。「判官様のご恩に、きっとお報いする日がありましょう。」無駄ではなかったのだ。ああ、私は盗賊二人の姓名を解き明かすことができたし、小娥もまたついに父と夫の仇を討つことができた。神明の道は暗くなく、明らかに現れている。小娥は情に厚く慎み深く、聡明で実直、指を焼き足を引きずる修行をし、真理を求めることを誓った。仏門に入ってからは、着る物は綿入れや絹はなく、食べ物は塩や乳製品を摂らず、戒律や教義のことでなければ、話すことはなかった。その後数日して、私に牛頭山へ帰ると告げた。小舟を淮水に浮かべ、南国へさまよって行き、再び会うことはなかった。）

この中の「後数日、告我帰牛頭山（その後数日して、私に牛頭山へ帰ると告げた）」について、江守義氏が『唐伝奇叙事』で次のように述べている。

「告我帰牛頭山（私に牛頭山へ帰ると告げた）」は、「告我曰『余欲帰牛頭山』（私に告げて言った。『私は牛頭山に帰ろうと思います。』）」という作中人物の言説を、語り手の言説に書き換えた結果だと考えることができる。（中略）「告我帰牛頭山」は完全に語り手自らの語りだと見なすことができ、語り手が語っているのはその事を話したというできごと」である。一方で、「告」の字はある種の発話の意味合いを表すので、「告我帰牛頭山」は、語り手によって引用された言説だとも考えることができ、その場合、語り手が引用したものは、「小娥が自分に話した言葉（我帰牛頭山）」である。この二つは、一方は事柄を再現し、一方は言葉を再現しているけれども、このこと自体は言葉によって成り立ったものであり、二つは内容面からは何の違いもない。[15]

江氏が指摘しているのは、「告我帰牛頭山」が、語りの面からは二通りに読み取れるということである。「曰」を用いない形で謝小娥のことばを表現した「告我帰牛頭山」は、「できごとを再現している」とも「言葉を再現している」とも読み取れる、どちらとは断定できない表現であることを述べている。

これを踏まえて論者が検討したいのは、「無駄ではなかったのだ（豈徒然哉）」から「戒律や教義のことでなければ、話すことはない（非律儀禅理、口無所言）」の部分についてである。「非律儀禅理、口無所言」の直後に「後数日……」と続き、日が変わっていることから、謝小娥と「私」との再会場面は「非律儀禅理、口無所言」までとなる。そして、「豈徒然哉」から「非律儀禅理、口無所言」の部分は地の文として読み取れる。しかしこの部分が、謝小娥に対面した作中人物「私」の内心を転記したものなのか、作中人物「私」を焦点人物として語り手「私」の感慨を述べているのかが区別できず、両者が重なりあったような語りになっている。[16]

このようにプロットの④では、作中人物「私」と語り手「私」という別々の層に属するものが、「私」という言葉を介して一つに収斂するという語りになっているのである。

以上、第二節では語り手と語られた物語との関係を論じてきた。その中で、作中人物の謝小娥や「私」と語り手「私」の関係を取り挙げたが、次節では、作中人物同士の関係を検討する。

第三節　作中人物の関係

「謝小娥伝」において、謝小娥の仇の名を解き明かす「私（李公佐）」は、仇討ちの成功に欠かせない作中人物である。また「謝小娥伝」には、謝小娥と「私」以外にも複数の作中人物が登場する。それらの作中人物は、謝小娥の仇討ちにどのようにかかわっているだろうか。

（一）「私」と謝小娥

まずは、「謝小娥伝」の作中人物が、どの場面で登場しているかをまとめておきたい。次のa～nの上段に物語内のできごとを挙げ、下段の傍線部は、そのできごとに関連する作中人物を示している。

a．父と夫が強盗に殺される　　謝小娥も巻き込まれる
b．謝小娥が強盗に巻き込まれる　　他の船に助けられる（船人）
c．謝小娥は流浪乞食をする　　妙果寺尼浄悟の元へ身を寄せる
d．謝小娥が謎の夢を見る　　智者を尋ね回り、瓦官寺僧斉物の元へ訪ねる

e．「私」が登場する	僧斉物と私は親しく、謝小娥のことを聞く
f．「私」が夢の謎を解く	謝小娥が謎解きを聞く（斉物もおそらく立ち会う） 謝小娥は「私」の姓名と官職を尋ねる
g．「私」の謎解きの正しさが証明される	仇の申蘭宅で強盗に奪われた品を謝小娥が確認する 申蘭と申春の実在を謝小娥が確認する
h．謝小娥が申春を捕らえ、申蘭の首を切る	騒ぎを聞き、隣人たちが集まる
i．謝小娥の仇討ちが成功し死罪を免れる	潯陽太守張公が上表する
j．謝小娥は故郷に帰る	謝小娥は故郷の親戚に会い、土地の豪族に求婚される
k．謝小娥が出家する	牛頭山大士尼蔣の元で修行する
l．謝小娥と「私」が再会する	大徳尼令操が立合う 謝小娥が「私」の名前を確認する
m．謝小娥が牛頭山へ帰る	「私」に告げる
n．君子が感想を述べる	「私」が書き記す

このようにa～nまで並べると、「謝小娥伝」の物語内容を細かく確認することができるほど、一つ一つのできごとに対して「証人」ともいうべき人物がいることがわかる。

謝小娥の行動の節目節目で仏寺に縁があること（c、d、e、k、l）は、つとに赤井益久氏が指摘し、「謝小娥伝」が、もとは尼寺の縁起あるいは尼僧の出家譚として語られていたことを推測している。[17]しかしいま、物語における作中人物の役割という観点から仏寺との関わりを考えてみると、また違った点が見えてくる。それは、仏寺の僧たちが謝小娥の存在や行動に対しての「証人」の役割を果たしているという点である。

　このほかにも、謝小娥が当事者となったできごとについて、強盗に遭えば助ける船があり（b）、謎の夢を見ればその謎を解く「私」が現れ（f）、申蘭を殺して仇討ちを遂げればその行為が罪に問われないように上表する太守張公がいる（i）という具合に必ず第三者が居合わせるのである。

　一方、謝小娥も、「私」が夢の謎を解説する現場に居合わせたり（f）、「私」の謎解きの内容の正しさを確認したり（g）と、「私」の行為に立ち会っている。

　特に、謝小娥の役割として「謝小娥伝」の構成上見逃せないのが、次の点である。「私」が夢の謎解きをした場面の終わりで「謝小娥はそこで私の姓名と官職を尋ねて、涙ながらに去った（娥因問余姓氏官族、垂涕而去）」というように「私」の名前を確認し（f）、のちに小娥と「私」が再会したときには、「こちらのお役人様は洪州の李判官二十三郎様ではありませんか（此官豈非洪州李判官二十三郎者乎）」と大徳尼令操に「私」の姓名を確認している（l）ことである。

　「謝小娥伝」では、作中人物「私」は、「私」と自称するのみで、固有名詞を自ら名乗らない。また、謝小娥以外の人物が「私」の名を呼ぶこともない。つまり、「謝小娥伝」において、「私」が李公佐であることは、謝小娥によって明らかにされるのである。

　比較のため、『新唐書』巻二〇五列伝第一三〇列女の「段居貞妻謝」を確認すると、そこに謝小娥と李公佐の再会の場面はない。『新唐書』では、謝小娥の仇討ちの後、その行為を刺史張錫が称えたので謝小娥は殺人の罪を許されたこと、故郷の予章では謝小娥に結婚申し込みが殺到したけれど嫁がなかったこと、そのまま出家して一生を終えたことだけが書かれている。[18] 謝小娥の行為を史実として描く時には、李公佐が謎を解いたことを記せば十分で、李公佐が再会した謝小娥から仇討ちの模様を聞く場面は必要なかったということであろう。

　それでは、「謝小娥伝」は、何のために謝小娥と李公佐との再会の場面を必要としたのか。

　さらに、第一節で取り挙げた「謝小娥伝」と『続玄怪録』「尼妙寂」のプロットの違いについて再び述べるならば、両者の大きな違いは次の二点に表れている。第一に、「謝小娥伝」では謝小娥は父や夫と一緒に強盗に襲われたのに対し、[19]「尼妙寂」では父と夫が旅先から戻らず、そのとき留守居をしていた妙寂が夢に死者の形相をした父や夫を見て強盗に遭ったことを知る点である。[20]第二に、「謝小娥伝」では謝小娥の仇討ちの詳細を「私（＝李公佐）」が語り手として物語外から語っているのに対して、「尼妙寂」の語り手李復言は、尼妙寂が李公佐と再会する場面において、妙寂が仇討ちの模様を語ることばを直接引用することによって仇討ちの内容を示していることである。

　このように、語り手が謝小娥の仇討ちを物語ることと、謝小娥の言葉を引用して仇討ちの場面を語ることにはどのような違いがあるのか。

　結局のところ、「謝小娥伝」において、謝小娥と李公佐が再会する場面が必要であり、語り手「私」が語りを引き受けて謝小娥の仇討ちを語った理由は二つ考えられる。

　一つは、謝小娥の仇討ちが確かに行われたことを証明するためである。「尼妙寂」のように、仇討ちをした当人による語りのみでその行動を再現する形をとると、その人物が物語った言説の整合性を物語内で確かめることは難しく、内容の信憑性に疑いが生じやすくなる。一方、「謝小娥伝」では、謝小娥の仇討ちの行為をまず語り手が引き受けて語り、後から当事者である謝小娥が一連のできごとを「つぶさに述べた（具写）」と語ることによって、行われた仇討ちの信憑性を高める効果が生じている。そればかりでなく、潯陽太守張公や謝小娥の故郷の親戚や豪族のように、仇討ちの証人となり得る人々を物語内に配し、仇討ちを周到に事実として位置づけようとしている。

二つめに、「私」すなわち李公佐という人物が存在したことと、その謎解きの内容が正しかったことを、謝小娥が証明する役割を担っていることである。夢の謎を解き明かした「私」に名を尋ねた謝小娥は、その名を胸に秘めて仇討ちへと旅立った。三年あまり経って仇討ちを実行するその日に謝小娥は「李様の鋭い明察が、すべて夢の言葉に一致した（李君精悟玄鑑、皆符夢言）」と感嘆する。ここで、謎を解いた「私」が「李」姓であることが初めて明らかになる。さらに、再会の場面で謝小娥が「こちらのお役人様は洪州の李判官二十三郎様ではありませんか」と確認することによって、謝小娥の仇討ちを助けた人物の名前や活躍に注目が集まるようになっている。再会の場面がない『新唐書』の場合と比べると、謝小娥の仇討ちに李公佐が欠かせないことが強調されている。

（二）「私」と君子

プロットの④の末尾で、「私」が謝小娥と「再び会うことはなかった（不復再遇）」と語られた後、次のプロットの⑤では「君子」の言葉が引用される。

君子曰「誓志不捨、復父夫之讐、節也。傭保雜処、不知女人、貞也。女子之行、唯貞与節、能終始全之而已。如小娥、足以儆天下逆道乱常之心、足以観天下貞夫孝婦之節」

（君子が言った。「誓いの志を捨てずに、父と夫の仇を討ったのは、節である。日雇いの者と雑居して、女だと知られなかったのは、貞である。婦人の行いは、貞と節さえ、終始全うできればよいのである。小娥のような例は、天下に逆道乱常の心を戒めるのに十分であり、天下に貞夫孝婦の節を示すのに十分である。」）

この君子の言葉が、プロットの⑥で謝小娥の物語を「私」が記録した動機が語られるよりも前に引かれていることから、「君子」もまた「謝小娥伝」の作中人物の一人だと考えることができる。では、この君子はどのような働きをしているだろうか。

君子の言説から読み取れる賞賛の対象は、プロットの④までに語られた謝小娥の行為に対するものである。したがって、君子はここに初めて登場した人物であるが、謝小娥の物語の全容を知る人物であることが確かである。

他の唐代伝奇に目を向けてみると、聞き手が作中にはっきり現れているものもある。例えば、白行簡「李娃伝」の最後に登場する「隴西の公佐」である。「李娃伝」では、「予（白行簡）」の語る李娃に関する物語を聞いた「隴西の公佐」が「李娃伝」を書くように勧めたことを述べている。[21] また、李公佐「古岳瀆経」では、李公佐の語る話に耳を傾ける馬植、盧簡能、裴蘧という三名が物語内に出てくる。[22] これらの人物は、語り手の語る物語が聞くべき価値のある内容であるとして評価をくだす者である。

「謝小娥伝」の君子は無名である上に、物語内に、君子が「私」の話を聞く場面が語られているわけではない。しかし、謝小娥の行為を賞賛する君子は、「私」が語る物語の「潜在的な聞き手」であると考えられる。そして、その君子は「私」が語った謝小娥の物語が価値あるものであることを保証しているのである。

おわりに

「謝小娥伝」のプロットは、「私」が語り手として物語の外から全体を語ることによって「謝小娥伝」が成り立っていることを表している。その語り手「私」と登場人物「私」は同一人物と考えることができるが、両者の存在する層は異なっている。語り手は物語の外からいわゆる全知の視点で語っており、作中人物に距離を置いたり近づいたりしながら、その物語る言説に時に語り手自身の感慨を込めて語っている。

「謝小娥伝」に語られた仇討ちが遂げられた発端は、謝小娥が見た謎の夢であり、その夢の謎を「私」が解き明かしたことであった。できごとは、それを語ることができる人がいてこそ「起きた」と伝わることになる。しかし、できごとの当事者が語るだけでは、当人がそう言っているだけのことであり確認がとれない。そのため、「謝小娥伝」は証人となり得る作中人物を物語内の各所に配置し、「私」が物語を語る必要があったのであろう。

注

(1)「謝小娥伝」のテクストは、李昉等篇、張国風会校『太平広記』（北京燕山出版社、二〇一一年）巻四九一「謝小娥伝」李公佐撰による。
(2) 赤井益久「謝小娥伝札記」『中国古典研究』第二七号、一九八二年。
(3) 前掲注（2）に同じ。
(4) 富永一登『中国古小説の展開』研文出版、二〇一三年、四七七頁。
(5) 前掲注（2）に同じ。四七六〜四七七頁。
(6) 前掲注（5）に同じ。
(7) 李公佐の伝記は、内山知也『隋唐小説研究』「李公佐の生涯」（木耳社、一九七七年、三七九頁）や、池田智恵「李公佐研究——先行研究整理を中心に」（『中国古籍文化研究』二、二〇〇四年）に詳しい。
(8) 前掲注（2）に同じ、二頁。
(9)「物語論」には大きく分けて、ウラジーミル・プロップらの物語内容の類型研究と、ジェラール・ジュネットらの物語言説の研究が知られている。本論考は、ジェラール・ジュネット著、花輪光、和泉涼一訳『物語のディスクール　方法論の試み』（水声社、一九八五年）およびジェラール・ジュネット著、和泉涼一、神郁悦子訳『物語の詩学　続・物語のディスクール』（水声社、一九八五年）に示された考え方を元にしている。

（10）王平『中国古代小説叙事研究』河北人民出版社、二〇〇一年、七九～八〇頁。《謝小娥伝》是李公佐記載他親自経歴之事、但在叙述過程中、却運用了両種叙事角度。従開頭到〝歴年不能得〟以第三人称全知視角進行叙述……講述她到処求人解釈此夢、最後遇到了作者李公佐。接下来叙述者改用了第一人称叙事視角……接着便将小娥召来、〝余〟向她解開了此謎。然後叙述者又運用第三人称全知視角講述了小娥復讐的経過、殺死讐人之後、小娥皈依了仏門。這時叙述者再次運用第一人称叙事視角……叙述者〝余〟在整个故事中是一位次要人物、其作用主要就是作為一个知情者、将謝小娥的故事貫穿起来。交替使用第一人称視角和第三人称視角、既可以増強故事的真実性、又能够弥補第一人称叙事視角的局限。

（11）中里見敬『中国小説の物語論的研究』汲古書院、一九九六年、一九三～二〇七頁。

（12）ジェラール・ジュネット著、花輪光、和泉涼一訳『物語のディスクール　方法論の試み』水声社、一九八五年、一九二頁。

（13）前掲注（12）によれば、それは「態」の問題ではなく、「叙法」の問題である。

（14）前掲注（12）に言う「情景法」や「省略法」の問題である。

（15）江守義『唐伝奇叙事』安徽人民出版社、二〇〇六年、一二五頁。〝告我帰牛頭山〟可認為是将人物話語〝告我曰：「余欲帰牛頭山」〟改写成叙述者話語的結果……〝告我帰牛頭山〟完全可以看作是叙述者自己的叙述、他叙述的是小娥対我説話這件事情：由於其中的〝告〟字顕示了某種話語色彩、〝告我帰牛頭山〟也可以看作是叙述者的転述語、他転述的是小娥対我所説的話。二者一側重事件、一側重話語、但事件本身就是由話語構成的、二者従内容上看没有差別。

（16）李公佐の『南柯太守伝』にも、語り手の感慨と作中人物の言葉が混じり合った表現が見られる。これについて先に拙論で論じた。「物語に介入する語り手――唐代伝奇「南柯太守伝」に含まれる二つの焦点――」『大東文化大学漢学会誌』五一号、二〇一二年。

（17）前掲注（2）に同じ。

（18）『新唐書』巻二〇五列伝第一三〇「列女」。段居貞妻謝、字小娥、洪州豫章人。居貞本歴陽俠少年、重気決、娶歳余、与謝父同貫。江湖上、並為盗所殺。小娥赴江流、傷脳折足、人救以免。転側丐食至上元、夢父及夫告所殺主名、離析其文為十二言、持問内外姻、莫能暁。隴西李公佐隠占得其意、曰「殺若父者必申蘭、若夫必申春、試以是求之。」小娥泣謝。諸申、乃名盗亡命者也。小娥詭服為男子、与傭保雑。物色歳余、得蘭于江州、春于独樹浦。蘭与春、従兄弟也。小娥託傭蘭家、日以謹信自効、蘭寖倚之、雖包苴無不委。小娥見所盗段、謝服用故在、益知所夢不疑。出入二朞、伺其便。它日蘭尽集羣偷釃酒、蘭与春酔、臥廬。小娥閉戸、抜佩刀斬蘭首、因大呼捕賊。郷人牆救、禽春、得贓千万、其黨数十。小娥悉疏其人上之官、皆抵死、乃始自言状。刺史張錫嘉其烈、白観察使、使不為請。還豫章、人争娉之、不許。祝髪事浮屠道、垢衣糲飯終身。

(19) 時小娥年十四、始及笄、父与夫倶為盗所殺、尽掠金帛。段之弟兄、謝之生姪、与童僕輩数十悉沈於江。小娥亦傷胸折足、漂流水中、為他船所獲。

(20) 「尼妙寂」(『太平広記』巻一二八)父昇与華往復長沙広陵間。唐貞元十一年春、之潭州不復。過期数月、妙寂忽夢父被髪裸形、流血満身……俄而見其夫、形状若父……。

(21) 『太平広記』巻四八四「李娃伝」。貞元中、予与隴西公佐話婦人操烈之品格、因遂述汧国之事。公佐拊掌竦聴、命予為伝。乃握管濡翰、疏而存之。時乙亥歳秋八月、太原白行簡云。

(22) 『太平広記』巻四六七「李湯」。公佐至元和八年冬、自常州餞送給事中孟簡至朱方、廉使薛公苹館待礼備。時扶風馬植、范陽盧簡能、河東裴蘧、皆同館之、環爐会語終夕焉。

第二部　実践篇

第一章　「古鏡記」の語り——語り手王度に語られた王度と王勣の物語——

はじめに

この章では、「古鏡記」の語られ方について論じる。「古鏡記」における物語世界のできごとが語られた順序と、できごとが起きた順序の違いを確認し、物語の語り手が、語られた物語とどのような関係にあるのかを検討する。その検討を踏まえて、「古鏡記」をどのような物語として解釈することができるかを論じる。

「古鏡記」は、隋の王度が古鏡を手に入れてからそれを失うまでの、古鏡にまつわる怪異を記した伝奇である。一般に「古鏡記」と呼んでいるのは、『太平広記』巻二三〇所収の「王度」[1]である。このほかに、『太平御覧』巻九一二獣部二四「狸」に「隋王度古鏡記曰」と始まる一条がある。こちらは、『太平広記』「王度」のなかの「女に化けた老狸」が出てくる場面だけを取り上げており、字句の異同もある。

加えて、両者の大きな違いは、地の文における王度を指すことばである。『太平御覧』の「隋王度古鏡記曰」では、地の文に王度を指すことばとして「余」を用いている。それに対し、『太平広記』の「王度」では、地の文に王度を指して「度」という固有名詞を用いており、「余」「予」「我」「吾」といった自称は、地の文には用いられていない。[2]

李剣国氏は、『太平広記』は作品収録の際に、一人称の「余」や「予」などを作者名に置き換える傾向があると指摘する。[3]したがって、人称という点からみると、『太平御覧』に収められたものの方が、本来の「古鏡記」の形を保っている可能性は高いと考えられる。

また、作品中の人名を「自称」であると考えるいわゆる「自伝文学」[4]の観点からも、「古鏡記」は「王度が一人称で語る物語」であると見なされてきた[5]。程毅中氏は、そのことを「『古鏡記』は基本的に自叙伝であり、古鏡の奇跡を話の中心線としたうえで、作者自身の行動を差し込んで語っている[6]」と述べている。

このように「古鏡記」は、古鏡の持ち主である王度が見聞きした古鏡の怪異を、王度自身が語った物語として読まれてきたし、確かにそうには違いない。しかし、「古鏡記」の後半で、古鏡を携えて山川をめぐる旅に出かけたのは、古鏡の所有者である王度ではなく、その弟の王勣であり、王勣の旅は、王度が王勣から聞いた話として作中に組み込まれる構成となっている。

なぜ、旅に出たのが王勣であり、古鏡の持ち主である王度ではなかったのか。また、王度と王勣はどのような関係にあるのか。これらの疑問を、王度と王勣の物語がどのように語られて「古鏡記」として成り立っているのかの分析を通して明らかにしたい。

第一節　「古鏡記」のストーリーとプロットおよびテクスト構成

「古鏡記」は、できごとが起こった順序（ストーリー）とできごとが語られる順序（プロット）[7]にずれがあり、テクスト全体の構成は一般に考えられているよりも、複雑な物語である。このことはいったい何を表しているのだろうか。そのことについて検討したい。

（一）　ストーリーとプロットのずれ

まず、「古鏡記」における、ストーリーとプロットの差異を確認したい。「古鏡記」の冒頭は次のとおりである。

隋汾陰侯生、天下奇士也、王度常以師礼事之。臨終、贈度以古鏡曰、「持此則百邪遠人。」度受而宝之。……宝鏡復去、哀哉。今具其異跡、列之於後、庶千載之下、倘有得者、知其所由耳。

（隋の汾陰の侯生は、世にまれな優れた人物で、王度はいつも師に対する礼をもって侯生に仕えていた。亡くなる際に、度に古鏡を贈って「これを持っていれば百邪は人から遠ざかる。」と言った。度はいただいて古鏡を宝とした。……宝の鏡が再びどこかへ行ってしまったのは、哀しいことだ。いま鏡の怪異の事跡を述べて、以下に列挙し、千年の後に、もし手に入れる者がいたら、その来歴を知ってもらいたい。）

この物語が語り始められる時間は、具体的な年月は不明であるものの、「宝の鏡が再びどこかへ行ってしまったのは、哀しいことだ」という以上は、王度が古鏡を失った時よりも後であることは明白である。「古鏡記」は、古鏡をすでに失った時点からふり返って、古鏡のもたらした怪異が語られている。

冒頭に次いで語られる数々のできごとには、年月もしくは季節がそれぞれ記され、それらは基本的に時間の順に並んでいる。

たとえば、王度が侯生から鏡を手に入れた話は、次のようにまず「大業七年五月」と記されて語られる。

大業七年五月、度自御史罷帰河東、適遇侯生卒而得此鏡。（大業七年五月、度は御史を辞めて河東に帰り、侯生が亡くなるのにたまたま立ち会ってこの鏡を得た。）

また、最後のできごとは、次のように記されている。

大業十三年七月十五日、匣中悲鳴、其聲纖遠、俄而漸大、若龍咆虎吼、良久乃定。開匣視之、即失鏡矣。

（大業十三年七月十五日に、箱の中で悲しげな音がして、その音はかすかに遠いものだったが、ほどなくしてしだいに大きくなり、竜や虎がほえるかのようになり、しばらくしてようやくおさまった。箱を開けて見てみれば、ほかでもなく鏡はなくなっていたのだ。）

このようにして「大業十三年七月十五日」に、古鏡は王度の手元から失われ、「古鏡記」は終わる。

「古鏡記」全体のプロットをおおまかにとらえると、語り始めが、王度の手元から古鏡が失われた時点よりも後の時間からはじまることを除けば、基本的にはできごとが起きた順に語られている。しかし、より詳細に読むと、ストーリーとプロットにずれが生じている箇所がある。それは、王勣が山川をめぐる旅から帰ってくる場面である。

大業十年、度弟勣自六合丞棄官帰、又将遍游山水、以為長往之策。度止之曰……勣曰「……欲兄以此為贈。」度曰「吾何惜於汝也。」即以与之。勣得鏡遂行、不言所適。至大業十三年夏六月、始帰長安、以鏡帰。謂度曰「此鏡真宝物也。勣辞兄之後、先游嵩山少室……今既見兄、勣不負諾矣、終恐此霊物亦非兄所有。」数月、勣還河東。

（大業十年、度の弟である勣は六合の丞を辞職して帰り、さらには山水を歴遊し、隠遁する計画を立てた。度はそれをとどめて言った……勣は「……兄さんが鏡を私に贈ってくれるよう願います。」と言った。度は「私はおまえに惜しむものなどない。」と言って、すぐに鏡を勣に与えた。勣は鏡を得てそのまま旅に出たが、行く先を告げなかった。大業十三年夏六月になって、ようやく鏡を持って長安に帰ってきた。度に言うには、「この鏡は本当の宝物です。私は兄さんに別れてから、まず嵩山の少室に行き、……今はもう兄さんにお目にかかり、私は鏡との約束に背かなかったのです。結局、この霊鏡も兄さんの手を離れることでしょう。」と言った。数ヵ月して、勣は河東へ帰っていった。）

（傍線は引用者による。以下同）

傍線部に注目して、プロット（できごとが語られた順序）を確認すると、次のとおりである。

①大業十年に、王勣が旅立つ。
②大業十三年に、王勣は長安に帰ってくる。
③大業十年から十三年にかけて山川を旅する〔様子を王勣が王度に語る〕。

一方、ストーリー（物語のなかで語られたできごとが起きた順に並べたもの）は次のようになる。

①大業十年に、王勣が旅立つ。
②大業十年から十三年にかけて山川を旅する。
③大業十三年に、王勣は長安に帰ってくる。

両者を比較すると、②と③の順序が入れ替わっている。つまり、「古鏡記」は一見すると、鏡の怪異が起きた順にプロットが並んでいるかのようであるが、この場面はそうではない。

また、この場面の最後の一文である「数ヵ月して、勣は河東へ帰っていった」の直後に続くのは、「大業十三年七月十五日」に古鏡が消えたできごとである。ここで、王勣が故郷の河東へ帰ったのが、作中のことばどおりであれば「大業十三年夏六月」の数ヵ月後となる。一方、物語の最後に語られる古鏡の喪失は「大業十三年夏六月」の翌月「七月」のことで、王勣が故郷に帰った時よりも早い。したがって、この部分もストーリーとプロットは一致していない。[8]

仮に「古鏡記」が、古鏡の怪異を伝えることのみを目的とする物語であるならば、古鏡の怪異を起こった順序にできごとを並べれば十分である。したがって、古鏡を王度から借りた王勣が古鏡を携えて旅に出かける時点からは、王勣の旅の経過に沿って物語を語り進め、古鏡の怪異を順番に並べればよいことになる。しかし、実際の「古鏡記」は、王度が王勣から旅の様子を聞いた時に時間を設定し、道中での怪異は、過去を振り返る形で語られている。そのため、プロットとストーリーの間に「ずれ」が生じるのである。

こうしたストーリーとプロットのずれから読み取れるのは、物語の時間軸を王度という人物に置いて「古鏡記」がまとめられていることにほかならない。つまり、「古鏡記」は単に古鏡という器物の怪異を伝えることだけに関心があるのではなく、王度という人物を描くことに関心があり、そのように全体が組み立てられていると言える。このことは、ストーリーとプロットのずれからだけでなく、他の面からも読み取ることができる。

（二）「古鏡記」のテクスト構成

「古鏡記」の作品構成について、呉庚舜・董乃斌主編『唐代文学史』で董乃斌氏は次のように述べている。「古鏡記」に語っている十一の小話は、二つの部分に分けられる。前半の六つは王度の体験で貫かれており、後半の五つは王度がその弟王勣に鏡を貸したことによって起こったもので、王勣が王度に鏡を返す場面描写において順次語られる。これらの小話が一つ一つ独立して並んでいるところに、「古鏡記」が志怪小説からようやく抜け出したばかりである痕跡がはっきり示されている。しかし、「古鏡記」の優れたところは、前半の小話六つのうちの三番目に表れている。それは挿話であって、王度の家の奴隷豹生が、かつて蘇綽の家の奴隷であったときに知った古鏡の来歴や、古鏡の帰属先についての蘇綽の予言を述懐するものである。この挿話は、作品全体を構成する上で不可欠な鍵である。それは、小説の始めで侯生が紹介した情況（黄帝が鋳た鏡が苗季子の手に入り、苗季子は鏡を蘇綽に贈り、蘇綽もそれをまた侯生へ贈ったことなど）を裏付けて補足しているし、また小説の末尾で古鏡が天に帰っていった結末と呼応している。(9)

ここに言う、豹生の挿話とは次のようなものである。

大業八年の冬、王度は著作郎を兼任し、奉詔により国史を編纂して、蘇綽のために伝を立てようとした。度の家に、豹生という七十歳になる下僕がいて、もとは蘇綽の家の下僕であった。……（豹生は）度の草稿を見て、悲しみに堪えない様子である。度がその理由を問うと、豹生は言った。「私はかつて蘇公に厚遇を受けました。いま蘇公の言葉のあかしを見て、それで悲しんでおるのです。旦那様がお持ちの宝鏡は、蘇公の友人である河南の苗季子様が蘇公に贈った物で、蘇公はそれをとても大切にしていました。……蘇公は自ら筮竹で卦を立てました。卦を立て終わると、蘇公は『私が死んで十年余り経つと、我が家はきっとこの鏡を失い、所在はわからなくなるであろう……』とおっしゃった。……蘇公はさらにその卦を詳しく見て『（鏡は）まず侯家に入り、さらに王氏に帰属する。それ以降はどこへ行くかわからない。』とおっしゃった。」豹生は話し終えると涙した。度が蘇氏に尋ねると、はたして昔この鏡を持っていたが、蘇公が亡くなったあと、鏡も行方がわからなくなったと言い、豹生の話どおりであった。(10)

以上のように、古鏡についてのこの小話は、確かに小説の始めと結末に語られた鏡の入手や喪失のできごとと呼応しており、「古鏡記」に含まれる数々の小話を繋ぐものといえる。

しかし、『唐代文学史』に述べている「前半の六つは王度の体験で貫かれており、後半の五つは王度がその弟王勣に鏡を貸したことによって起こったもので、王勣が王度に鏡を返す場面描写において順次語られる」という表現は、かならずしも正確ではない。なぜなら、前半の六つの小話のなかにも、後に検討するように、じつは、王度の体験でないものが含まれているからである。

また、『唐代文学史』では、「古鏡記」は十一の小話から成っていると述べているが、その十一の小話がそれぞれ

「古鏡記」のどの部分にあたるのかを示していない。[11] そこで、「古鏡記」の構成についてさらに検討を進める前に、筆者なりに「古鏡記」のプロットを示し、確認したい。

プロットを切り分ける標識として、できごとに付された年月や季節を示す語を用いると、「古鏡記」は次に示す「A」から「L」までの十二の部分に分けることができる。[12] ただ、後半で語られる王勣の旅の物語「K」には具体的な年月が付されていない。そのため、年月や季節を示す語だけを標識とすると、できごとを明確に区切ることはできず、三年ほどにわたる旅のできごとはすべて一つにまとまってしまう。そこで、訪れた「地名」をもう一つの標識として分けると、「K－1」から「K－10」の十個に細分することができる。なお、各々のできごとの後に（　）で記したのは、プロットを切り分けるときに標識とした「歳月」と「地名」である。

A前書き――古鏡を失った後に、古鏡を得てから失うまでをふりかえる
B王度が古鏡を手にいれる（大業七年五月）
C女に化けた老狸を古鏡の力であばく（同年六月）
D日食で暗くなる古鏡（大業八年四月一日）
E満月の夜に暗室で輝く古鏡と剣（同年八月十五日）
F国史蘇綽伝と豹生が語る古鏡の来歴（同年冬）
G胡僧の来宅と古鏡の力（大業九年正月朔旦）
H棗樹の大蛇を退治する（同年秋）
I疫病と古鏡の精（同年冬）
J弟王勣の棄官と旅立ち（大業十年）

K弟王勣の帰京と旅物語の語り（大業十三年夏六月）
1亀と猿の正体をあばく（嵩山）
2鮫を退治する（太和）
3娘に憑いた雄鶏を退治（汴）
4揚子江で風雲を散らす（広陵）
5浙江で濤波をおさめる（浙江）
6異人（方士）張始鸞に会う（会稽）
7道士許蔵秘に会う（豫章）
8三人娘に憑いた鼉・鼠・守宮を退治（豊城）
9処士蘇賓が古鏡の喪失を予告（廬山）
10弟王勣の夢に鏡が現れる（河北）
L古鏡が消える（大業十三年七月十五日）

プロットの「A」は「前書き」であり、すでに述べたように、一連のできごとが終わったあとに、全体をふり返って総括した記述である。「B」以降が、古鏡の物語の具体的な内容となる。そして、「B」から「I」までが王度の物語として、「J」と「K」が王勣の物語として語られている。ただ、一箇所だけそのようになっていないところがある。それは、前半の王度の物語に含まれる「G　胡僧の来宅と古鏡の力」の小話である。この部分は、王度の物語の流れの中に含まれているが、実は王度の話ではなく、王勣の話である。以下に原文を引いて確認する。

大業九年正月朔旦、有一胡僧行乞而至度家。弟勣出見之、覚其神彩不俗、便邀入室、而為具食、坐語良久……而胡僧遂不復見。

（大業九年正月元日、一人の胡僧（西域の僧）が道々食を乞い、度の家にやってきた。弟の勣が応対に出て僧を見て、そのすぐれた風貌は並みの人物ではないと気がついて、すぐに部屋に招き入れて、僧に食事を用意して、しばらく座って語らった……しかし、胡僧はそのまま二度と現れなかった。）

大業九年正月元日に一人の胡僧が、王度の家へやってきた。その応対に出たのは弟王勣であり、王度ではなかった。この場面で、胡僧と語らったのは王勣だけで、王度は全く姿を見せない。また、この場面でのできごとを王勣が王度に報告したという記述も「古鏡記」にはない。

「古鏡記」を、王度本人が王度自身の見聞きした範囲のことを語るテクストと考えるならば、「古鏡記」はいわゆる「一人称」の語りのテクストということになる。しかし、胡僧が訪問したこの場面の描き方はそうではない。「作中人物の王度」が見聞きした範囲を越える別の視点から「語り手」が語るという、いわゆる「三人称」の語りである。したがって、「一人称」の王度の物語の間に、王勣の「三人称」の物語が挟み込まれていることになる。

ここまで検討したことをまとめると次のようになる。

（1）古鏡を携えた王勣の旅は、帰宅した王勣が王度に語る場面を通じて語られている。したがって、「古鏡記」のプロットは全体を通して、基本的に、王度が鏡の怪異を知った時間の流れに沿って組み立てられている。

（2）「古鏡記」を大きく分けると前半は王度の物語、後半は王勣の物語である。しかし、前半の、王度が体験した古鏡にまつわる怪異の話の間に、弟王勣の体験した話が挟まれている。

このように「古鏡記」は、一見すると、前半は王度の物語で、後半は王勣の物語というように物語を並べた単純な構成であるかのようだが、実際はそうではないことが確認できる。「古鏡記」という物語全体は、王度を中心として王度による「語り」をもって構成されているが、決して王度の体験のみで成り立ってはいない。王度の物語の後に王勣の体験が語られるだけでなく、前半の王度の物語の中にも王勣の体験が挟み込まれており、その部分は「三人称の語り」になるという複雑な構成になっている。次節では、このことについてさらに詳しく検討したい。

第二節　王度の物語と王勣の物語の関係

前節で検討したように、「古鏡記」の物語構成は、表面的な単純さとは裏腹に、複雑な構成になっている。この節では、「古鏡記」のプロットにおける語り方の違いについて、さらに検討したい。

（一）　王度の一人称の物語に挟まれる王勣の三人称の物語

古鏡記の「語り」の基本の形は、「語り手の王度」が「作中人物の王度」の体験を語るものである。ここで改めて確認しておくと、「語り手」と言うのは、

> 大業十三年夏六月になって、（勣は）ようやく鏡を持って長安に帰ってきた。度に言うには、「この鏡は本当の宝物です。兄さんに別れてから、まず嵩山の少室に行き、……

という部分において、「勣」と「度」が登場するこの場面を、物語として語っていると想定される存在のことであり、実際の作者とは区別される文学批評上の概念である。いま、「語り手の王度」と「作中人物の王度」と述べたが、両者の王度を同一人物と考えたときには、当然ながら、自分で自分の体験を語るいわゆる一人称の語りになる。

「古鏡記」には他の場面にも、こうした一人称の語りが認められる。第一節（二）に示したプロットの「D」古鏡

が日食に伴って輝きを失う場面は次のようである。

大業八年四月一日、太陽虧。度時在台直、昼臥庁閣。覚日漸昏、諸吏告度以日蝕甚。整衣時、引鏡出、自覚鏡亦昏昧、無復光色。

（大業八年四月一日、太陽が欠けた。度はそのとき御史台で宿直をし、昼に役所の部屋で横になっていた。日がしだいに暗くなるのに気が付いたとき、役人たちが度に日が非常に大きく欠けていることを告げた。着物を整えようと、鏡を出したところ、鏡も暗くなって光がないのに気がついた。）

この語りも、「作中人物の王度」が見聞したことを「語り手の王度」が語る形になっている。「古鏡記」は、「度」という固有名詞を一人称として用いており、「我」や「予」といった一人称を用いていない。しかし、王度が王度自身の体験を語るというこれらの形からみると、このような語りは一人称の語りである。これと同じ語りの形は、「古鏡記」に多く用いられている。第一章（二）に示したプロットの「B 王度が古鏡を手にいれる」場面や、「C 女に化けた老狸を古鏡の力であばく」場面、「E 満月の夜に暗室で輝く古鏡と剣」、「F 国史蘇綽伝と豹生が語る古鏡の来歴」、「H 棗樹の大蛇を退治する」、「I 疫病と古鏡の精」の語りである。

これに対して、語りの形が異なるのが、「G」の胡僧と弟王勣が対面する場面である。こちらは語り手が、王勣の体験したできごとについて語るといういわゆる三人称の語りとなっている。

大業九年正月朔旦、有一胡僧行乞而至度家。弟勣出見之、覚其神彩不俗、便邀入室、而為具食、坐語良久。

（大業九年正月元日、一人の胡僧が道々食を乞い、度の家にやってきた。弟の勣が応対に出て僧を見て、そのすぐれた風貌は並みの人物ではないと気がついて、すぐに部屋に招き入れて、僧に食事を用意して、しばらく座って語らった。）

胡僧が家にやってきた際、王勣がこの僧を見て、そのすぐれた風采は並みでないと察したという。この場面の語りは、

「作中人物の王勣」が見聞したことを、「語り手の王度」が語る形になっている。

語り手王度が、王勣の体験を語るプロットの「G」での語りと、王度自身の体験を語るプロットの「D（日食で暗くなる古鏡）」での語りは、物語世界に対する語りの水準が同じでいずれも「物語世界外」である。しかしこれに、語り手とその語る物語世界の関係を加味すると、「G」は「異質物語世界外」で、「D」は「等質物語世界外」となり、両者は異なる語りだと明確になる。

こうしたプロットの「G」と「D」の語りを並べて図に示すと**図1**のようになる。中国語は、主語の人称による動詞の語形変化がないので、主語の人名を入れ替えるだけで一人称の語りを容易に三人称の語りに変えることができる。したがって、もし仮にプロットの「G」で胡僧に応対した人物を「王勣」から「王度」に単純に書き替えたとしても、文法的には問題は生じない。

図1　「異質物語世界外」と「等質物語世界外」

G（胡僧の来宅と古鏡の力）

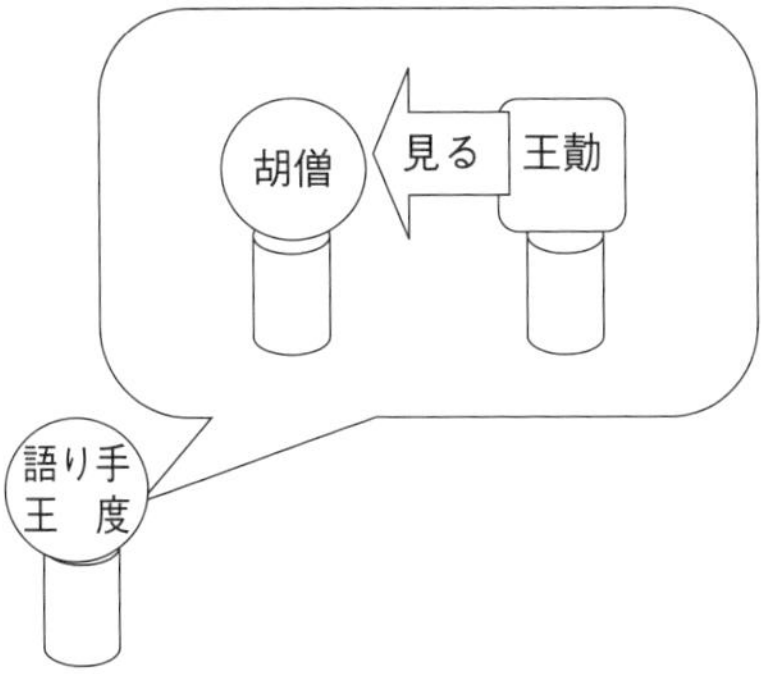

D（古鏡が日食に伴って輝きを失う）

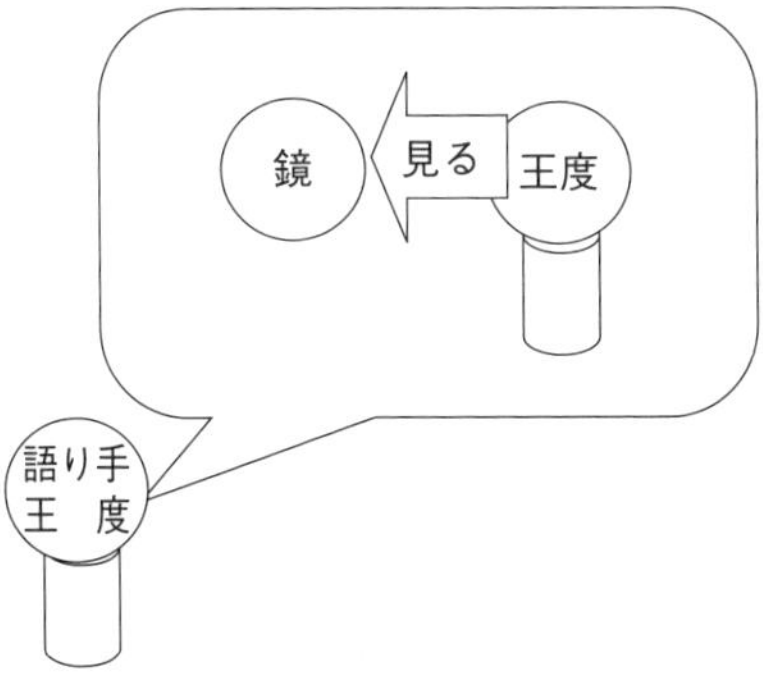

では逆に、なぜ「古鏡記」のプロットの「G」は、王度が自身の見聞したできごとを語る形ではないのだろうか。言い換えると、なぜ、作中人物の「王度」が「王勣」から伝聞したできごととして、語り手の「王度」が語るという形になっていないのだろうか。そこで次は、「王勣」の見聞したできごとを語っている別の場面の語りと比較し

て検討する。

（二）　王度の物語の中に含まれる王勣の物語

前の（一）では、「王度」が見聞したできごとの語りに挟まれた、「王勣」の見聞したできごとの場面プロットの「G」の語りについて検討した。それとは異なる語りで、王勣の見聞を語る場面もある。それは、後半のプロットの「J」の「弟王勣の棄官と旅立ち」と「K」の「弟王勣の旅の物語の語り」の部分である。第一節（一）で取り上げた部分であるが、ここにもう一度示したい。

J：大業十年、度の弟である勣は六合の丞を辞職して帰り、さらには山水を歴遊し、隠遁する計画を立てた。度はそれをとどめて言った……勣は「……兄さんが鏡を私に贈ってくれるよう願います。」と言った。度は「私はおまえに惜しむものなどない。」と言って、すぐに鏡を勣に与えた。勣は鏡を得てそのまま旅に出たが、行く先を告げなかった。

K：大業十三年夏六月になって、（勣は）ようやく鏡を持って長安に帰ってきた。度に言うには、「この鏡は本当の宝物です。兄さんと別れてから、まず嵩山の少室に行き、……今はもう兄さんにお目にかかり、私は鏡との約束に背かなかったのです。結局、この霊鏡も兄さんの手から離れることでしょう」と言った。数ヵ月して、勣は河東へ帰っていった。

プロットの「K」の語りは、「度に言うには」とあることから、王勣がこの場面の語り手を担っているのだが、実はそう単純ではない。この王勣の語り自体が「語り手王度」の語りの中に含まれており、ここでは語りが複層化して入れ子になっている。弟王勣が体験した旅の内容を、王勣自身が語った話としてそのまま引用し、王勣が話す旅の様子を、王度が聞いている場面を、語り手王度が語るという形である。一方で、プロットの「G」での胡僧と王勣が対面する場面は、語り手が王勣の体験したできごとについて語るというシンプルな形になっている。したがって、プロットの「K」と「G」とでは、同じように王勣が見聞したできごとを語っているにもかかわらず、その語りの形は大いに異なっている。そのことを図に示すと**図2**のようになる。

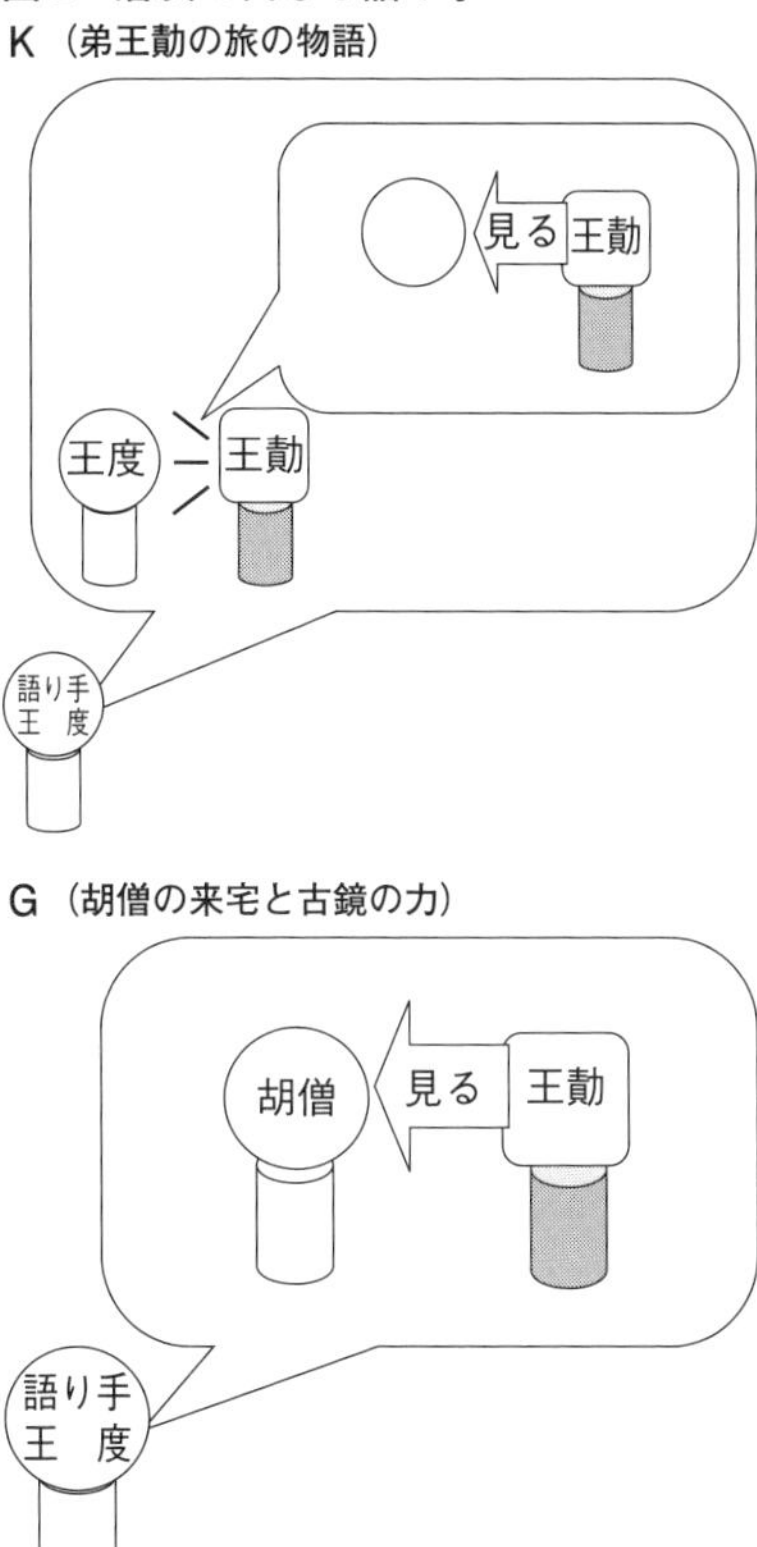

図2　層次の異なる語り手

このように、「古鏡記」は物語全体を語っている「語り手の王度」という存在が想定されており、こうした語りの形は「古鏡記」全体を貫いている。しかしながら、やはりプロットの「G」の語りは、やや質の異なった語りだといえる。なぜなら、仮に「古鏡記」全体の語りに一貫性をもたせるならば、胡僧と王勣が対面する場面（プロットの「G」）の語りも、旅の語りの場面（プロットの「K」）と同じ形にすることや、胡僧に対面する人物を王度にする方法が考えられ、そうすることで、「古鏡記」全体を王度が自身の体験として一人称で語る物語にまとめることが容易となるはずである。ところが、実際はそのようではないことは注目に値する。

このような「古鏡記」のテクストの構成によって、どのような効果がもたらされているだろうか。この問題を検討するために、次は、テクストに表現された王度と王勣の人物像の共通性と差異性について検討したい。

第三節　「古鏡記」に表現された王度と王勣の人物像の共通性と差異性

「古鏡記」に描かれた王度と王勣の人物像には、異なる点がある。その違いを一言で言えば、王度は儒家的であり、王勣は道家的である点である。

（一）儒家的な王度と道家的な王勣

「古鏡記」の中で、王度と王勣の人物像の違いが最も明確に表れているのは、プロットの「J」王勣の棄官と旅立ちの場面である。王勣が旅立つこの場面において、王勣と王度がそれぞれどのように語られているかを、あらためて確認したい。

大業十年、度弟勣自六合丞棄官帰、又将遍游山水、以為長往之策。度止之曰「今天下尚乱、盗賊充斥、欲安之乎。且吾与汝同気、未嘗遠別。此行也、似将高蹈。昔尚子平游五嶽、不知所之。汝若追踵前賢、吾所不堪也。」便涕泣対勣。勣曰「意已決矣、必不可留……」度不得已、与之決別。勣曰「……兄所宝鏡、非塵俗物也。勣将抗志雲路、棲蹤煙霞、欲兄以此贈。」度曰「吾何惜於汝也。」即以与之。勣得鏡遂行、不言所適。

（大業十年、度の弟である勣は六合の丞を辞職して帰り、さらには山水を歴遊し、隠遁する計画を立てた。度はそれをとどめて「今は天下がなおも混乱して、無法者が世に満ちているのに、どこへ行こうとするのか。そもそも私とおまえは兄弟で、これまで遠く離れたことはなかった。今回の旅は、隠遁をしようとしているかのようではないか。昔、尚子平は五岳を逍遥して、行方知れずとなった。おまえがそのような先人に追随するようなことは私には耐え難い。」と言った。そうして勣に向かって涙を流した。勣は「心はすでに決めていますので、決して引き留めることはできません……」。度はやむを得ず、勣と別れた。勣は「……兄さんが宝にしている鏡は、塵俗の物ではありません。私は雲間に高き志を掲げて、煙霞に足跡を隠そうとしています。兄さんが鏡を私に贈ってくれるよう願います。」と言う。度は「私はおまえに惜しむものなどない。」と言って、すぐに鏡を勣に与えた。勣は鏡を得てそのまま旅に出たが、行く先を告げなかった。）

まず王勣の人物像についてまとめる。地の文に「度の弟である勣は六合の丞を辞職して帰り、さらには山水を歴遊し、隠遁する計画を立てた」とあるように、王勣は就いていた官職を辞めて、山水を旅して隠遁しようとしている。「尚子平」は、『後漢書』逸民伝に「向長、字は子平」と記載のある人物を指すといわれており、後漢のころの隠者である。「尚子平」の名は、嵇康「与山巨源絶交書」にも見える。その書で嵇康は、自身に役人の適性が全くなく、養生の術を学び、無為の境地に暮らすことを述べるなかに、「尚子平」の伝を読むと深く慕う気持ちが起こり、その人となりが想われることを述べている。

また、王勣本人も「私は雲間に高き志を掲げて、煙霞に足跡を隠そうとしています」と、その旅の最終目的が隠遁であると言っている。さらに「心はすでに決めていますので、決して引き留めることはできません」と堅い意志を表明している。加えて、王勣はこの旅立ちにあたり、王度の持つ塵俗の物ではない古鏡を自分に贈ってくれるように頼んでいる。

その次に置かれたプロットの「K」で語られる王勣の旅は、俗世から離れた山川に、仙術を求めるものであった。王勣の旅先には、廬山や、五岳の一つである嵩山のように、士人が隠棲したり仙人修行をしたりする場として有名な山が含まれている。また、王勣は旅の途中で、方士から書物を授かり、道士や隠士と交流している。このような旅の様子からは、王勣の道家的な志向をうかがうことができる。

一方の、兄王度の人物像を考えるうえで注目したいのは、王度が王勣に語りかけた次の部分である。

度はそれをとどめて「今は天下がなおも混乱して、無法者が世に満ちているのに、どこへ行こうとするのか。そもそも私とおまえは兄弟で、これまで遠く離れたことはなかった。今回の旅は、隠遁をしようとしているかのようではないか。昔、尚子平は五岳を逍遥して、行方知れずとなった。おまえがそのような先人に追随するようなことは私には耐え難い。」と言った。そうして勣に向かって涙を流した。

ここで王度は、王勣の隠遁計画をとどめ、涙を流してまで反対する。しかし、王勣は兄王度の制止を振り切って旅立つ。その後王勣は三年ほど各地を巡ったあと、鏡を王度に返すために一度は戻ってくるものの、最終的には故郷へ帰ってしまう。

かたや王度は、この「古鏡記」の物語が終わるまで、官位にあったと読み取れる。王勣が旅立つまでは、ともに官位にあり「遠く離れたことはなかった」兄弟は、この場面で別れて、兄王度は官界に残り、弟王勣は隠遁するというように、それぞれ違う生き方を選ぶこととなる。

「古鏡記」に描かれた儒家的な王度と道家的な王勣という人物像について、テクストの外から補うものに、小南一郎氏の論考「王度『古鏡記』をめぐって――太原王氏の伝承――」がある。この小南氏の論を紹介する。氏は、「古鏡記」と王通『文中子中説』をともに、門閥貴族である太原王氏における伝承と捉えて、次のように述べている。

「古鏡記」もまた、太原の王氏の内の王通につながる一派の中での伝承を基礎にして形成されたと考えられる。それゆえ、その伝承には「中説」を形成した伝承と重なる点が少なくなかった。[13]

『文中子中説』には、文中子王通の兄である「芮城府君」という人物が登場する。一方「古鏡記」には、王度が大業九年に「芮城令」になったとある。このことから小南氏は、王度は「芮城府君と呼ばれるにふさわしい」[14]と述べている。また『文中子中説』には、王通の弟として王績なる人物が登場するが、「古鏡記」の中のエピソードと『旧唐書』や『新唐書』の記事が対応しており、王績は王勣と同一人物であるとしている。[15] 整理すると、王氏の兄弟は、王度が一番上の兄であり、王通は二番目、王凝が三番目、王勣（績）が四番目の弟ということになる。

さらに、小南氏は同論考で、『文中子中説』の記述から、「王通の兄弟が、儒教的な〝済天下〟の志を持つ王通・王凝と、陰陽や神仙説など現実を超えたものに興味を示す芮城府君（王度）・王績とに区分されていたことが知られる。[16]」と述べている。その根拠として、『文中子中説』の王績や王度に関する次の記述を例に挙げている。まずは王績に関して「事君篇第三」である。

無功が「五斗先生伝」を著した。文中子が言った、おまえは天下のことを忘れたのか。心のほしいままに行動して掟を破る。私はそうしたものには与しない、と。[17]

ここで、「無功」とは王績の字である。王績が「五斗先生伝」を書いたことを、文中子王通が批判する場面である。改めて指摘するまでもなく、「五斗先生伝」は陶淵明の「五柳先生伝」にならって書かれたものであり、『文中子中説』のこの記述には、隠逸志向を持つ王績と、それを批判して政治に志す儒家的な王通という対比が認められる。

次に王度については、『文中子中説』「天地篇第二」の次のような記述を挙げている。

芮城府君（引用者注：王度）は陰陽を重んじていた。文中子は、そうしたこともあって暦日についての著述を行なったが、同時に次のようにも言った、私が心配するのは、これを読む者が〔陰陽の術に心を引かれて〕むだに日をつぶすことになりはしまいかということだ、と。[18]

こちらでは、文中子王通は、王度が陰陽術に心惹かれる面があることを案じている。

以上のように『文中子中説』では、王績は隠逸志向を持つ人物として、王度は陰陽術や神仙術に惹かれる傾向のある人物として描かれており、王通は儒家的な立場から、そのような王度や王績を批判している。以上が小南氏の指摘である。

それでは、「古鏡記」での王度や王勣はどうであろうか。『文中子中説』で王通が心配したように、「古鏡記」における王度も、確かに侯生という「天下の奇士」に師事し、侯生が亡くなる際に、百邪を人から遠ざける古鏡を譲り受けて大切にするといった現実を越えたものへ関心を示す面を持っている。その一方で、すでに確認したように、プロットの「J」の「弟王勣の棄官と旅立ち」の場面では、王勣の隠遁に反対する王度の姿が語られている。その場面での王度は、『文中子中説』における王通に通じるものがあり、隠棲を志す王績を儒家的な立場から批判する。つまり、プロットの「J」には、儒家的な王度という人物像を読み取ることができる。

ただ、「古鏡記」の王度は、単に王勣を批判するだけではない。これまでともに官界で生きてきた弟から隠遁の計画を聞かされた王度は、自分たち兄弟はこれまで離れたことがなかったではないかと、涙を流しながら反対する。この涙を流して抗議するという点に、官界を離れて隠逸へ向かう王勣の行動に反対する「作中人物王度」の強い思いを読み取ることができる。そして、王度は官界に留まるのである。つまり、「古鏡記」の王度は、確かに陰陽術や神仙術に惹かれる側面を持っているが、同時に儒家的な側面を持っているのである。

次は、このように読み取れる王度の二面性や、王度と王勣の関係が、「古鏡記」の「語り」にどのように関係しているかについて検討したい。

（二）「語り」から見た王度の物語と王勣の物語の関係

「古鏡記」の前半で、王度の物語に挟まれた王勣の物語（プロットの「G」）は、王度の家に訪ねてきた胡僧から王勣が、鏡の輝きを保つ方法や鏡の霊力について教えを受ける場面であった。これは、「古鏡記」のテクストに初めて王勣が登場する場面でもある。

大業九年正月朔旦、有一胡僧行乞而至度家。a弟勣出見之、覚其神彩不俗、便邀入室、而為具食。坐語良久、胡僧謂勣曰「檀越家似有絶世宝鏡也。可得見耶。」勣曰「法師何以得知之。」僧曰「b貧道受明録秘術、頗識宝気。……」……c遂留金煙玉水等法、行之無不獲験。而胡僧遂不復見。

（大業九年正月元旦、一人の胡僧が道々食を乞い、度の家にやってきた。a弟の勣が応対に出て僧を見て、そのすぐれた風貌は並みの人物ではないと気がついて、すぐに部屋に招き入れて、僧に食事を用意して、しばらく座って語らった。胡僧が勣に「こちらのお宅では、世にもまれな宝鏡をお持ちのようですね、見せてくれませんか。」と言った。勣は「お坊様はどのようにそれを知ったのですか。」と言い、胡僧は「b私は予言の秘術を授かった者で、宝の放つ気をよく見抜きます……。」と言った。……cそうして、黄金の煙でいぶし、玉の水で洗うなどの方法を教えてくれ、それらを実践してみると効果がないものはなかった。しかし、胡僧はそのまま二度と現れなかった。）

傍線部「a」では、王勣がその胡僧がすぐれた人物だと気がついたことが語られている。はたして胡僧は、傍線部「b」で「私は予言の秘術を授かった者で、宝の放つ気をよく見抜きます」と言うとおり、王度の家に宝鏡があることを見抜いて訪ねてきたのだった。そして、傍線部「c」に「そうして、黄金の煙でいぶし、玉の水で洗うなどの方法を教えてくれ、それらを実践してみると効果がないものはなかった」とあるように、胡僧から教えられた鏡の手入れ方法はどれも効果があった。

この胡僧は古鏡の隠れた力についてよく知っていた。そこで、王勣はこの胡僧と出会い語らうことによって、古鏡の持つ力に対して認識を深めることができた。つまり、このできごとは、王勣が山川をめぐる旅へ立つことの布石となっている。

一方の王度は、この場面に登場しない。王度は古鏡について深い知識を持つことから遠ざけられていると言える。王度は古鏡の持ち主ではあるけれども、古鏡が秘めた力とはどこか隔てられている。このことは、「古鏡記」の他の部分からも読み取ることができる。プロットの「I」疫病と古鏡の精がそれである。この場面は、大業九年の冬に、王度が勅命によって河北道に赴き、飢饉の対応にあたったときのものである。

其年冬、度以御史帯芮城令、持節河北道、開倉糧、賑給陝東。時天下大飢、百姓疾病、蒲陝之間癘疫尤甚……以為無害於鏡而所済於衆。令密持此鏡、遍巡百姓。其夜、鏡於匣中冷然自鳴、声甚徹遠、良久乃止。度心独怪。明早、竜駒来謂度曰「竜駒昨忽夢一人、竜頭蛇身、朱冠紫服。謂竜駒『我即鏡精也。名曰紫珍。常有徳於君家、故来相託、為我謝王公。百姓有罪、天与之疾、奈何使我反天救物。且病至後月当漸愈、無為我苦。』」

(その年の冬、度は御史兼芮城令のまま、勅命で河北道へ赴き、穀倉の食糧を開放して、陝東に施した。その時、天下に大飢饉がおこり、民衆は病気にかかり、蒲・陝のあたりは流行り病がたいへんひどかった。……鏡に害がなく、しかも民衆を救うことになると判断した。密かにこの鏡を持たせて、民衆のあいだをくまなく回らせた。その夜、鏡は箱のなかでよく通る音でひとりでに鳴り出し、音はたいへん遠くまで響き、しばらくして止んだ。度はひとり心に怪しんだ。翌朝、竜駒が来て、度に言った。「私は昨晩不意に、竜の頭に蛇の体、朱の冠に紫の服の人を夢に見ました。私に言うには『我は鏡の精である。名は紫珍と言う。以前にそなたの家に徳を施したので、頼みに来た。わがために王(度)殿に告げてくれ。民衆に罪があるので、天は病をあたえたのだ。どうして我に天に反して人々を救わせるのか。それから、病は来月になればしだいに治まるであろう。我を苦しめないでくれ』」と。)

この年の冬、民間に疫病が広がっていたので、王度は鏡の力でそれを治そうと試みる。すると、王度の配下の役人である張竜駒の夢に、「鏡の精」と称する者が現れて、天の意志に反して私に病を治させないでほしいと、王度に告げてくれるように頼む。

ここで、「鏡の精」は、王度が、古鏡の力を百姓の救済に使うことをやめさせている。しかし、「鏡の精」は王度の夢に直接出てきてそれを伝えることはない。張竜駒の夢に現れて、間接的に王度に伝言させている。

「古鏡記」には、古鏡が引き起こしたさまざまな怪異が語られるが、古鏡が言葉を用いて自己の意志を伝えたのは、この場面を含めて二回ある。古鏡が己の意志を言葉で告げたもう一箇所は、王勣の山水をめぐる旅の終盤に、鏡が王勣の夢に現れる場面である。

夜夢鏡謂勣曰「我蒙卿兄厚礼、今当捨人間遠去。欲得一別、卿請早帰長安也。」勣夢中許之。

（夜の夢に鏡が勣に言った。「私はあなたの兄上の厚いもてなしを受けてきたが、いま人間世界を捨てて遠く去らねばならない。別れを告げたいので、どうか長安へ早くお戻りなさい」と。勣は夢の中でそれを聞き入れた。）

古鏡は、王度の厚い待遇に感謝し、人間界を去る前に王度に別れを告げたいと望んで、王勣の夢に現れる。この時、古鏡は王勣の旅に同行し、王度とは三年間ほど離れていた。しかし、王度に厚遇を受けたことに感謝の念を抱く古鏡は、王度の元に帰ることを求めた。

王度は古鏡から直接に声をかけられることは一度もなかったが、王勣は夢の中で古鏡に声をかけられている。この違いは何に由来しているのだろうか。それは「古鏡記」に設定された王度と王勣の人物像の違いによるのではないだろうか。ここで再び、王度と王勣の人物像の違いを比較するならば、次のように言えよう。

王勣は隠逸の生き方を選んだことが作中から読み取れる。一方、王度は古鏡を大切にするような側面もあるが、他の面として、王勣の隠逸の生き方を批判し、自身は官吏として政界に残るといった側面を持っている。官職にあって政治にかかわるという姿勢は、改めて言うまでもなく儒家の思想にもとづいた士人としての在り方である。それは、六合の丞を辞めてしまう王勣とは反対の身の処し方だといえよう。このように二人の人物像を比較したとき、王勣は隠逸を志向する者として描かれ、王度の方は古鏡を大切にするような面も持つものの、その生き方は基本的に儒家的なものであった。

それでは、これまでに述べたような王度の二面性や王度と王勣の関係は、「古鏡記」の「語り」とどのように関係しているのだろうか。

「古鏡記」というテクストの語りは、全体的には、王度が王度の体験を物語世界の外から語る「等質物語世界外」の語りである。ただ、プロットの「G」で胡僧と王勣が対面する場面は、「語り手の王度」が「作中人物の王勣」について語る「異質物語世界外」の語りになっている。また、プロットの「K」で王勣が旅の様子を物語る場面は、王勣の語りを「語り手の王度」が引用することによって、王度自身の物語の中へと取りこんでいる。それは「古鏡記」のテクストが、王度という人物を中心に据えて組み立てられていることを意味している。

このように考えると、王勣の物語として語られたプロットの「G」や「K」の場面で語られた王勣の物語は、王度という人物像が持つ儒家的なイメージからはみ出した部分だと言える。「古鏡記」に登場する「王勣」は、歴史上の「王績」と同一人物とされているが、このことからも、「古鏡記」の「王勣」は山水をめぐる旅に出るのにふさわしい人物であったのではないだろうか。そして、そのような王勣と対比されることにより、王度の儒家的な面がより浮き彫りになっているのである。

おわりに

「古鏡記」の王度は、大業年間末の乱れた世にあって、官界を離れて山水に隠棲することができなかった。そのように時代に背を向けることのできない王度の代わりに、王勣は官職を辞して隠棲を最終目的とする旅に出た。「古鏡記」という物語において、王度と王勣は「表」と「裏」の関係にあると言える。儒教の教えに従って官界で生きることと、道術を身につけたり仙界に心を寄せることは、一人の人間の生き方としては両立しがたい。そこで、「古鏡記」は、官界から離れることができない王度の反面としての王勣を登場させ、王度に代わって山川に遊び道術を求めさせたのではないか。「語り手の王度」が語る「作中人物の王度」の物語の中に「作中人物の王勣」の物語が含まれるという「古鏡記」の語りの形には、本来は陰陽術や神仙術に惹かれる側面を持ちながらも、官界に生きることを選んだ「作中人物の王度」の生き方が表現されていると解釈することはできないだろうか。

注

（1）テクストには、宋李昉等編・張国風会校『太平広記会校』（北京燕山出版社、二〇一一年）巻二三〇「王度」を使用した。

（2）「古鏡記」には会話文の中に、王度を指す「吾」が三箇所使われている。「且吾与汝同気、未嘗遠別」、「汝若追踵前賢、吾所不堪也」、「吾何惜於汝也」である。また、「吾」は侯生の言葉の引用部にも用いられ、「我」や「予」は、老狸の女や鏡の精、蘇綽の言葉の引用部に用いられている。

（3）李剣国「《李娃伝》疑文考辨及其他」（『文学遺産』二〇〇七年第三期、七六頁）に詳しい。こうした観点から、李剣国主編『唐宋伝奇品読辞典』上・下（新世界出版社、二〇〇七年）のように、「古鏡記」のテクストを中華書局本『太平広記』を底本としながらも、『太平御覧』巻九一二に基づいて作中の人名「度」をすべて「余」に校訂している例もある。

（4）中里見敬は『中国小説の物語論的研究』（汲古書院、一九九六年、一一九頁）で次のように述べる。

「こうした（引用者注：司馬遷の「太史公自序」のような）自伝は、中国では通常、著作に付された自叙というかたちで後世に伝わった。したがって、著作の自叙であるという言語外的な情報によって、そのテクストが作者自身について述べたものだということが、作者と読者の間で確かな契約として成立している」。

（5）「古鏡記」の実際の作者が王度であるかについては定かではなく、後世の作者による仮託である可能性が高い。例えば、魯迅「唐宋伝奇集稗辺小綴」では王凝説を採り、李宗為『唐人伝奇』（中華書局、一九八五年）では王勔説を採る。

（6）程毅中『唐代小説史話』文化芸術出版社、一九九〇年、二九頁。

《古鏡記》基本上是一篇自叙伝、以古鏡的奇跡為中心線索、又挿叙了作者自己的一些行事。

（7）ストーリーとプロットの概念については、ロシアフォルマリズムやナラトロジー（物語論）で行われている定義に従う。野中進執筆の「ロシアフォルマリズム・プロットと筋」（大橋洋一編『現代批評理論のすべて』、新書館、二〇〇六年、二〇、二一頁）では次のように説明されている。

「簡単にいえば、プロット（syujet,plot）とは作品が展開する順序のことで、それに対して筋（fabula,story）は作中で語られる出来事そのものが持つ順序のこととされる」。

（8）これと同様のストーリーとプロットの差異は、「古鏡記」においてほかにもある。狐狸の女が自身の来歴を語る場面や、王度の家の奴隷豹生が元の主人蘇綽の思い出を語る場面、張竜駒が鏡の精の言葉を王度に伝える場面のように、会話の引用によって物語を語る場合である。

（9）中国社会科学院文学研究所総纂、呉庚舜・董乃斌主編『唐代文学史』下（人民文学出版社、一九九五年十二月北京第一版、二〇〇六年第三次印刷、五〇〇頁）執筆担当：董乃斌

《古鏡記》講述的十一則故事、実際上分為両部分、前六則貫串在王度的経歴之中、後五則因王度借鏡給其弟王勣而引出、通過王勣還鏡給王度的叙述一一交代。這些小故事之間的並列関係顕示了《古鏡記》剛剛由志怪小説脱胎的痕跡。而它的

超越之処則表現在前六則故事中的第三則。這是一段挿叙、由王度家奴豹生追述当年他在蘇綽家為奴時所了解到的古鏡来歴、以及蘇綽対於古鏡帰属的預卜。這段挿叙是全文結構上的関捩和枢紐。它印証并補充了小説開頭侯生所介紹的情況（従黄帝鋳鏡到苗季子贈鏡給蘇綽、蘇又転贈侯生等）、又和小説末尾古鏡回帰天上的結局相呼応。

なお、この引用部の、「蘇綽もそれ（引用者注：古鏡）をまた侯生へ贈った（蘇又転贈侯生）」という部分であるが、『太平広記』巻二三〇「王度」には「蘇公が亡くなったあと、鏡も行方がわからなくなった（蘇公薨後、亦失所在）」とあり、著述子の記憶違いと考えられる。

(10)　其年冬、兼著作郎、奉詔撰周史、欲為蘇綽立傳。度家有奴曰豹生、年七十矣、本蘇氏部曲……見度伝草、因悲不自勝。度問其故、謂度曰「豹生常受蘇公厚遇、今見蘇公言驗、是以悲耳。郎君所有宝鏡、是蘇公友人河南苗季子所遺蘇公者、蘇公愛之甚……蘇公自揲布卦。卦訖、蘇公曰『我死十余年、我家当失此鏡、不知所在……』……蘇公又詳其卦云『先入侯家、復帰王氏。過此以往、莫知所之也。』」豹生言訖涕泣。度問蘇氏、果云旧有此鏡。蘇公薨後、亦失所在、如豹生之言。

(11)　前掲注（9）『唐代文学史』における「古鏡記」の十一の小話は、次のように分けたのだろうと推測される。本論に挙げたプロットの切片につけた番号を援用すれば、まず、はじめのAと終わりのLは十一個の小話とは別に二つと数える。次に、前半六つの王度の物語は、①BとC、②DとE、③F、④G、⑤H、⑥Iである。さらに、後半五つの王勣の物語は、①J、②K－1と2と3、③K－4と5、④K－6と7と8、⑤K－9と10である。

(12)　「古鏡記」のプロットの分け方に定説はなく、研究者によって異なる。たとえば、内山知也『隋唐小説研究』（木耳社、一九七七年）は二十二個、小南一郎「王度「古鏡記」をめぐって――太原王氏の伝承――」（『東方学報』六〇、一九八八年）は十七個に分ける。このようにプロットの分け方は違うが、前半が王度の物語で、後半が王勣の物語であるという見方は、内山氏や小南氏にも共通する。

(13)　小南一郎「王度『古鏡記』をめぐって――太原王氏の伝承――」『東方学報』六〇、一九八八年、一八〇頁。

(14)　前掲注（13）の一七七頁。

(15)　前掲注（13）の一六九頁。

(16)　前掲注（13）の一八一頁。

(17)　前掲注（13）の一八一頁。原文は「無功作五斗先生伝、子曰、汝忘天下乎、縦心負矩、我不与也」。

(18)　前掲注（13）の一八一頁。原文は「芮城府君重陰陽、子始著暦日、且曰、吾懼覧者或費日也」。

第二章　「南柯太守伝」の時空と語りの枠——生き直しをさせられた夢——

はじめに

この章では、「南柯太守伝」の物語内の時間を指し示す「時間標識」に注目し、できごとが起きた順序（ストーリー）と語られた順序（プロット）の違いという物語の語り方を検討することにより、語られた内容である物語世界に含まれる謎を明らかにする。

「南柯太守伝」は中唐の李公佐によって書かれた伝奇小説であり、『太平広記』巻四七五に「淳于棼」[1]と題して収められている。その内容は、淳于棼という遊侠の男が夢で南柯太守となった出来事を、李公佐が記録したというものである。

日本や中国における先行研究で「南柯太守伝」は、しばしば沈既済「枕中記」と比較されてきた。それは「南柯太守伝」が「枕中記」より後に成立した作品であって、その影響がうかがえるからである[2]。とりわけ、夢での出来事を中心に据えた作品の構成や、人生のはかなさを主題とする点が似ていると考えられてきた[3]。また、こうした共通点だけでなく、つとに差異も指摘されている。劉開栄氏[4]は両作品が背景として持つ時代風潮の違いから生まれた差異を指摘し、内山知也氏[5]はプロットやモチーフの違いに注目して相違を述べている。

近いところでは、尾崎裕氏が「「枕中記」と「南柯太守伝」——その《枠》を手がかりに——」[6]で、「南柯太守伝」

のテクストを「枠」という考え方を用いて詳細に読み、作品の構造と主題に関して従来指摘されていない特徴をうかびあがらせた。尾崎氏のこのような方法は、伝奇を解釈する際に有効な方法のひとつであると考える。

そこで本章では、「南柯太守伝」の特徴の一端を明らかにするために、そのテクストから時間標識（テクスト内の時間を特定する具体的情報）を拾い出し、それらの関係を考察したい。その際に浮かびあがる疑問点は二つある。

第一の疑問は、「南柯太守伝」の主人公である淳于棼の年齢に関するものである。淳于棼は夢で槐安国を訪れて、その夢を見た三年後に四十七歳で亡くなった。したがって、夢の時点では四十四歳だったはずである。ところが、その淳于棼は夢の中で前触れもなく「少年」と呼ばれるがなぜだろうか。第二の疑問は、淳于棼が夢を見た「三年後」に亡くならなければならなかった理由である。これらの疑問を解く過程で、「南柯太守伝」に描かれた時間と空間の構造を明らかにすることを本章の目的としたい。

第一節　淳于棼は「少年」か

この節では、「枕中記」と比較することにより「南柯太守伝」の夢の特徴を明らかにしたい。「枕中記」と「南柯太守伝」は、作品の中央部分に夢での出来事を据えており、現実から夢へ、夢から現実へと場面が移る構成が似ている。しかし、作品における夢の世界の描き方は異なる部分がある。このことを、作品内の時間経過を指し示す時間標識を中心に検討して明らかにし、さらに本章で論じる問題の所在を提示したい。

（一）「南柯太守伝」の夢の特徴

「南柯太守伝」と「枕中記」に共通するすじがきは、主人公の男が夢の中で過ごすうちに、その男が生きる現実世界ではとうてい適わないような立身出世を経験することである。「枕中記」の盧生は、現実世界では田畑を耕す生活をしていたが、夢で科挙に合格し官界で出世をしてついには宰相になった。また、「南柯太守伝」の淳于棼は、酒を飲んで日々を過ごしていたが、夢で槐安国王の娘と結婚した縁で南柯太守となって善政を敷いた。

一方、両者で異なるのは、夢の世界をどのような空間として位置づけているかである。「枕中記」の夢の世界は、枕の中にある世界とはいえ、ごく当たり前の人間世界であるかのように表現されている。それに対して「南柯太守伝」の夢の世界は、人間世界とは異なるところがあるようである。このことを以下にそれぞれ見てゆきたい。

まず「枕中記」(7)の盧生は、夢で「壮（三十歳）」から官界で活躍する五十年を経て、老いて八十歳となって亡くなる人生を送っている。

「枕中記」の冒頭は、次のように始まる。

開元七年、道士有呂翁者、得神仙術。行邯鄲道中、息邸舎、摂帽弛帯、隠嚢而坐、俄見旅中少年。乃盧生也。

（開元七年のこと、道士の呂翁という者がいて、神仙術を得ていた。邯鄲へ行く道中、宿屋で休息し、帽をぬぎ帯をゆるめて、荷物の袋に寄りかかって座っていたところ、道行く少年をにわかに見た。それがつまり盧生である。）

この場面で、はじめに道士呂翁が宿屋に休んでおり、道行く「少年」である盧生を見たと語られる。「少年」とは年が若い者であることを示している。

これに続く道士呂翁と盧生の会話の場面では、盧生本人が自分の年齢を「今はもう『壮』年になる（今已適壮）」と言う。「壮」とは『礼記』曲礼上に「三十曰壮」とあり、三十歳をいう。つまり、盧生の年齢は三十歳で、外見は若く「少年」と見えることが物語の始めに提示されている。

その盧生が、呂翁から借りた枕で眠ると、三十歳の年齢からそのまま夢での生活が始まる。清河の崔氏の娘と結婚し、科挙に及第し官界で人生を送る。

両竄荒徼、再登台鉉、出入中外、徊翔台閣。五十余年、崇盛赫奕。（二度辺境に流され、二度宰相となり、中央と地方を出たり入ったり、朝廷の官をめぐり浮き沈みした。その五十年余り、権勢盛んで世に聞こえた。）

このように「五十余年」を過ごした盧生は「のちに次第に衰えて、何度も皇帝に暇を乞うた（後年漸衰邁、屢乞骸骨）」。しかし、暇を許されないまま盧生は病にかかり、死に臨んで上奏をする。その上奏の中で、「今年は八十歳を越えました（今年逾八十）」と言っている。

さらに、同じ上奏の冒頭で、盧生は自身を称して「私はもとは山東の儒生で、田畑を耕すことをたのしみとしていました（臣本山東諸生、以田圃為娯）」と言っている。つまり、盧生は夢が始まる前の状態、すなわち田を耕す境遇の自分を忘れておらず、官界で過ごした自身の人生を、夢に入る前の現実世界での人生の続きとしてとらえているといえよう。このように、「枕中記」の盧生が体験した夢の世界は人間世界そのものであり、年月が経るとともに盧生は年老いたのである。

一方で、「南柯太守伝」の淳于棼が過ごした夢の世界は、人間世界とは異なる面が描かれている。まず、淳于棼は「紫衣使者」に「青油小車」で迎えられて夢の中の世界「槐安国」へ向かい、その道中で「山川や気候や草木や道路が人の世界とはたいへん異なる（山川風候草木道路与人世甚殊）」のを見ている。また、「槐安国」から自宅へと戻った後には、「自分の体が建物の東側の軒下で横になっている（已身臥于堂東廡之下）」のを目撃して驚いている。そのように、淳于棼の夢は魂が体から離れて異界に行った離魂体験としても描かれている。

さらに注目される点は、淳于棼の年齢に関する記述である。前の「枕中記」の盧生は、夢での人生を閉じる直前に

「今、年は八十歳を越え（今年逾八十）」たと自身が老いたことを認めている。しかし、「南柯太守伝」では、淳于棼が夢の中の異界槐安国で「二十年余り」の歳月を過ごしたことは語られるけれども、その滞在中に淳于棼が年老いたと読み取れるような表現は全くない。

また、「枕中記」の盧生の年齢が「壮（三十歳）」であると、物語の始めの方で示されるのとも異なっている。「南柯太守伝」の淳于棼の年齢は、物語が終わるころ、淳于棼が亡くなる場面でようやく明らかにされる。

後三年、歳在丁丑、亦終于家。時年四十七、将符宿契之限矣。(8)

（三年の後、丁丑の歳に、また家で亡くなった。時に年は四十七、前世からの定めの期限に符合していた。）

「後三年」とは淳于棼が夢から覚めた三年後を指しており、そのときに四十七歳で亡くなったのである。したがって、ここから逆算すると、夢を見た三年前の時点では四十四歳だったことになる。

それでは、淳于棼は、夢を見た時点の現実世界での年齢である四十四歳から夢での人生を送ったのかというとそれは疑問であり、時間にずれがあるようである。このことを次に詳しく述べたい。

（二）「少年」淳于棼

夢の中で訪れた槐安国で、淳于棼が南柯太守として南柯郡へ赴任する際に、国王夫人が淳于棼を「少年」と形容している場面がある。（傍線は引用者による。以下同。）

夫人戒公主曰、「淳于郎性剛好酒、加之少年。」

（国王の夫人は公主（淳于棼の妻）を戒めて言った「淳于さんは性格は剛毅でお酒好き、その上年がお若い。」）

淳于棼が南柯郡へ赴任することが決まった時期は、物語内には明確には語られていない。しかし、それまでのストーリー展開[9]から察すると、槐安国に滞在するようになってから数ヶ月までの間であると考えられる。したがって、「枕中記」の盧生と同じように現実世界の年齢のまま夢に入り槐安国で暮らし始めたのだとすれば、淳于棼が「少年」と形容されたときの年齢は四十四歳のはずである。

この「少年」が、年が若いことや若い者を指す語であることはあらためて言うまでもない。例えば『広異記』「崔明達[10]」に次のようにある。崔明達という法師は夢で閻魔大王の宮殿を訪れ、広間に「きらびやかなみなりの少年で、二十歳くらいの者を見た（見貴彩少年、可二十許）」と言う。また、これは詩の例ではあるが、「少年」と呼ぶ年齢層がわかる次のような例がある。杜甫の「送重表姪王砅評事使南海」詩[11]に「次に問ふ　最も少年、虬髯十八九。子等大名を成すは、皆此の人の手に因る（次問最少年、虬髯十八九。子等成大名、皆因此人手）」とあり、酒席にいた最も年若い者が、みずちのようなほおひげの生えた十八、九歳の者であったことを言う。あるいは、韓愈の「送侯参謀赴河中幕」詩[12]に「憶ふ昔　初めて及第、各おの少年を以て称せらる。君の頤　始めて鬚生じ、我が歯　清きこと氷の如し（憶昔初及第、各以少年称。君頤始生鬚、我歯清如冰）」とある。「頤始生鬚」は、ひげがようやく生えたばかりの若い男の外見を表し、「歯清如冰」も、氷のようにきれいな歯を持つ若者の外見を表している。以上から見れば、「少年」とは十代や二十代の者を指すであろう。

また、先に取り上げた「枕中記」の盧生が「壮（三十歳）」になろうとする歳であり、その盧生を呂翁が見て「少年」と認めたことからは、三十歳に満たない者はひとまず「少年」だとも考えられる。しかしながら、淳于棼のように四十四歳の者を「少年」と称するのは少々奇異なことに思われる。このことをどのように考えるのがよいであろうか。

ひとつの解釈として、国王夫人が言った「加之少年」の主語が淳于棼の妻である公主だと考えて「淳于さんは性格は剛毅でお酒好き、その上あなた（公主）は年が若い（淳于郎性剛好酒、加之少年）」と理解することが可能かもしれない。南柯郡への出発にさきだつ婚姻の儀式の場面で、公主の年齢は「年は十四、五歳ほど（年可十四五）」と語られる。けれども、管見の及ぶ限り、若いのが公主だとする解釈はない。また、文脈から考えて、公主という主語が省略されていると読むのは適切でないと筆者も判断する。

あるいは、「若い」という場合に、人生における一段階である「若い」年代層に属しているのか、または誰かと比べた結果「若い」のかという問題もある。だが、テクストの言説には比較の対象は見あたらない。そうである以上、ここで言う「若い」とは、淳于棼その人が人生の若い時期に属する者であることを指していると考えるのが妥当であろう。

ところで、「南柯太守伝」には「少年」の語がもう一つ使われている。それは、婚姻の儀式の前に淳于棼が女たちからからかいを受ける場面である。女は、「以前の上巳の日（昨上巳日）」に寺で淳于棼と会ったといい、「そのとき、あなたは少年であった（時君少年）」と言う。この「昨上巳日」については、作中のこの場面でのみ語られる。そのため「昨」が具体的に何時のことを指すのかは必ずしも定かでない。けれども、かつて現実の世界で女たちと会ったときの淳于棼が「少年」であったことに相違はない。

しかし、場面が移り、以前の「あなたは少年であった」と言われた婚礼の儀式より、時系列では後になる南柯太守としての旅立ちの時においても、淳于棼は「少年」だというのである。物語の進行上この時点では、淳于棼が何歳であるのかは、まだ明かされていない。そのため、読み手はこのことに気づかず読み過ごしてしまいがちである。しかし、物語全体を通して考えてみれば、現実世界では四十四歳であるはずの淳于棼が、夢の中の世界では何の前ぶれもなく「少年」と呼ばれている。このことにはやはり疑問を抱かざるを得ない。

こうした齟齬が生じるのは、「枕中記」の盧生の場合とは異なって、「南柯太守伝」の淳于棼が送った夢の世界での時間が、夢の前の現実世界の時間をそのまま引き継いでいないからではあるまいか。

（三）　少年のイメージ

先に「少年」という語に注目して検討したが、ここでさらに、その語の持つイメージについて見ておきたい。先行研究によれば、「少年」という語は、単に年が若い者をさすのみではなく、多分に遊侠のイメージを負った語である。向島成美氏は、『漢詩のことば』において、『楽府詩集』に収められた盛唐から晩唐の詩人の「少年行」を取り上げて、そのイメージについて論じている。(13)その結果、「少年」という詩語は、単に年若いということだけでなく、馬を乗り回し盛り場で酒を飲むといった遊侠的性格を帯びた若者たちのイメージを持っているとしている。そしてそれは、『史記』「遊侠列伝」などに用いられている「少年」の、侠気ある若者のイメージを引き継いでいるとのことである。また、樋口泰裕氏も『詩語のイメージ』(14)に収録された「少年」の項で、「少年」の語が帯びている遊侠と従軍のイメージについて論じている。そして、武術を誇り勇敢で義を重んじるような若者を称賛の視点から詠む詩が多くあるなかで、中晩唐の詩の中には、「少年」を批判の対象として詠むものもあると指摘している。

遊侠と少年とは、そのようになじみ深いものである。そして「南柯太守伝」の淳于棼は、その冒頭に次のように紹介される。

東平淳于棼、呉楚游侠之士。嗜酒使気、不守細行。累巨産、養豪客。曽以武芸補淮南軍裨将、因使酒忤帥、斥逐落魄、縦誕飲酒為事。

（東平の淳于棼は、呉楚地方の遊侠の士である。酒を好み血気盛んで、細かいことをかまわない。大きな財産を蓄え、豪客を養っている。以前武芸によって淮南軍の副将に取り立てられたが、酒を飲んで大将に逆らい、追放されて志を得ず、欲しいままに振る舞って酒を飲んで過ごした。）

酒飲みの遊侠というこのイメージは淳于棼の人物像の重要な一面であって、作中に繰り返し描かれる。槐安国王から南柯太守を拝命する際の描写にも、「男（淳于棼）は若くて遊侠であり、これまで（太守になるなど）望みようがなかったので、このようになってたいへんよろこんだ（生少游侠、曽不敢有望、至是甚悦）」とある。また、既出の国王夫人の言葉にも、「淳于さんは性格は剛毅でお酒好き、その上年がお若い（淳于郎性剛好酒、加之少年）」とある。

このように淳于棼が遊侠の徒であることと「少年」は何らかの関係がありそうである。しかし「少年」という語には遊侠の要素はあるものの、それは文字どおり「年が若いこと」が前提としてなければならない。したがって、淳于棼が「四十四歳」であるならば、国王夫人から「少年」と呼ばれることはないはずなのである。

ところで、淳于棼が槐安国で南柯太守となったのは、槐安国王の娘である公主との結婚によるものである。そしてその結婚は、槐安国王と淳于棼の父との約束に端を発している。この「南柯太守伝」の「父」の重要性について、尾崎裕氏は次のとおり指摘している。

棼が「遊侠」としてふるまうのか、「士」としてふるまうのか。その違いを示す指標を敢えて挙げるとすれば、それは父の〈在／不在〉ということではなかろうか。棼自身が「書信絶ゆること十七八歳」と言っていることから、〈始め〉においては父が不在であることが明らかである。そして槐安国に招かれた棼は、それが父の命によるものだと知らされる。ここにおいて棼の父は姿こそ見せないものの確かに存在しているのである。同時に父の命はもう一つの父子関係を作り出す。公主との婚姻による、槐安国王との父子関係である。[15]

尾崎氏のこの指摘は的を射たものと考える。さらには、淳于棼が「少年」であることと、十七、八年前に連絡が途絶えた「父」の存在とは、おそらく関係があろう。そこで、次節では作中に表れた「父」について考察を加えることにしたい。

第二節　淳于棼の父は何処にいるのか

作中の淳于棼のことばによれば、「父は辺境の将軍としてあり、そのために捕虜となったので、生死はわからない（父在辺将、因没虜中、不知存亡）」と言う。実際には、父は何処にいるのであろうか。そのことについて考えながら、淳于棼が訪れた槐安国という空間の特徴を明らかにしたい。

（一）　冥界性と淳于棼の父

淳于棼の父に関連して、内山知也氏が『隋唐小説研究』(16)で、「南柯太守伝」の中の「冥界を暗示する叙述」について指摘している。その際、内山氏は「南柯太守伝」を二十七のプロット（出来事が語られる順番）(17)に分けている。しかし、それぞれのプロットについては、必ずしも詳細には説明していない。そこで、内山氏が「冥界」あるいは「冥界的」と指摘したプロットについて、筆者なりの補足を加え、整理し直したい。

まず「冥界を暗示する叙述」とされたプロットを引用すると、次のとおりである。なお、行頭の番号は内山氏が付したプロット番号である。

（3）　蟻国への往路（使者・道中＝冥界表現（ママ））

（11）　父のこと（冥界的表現）

（19）帰還の勧誘（死の予言＝冥界的表現）
（26）棼の死〈19の予告と一致〉

一つめの「（3）蟻国への往路」の蟻国とは槐安国のことであり、淳于棼が槐安国からの使者に迎えられてそこへ行ったことを指す。これが「冥界表現」であることについて筆者の考察を示して補いたい。「南柯太守伝」に影響を与えたと考えられている『捜神記』所収の話[18]には、迎えの使者に連れられてたどり着いた先が冥界であったり、あるいはそこから人間界へ送り返されるものが幾つかある。その一つは『捜神記』[19]巻十六「雀少府墓」で、次のような話である。盧充という者が道に迷ってたどりついた先で結婚し、その後、車で元の世界に送り返されるが、そうして初めて幽霊と結婚していたのだったと知ることになる。他にも、巻四「河伯婿」は、ある男が車で迎えられた先に「河伯（黄河の神）」の屋敷があり、そこで河伯の娘と結婚をした後に別離し、車で送られて元の世界に帰ってくるという話である。これらの話と同様に「南柯太守伝」の場合も、淳于棼は異世界の者に送り迎えされるうえに、その異世界は次に述べるとおり「冥界的」な世界である。

二つめに、「（11）父のこと」と「（19）帰還の勧誘」を「冥界的」と解釈しうるのは、「南柯太守伝」の次のようなストーリーから導かれるものである。それは、淳于棼の父と槐安国王が淳于棼に伝えた言葉が、まだ生じていない出来事を予知的にほのめかしていたからである。

まず、淳于棼が夢の世界に入る前の現実世界では、淳于棼の父は長らく生死不明であった。その父からの手紙を、淳于棼は槐安国で手にする。その手紙には、今は会えないが「丁丑の歳に、きっとおまえと対面するだろう（歳在丁丑、当与女相見）」とあった。これが「（11）父のこと」である。加えて、後に人間界へ戻ることになった淳于棼に対して国王がかけた言葉は「三年後に、あなたをきっと迎えよう（後三年、当令迎生）」であった。こちらが「（19）帰還の勧誘」にあたる。結局この（11）と（19）二つのプロットが、「三年後の丁丑の歳に、また家で亡くなった（後三年、歳在丁丑、亦終于家）」という「（26）棼の死〈19の予告と一致〉」に結びつくのである。

内山氏の述べる「冥界を暗示する叙述」とは、主に作中の夢の出来事と現実世界の出来事との因果関係を指すものである。こうした内山氏の指摘は、たしかに一定程度の説得力があろう。しかし、そのような指摘だけでは「冥界性」がこの物語に与える「意味」を解くことにはならないと考える。

そこで次は、槐安国がどのような「空間」として語られているかを詳しく検討し、その「冥界性」が何を意味しているかを明らかにしたい。

（二）　作中人物の生死と空間

先に、淳于棼の父と槐安国国王が淳于棼の死を予告したことについて触れた。「南柯太守伝」にはその他にもう一つ、淳于棼を死へと導く伏線がある。それは、淳于棼の酒飲み仲間である周弁と田子華の存在である。彼らは淳于棼とともに槐安国で政治を行い活躍した。ところが、あるとき周弁は南柯郡で亡くなり、田子華は淳于棼のあとを引継いで南柯太守の実務を執ることになる。槐安国でそのような出来事があった後、夢から覚めて現実世界に還ってきた淳于棼は、周弁と田子華の様子を召使い童に確かめさせた。すると、槐安国で亡くなった周弁は現実世界でも急病で亡くなっており、槐安国に残った田子華は現実世界では病の床に就いていたのである。槐安国に関わった二人の友に死の影が差したことから、淳于棼の身の上にも死が訪れるだろうことが想像しうる。

ここで、「南柯太守伝」に登場する主要な五名の人物、すなわち淳于棼・周弁・田子華・槐安国での淳于棼の妻（公主）・淳于棼の父の生死についてまとめると次のようになる。

①淳于棼は夢で槐安国へ行った。槐安国から現実世界に還ってきて、三年生きて亡くなった。
②周弁は、槐安国で死んでしまった。現実世界でも急病で亡くなっていた。
③田子華は、淳于棼から南柯太守の実務を引き継いで槐安国に生きている。現実世界では病の床に伏していた。
④淳于棼の妻（公主）は槐安国の者（そして実は蟻）であるが、死んでしまって槐安国から姿を消した。
⑤淳于棼の父は、槐安国王によれば「北土」におり、槐安国の都にいる淳于棼の元へ、父からの手紙が届いた。現実世界では、十七、八年前に淳于棼と父は連絡が取れなくなっていた。

ここで注目したいのは、物語内の現実世界と夢の中の世界槐安国との関係である。

まず、①の淳于棼は槐安国で過ごしている間、現実世界である人間界の当人は酒に酔って眠っていた。また、③の田子華は病に伏していた。これらの状態から、槐安国に滞在している者は、人間界での自由な社会生活が制限されていることがわかる。

さらに、②の周弁の身の上からは、人間界と槐安国の出来事が相互に関係のあることがはっきりと見て取れる。周弁は槐安国で亡くなり、同時に現実世界でも亡くなっていたのである。他に槐安国で亡くなった者には④淳于棼の妻（公主）もいる。ただし、公主は槐安国の者であり、そして実は蟻であるから、人間界の生死とはひとまずは関わりがない。

しかしながら、②の周弁が槐安国および人間界で亡くなった後に行く死後の世界が冥界であるとするならば、同じく槐安国で亡くなった④淳于棼の妻が行く世界も冥界ということになろう。このように考えると、槐安国は冥界そのものではないことになる。

つまり「南柯太守伝」からは、現実の「人間界」と、槐安国という「異界」、さらに死後の世界すなわち「冥界」

という、三つの空間が読み取れる。

⑤の淳于棼の父に関しては、生死に関するはっきりとした情報は作品中にない。しかし、淳于棼の父が「冥界」にいるらしいことは、次のことから推察される。それは、淳于棼が槐安国で「丁丑の歳に、きっとおまえと対面するだろう（歳在丁丑、当与女相見）」と書かれた父からの手紙を受け取り、現実世界に戻った淳于棼は、「丁丑の歳」に亡くなったことである。とはいえ、これだけでは推察の閾をでない。そこで、これまでに整理したことをふまえて、次は槐安国の地理に関して考察を加え、父の生死に関する情報を引き出したい。

（三）　淳于棼の父がいる場所

先に、「南柯太守伝」の作中の現実世界と槐安国との関係について、人物の生死の面から述べた。さらに、地理の面での槐安国と現実世界の関係を確認したい。

淳于棼は夢から覚めた後、槐安国を暴き、夢での体験の謎解きをする。まず、庭の南にある槐の下に、槐安国と目される蟻の巣を見つけ、それを掘り起こして中を探索する。すると、槐安国の都とおぼしき場所を初めに見つける。続いて南・西・東の方角に、淳于棼が槐安国で関わった地が次々と現れる。そうして、南に南柯郡、西に王とともに狩りをした狩猟場、東に妻を葬った丘を確認することができた。

ここで淳于棼が蟻の巣として確認した中央（都）・南・西・東の地は、すべて淳于棼が槐安国に滞在した際に足を踏み入れた場所である。これに加えて、南柯郡へ攻めてきた敵国「檀蘿国」も、それらしき蟻の巣を屋敷の外に発見することができた。つまり、夢で訪れた槐安国は蟻の巣として実在していたのである。

しかし、一連の探索場面で、出てこなかった土地が、ただ一カ所ある。それは、父がいるはずの「北」の土地である。その「北」を、淳于棼が探そうとする描写もなければ、探したが見つからなかったというような記述もなく、作中に全く触れられていない。いったいなぜであろうか。この「北」についてプロット（出来事が語られる順番）に沿って、淳于棼の父に関する情報を確認しながら考えたい。

まず、淳于棼が槐安国へ訪れた当初、婚姻が棼の父により決められていることを王から告げられ、淳于棼は次のように思った。

生思念之、意以為父在辺将、因没虜中、不知存亡。将謂父北蕃交通、而致茲事。

（男はこのことを考えて、心に思うのには父は辺境の将軍としてあり、そのために捕虜となったので、生死はわからない。父が北蕃と通じて、このこと（婚姻）を実現したのだろうか、と。）

「南柯太守伝」の言説で、淳于棼の父についてはこの部分に初めて出てくる。ここで「父は北蕃に交通す（父北蕃交通）」とある「北蕃」は、淳于棼が本来住んでいた世界である人間界での「北の土地」を指している。そして「北蕃」とは、中華から見た北の土地に住む異民族を指す言葉である。

次に、婚礼の後、淳于棼が槐安国王に、父の居所が分かるならば会いに行きたいと申し出た場面では次のように「胡」とある。

生因他日、啓王曰、「臣頃結好之日、大王云、奉臣父之命。臣父頃佐辺将、用兵失利、陥没胡中。爾来絶書信十七八歳矣。王既知所在、臣請一往拝覲。」

（男は別の日に、王に申し上げた「私がこのごろ婚姻を結んだ日に、王様は、私の父の命であると言われました。私の父はさきごろ辺境の将軍を輔佐し、兵を指揮して失策し、胡の中に陥りました。それ以来手紙が絶えて十七、八年になるのです。王様がすでに父の所在をご存じならば、私は一度挨拶に行きたいと存じます」と。）

これは淳于棼の発言であり、前出の場面で淳于棼が心に描いた父に関する情報を言い換えたものである。ここにある「胡」もまた、中華からみた北、あるいは西の異民族を意味している。

そして、淳于棼のこの申し出に対する王の返事は次のとおりである。

王遽謂曰、「親家翁職守北土、信問不絶。卿但具書状知聞。未用便去。」（土があわてて言うことには「そなたの父君は北土を守っていて、手紙は絶えず来ている。そなたはただ手紙をそえて知らせなさい。まだ行くにはおよばない」と。）

王はこの中で淳于棼の父の居場所を「北土」と言っており、「北土」は文字通り北の土地である。ただし『左伝』[20]の昭公九年に「粛慎、燕、亳は、吾が北土なり（粛慎、燕、亳、吾北土也）」という用例があるように、「北土」は国内の領土ではなく、異国を指して使われる。「南柯太守伝」においても、王の言う「北土」は槐安国から見た北にある異族の地ということになろう。

さらに注目したいことは、淳于棼が父に会いに行きたいと申し出たのに対して、国王は「今はまだ行ってはならない（未用便去）」と言っていることである。王は淳于棼が「北土」へ今すぐに行くことを止めている。また、このあと淳于棼が父からもらった手紙にも、「淳于棼に会いに来ないようにさせる（不令生来覲）」内容が書かれていた。

一方で、淳于棼の父は同じ手紙に「丁丑の歳に、きっとおまえと対面するだろう（歳在丁丑、当与女相見）」と言う。また、槐安国王は後に淳于棼が槐安国を去るにあたり、「三年後に、あなたをきっと迎えよう（後三年、当令迎生）」と言っている。そしてこれらをふまえて、淳于棼は「三年後の丁丑の歳に、また家で亡くなった（後三年、歳在丁丑、亦終于家）」のである。

したがって、槐安国で暮らしている時の淳于棼が、父のいる「北土」へ行くことができないのは、その間に「死」という越えられない隔たりがあるためであろう。槐安国王が言う「そなたの父君は北土を守って（親家翁職守北土）」

いるという「北土」とは「死後の世界」をさしており、「北土」から手紙を送ってきた父は、やはり亡くなっていたのだといえよう。

現実世界で生きている人間は、その目で直に死後の世界「北土」を見ることもないし、死者と手紙を交わすこともない。しかし「北土」と「槐安国」の間では、手紙を介して交信することができる。そこで、人間界の者が夢を通じて槐安国に滞在することにより「北土」の音信に触れることができる。そのように、槐安国は現実の人間界と死後の世界との間にあって両世界と各々通じている空間として描かれているといえる。

第三節　淳于棼の夢とは何であったか

本節では、これまでの考察をふまえ、本章の冒頭で示した疑問に戻りたい。第一に、淳于棼は夢を見た時に現実世界での年齢が四十四歳であったにもかかわらず、夢のなか（槐安国）においてなぜ「少年」と呼ばれたのだろうか。第二に、夢の三年後に淳于棼が亡くなったのはなぜだろうか。これらの疑問を検討するために、淳于棼の人生にまつわる「時間標識」を、プロットに沿って確認したい。

（一）　淳于棼の人生にまつわる時間標識

初めに、物語内に語られた内容における時間の基準となる「現在」の時間は、「貞元七年九月」のある日であり、それは淳于棼が夢を見た時である。

貞元七年九月、因沈醉致疾。（中略）生解巾就枕、昏然忽忽、髣髴若夢。（貞元七年九月、（淳于棼は）酒に酔って気分

が悪くなった。（中略）男は頭巾を解いて枕に就くと、意識がぼんやりとし、夢のようになった。）

次に、淳于棼の父からの連絡が途絶えたとされるのは、「現在（＝夢を見た時）」から「十七、八歳」前のことである。

生因他日、啓王曰、「（中略）臣父頃佐辺将、用兵失利、陥没胡中、爾来絶書信十七八歳矣。」

（男（淳于棼）は別の日に、王に申し上げた「（中略）私の父はさきごろ辺境の将軍を輔佐し、兵を指揮して失策し、北方異民族の中に陥りました。それ以来手紙が絶えて十七、八年になるのです。」）

三番目に、淳于棼が槐安国で過ごした時間は「二十余年」である。

因命生曰、「姻親二十余年、不幸小女夭枉、不得与君子偕老、良用痛傷。」

（（王は）そこで男に命じて言った「姻戚となって二十年あまり、不幸にも娘は若く亡くなり、そなたと偕老を遂げることができなかったのは、たいへん痛ましい。」）

そして、最後は、淳于棼が亡くなった時である。

生感南柯之浮虚、悟人世之倏忽、遂栖心道門、絶棄酒色。後三年、歳在丁丑、亦終于家。時年四十七、将符宿契之限矣。

（男は南柯の浮虚に感じ、人生の倏忽を悟って、ついには心を道門に寄せ、酒色を絶った。三年の後、丁丑の歳に、また家で亡くなった。時に年は四十七、前世からの定めの期限に符合していた。）

このとき淳于棼が夢から覚めて三年後、「四十七」歳であった。

以上が、テクストに直接語られた時間に関する情報である。そして、これらの情報から分かることがさらに二つある。一つは、夢から覚めた三年後に四十七歳で亡くなったことから、夢を見た時は「四十四歳」だったということである。二つめは、淳于棼が父と別れた年齢が「二十六、七歳」であることである。これは、夢を見たときに四十四歳だったことと、父からの連絡が途絶えたのが、夢を見た日から「十七、八年前」であることから導かれる。

これまでにあげた時間標識を基に、出来事を起きた時間順に並べると、淳于棼の人生は次のようになる。

①今から十七、八年前の二十六、七歳のときに、父からの連絡が途絶える。

②遊侠暮らしを続けてきて、今は四十四歳である。その貞元七年九月に夢を見た。

③槐安国で、国王の夫人（公主の母）に「少年」と呼ばれる。

④槐安国で過ごした時間は二十年あまり。

⑤夢から覚めて（四十四歳）、蟻の巣を探索する。

⑥亡くなったのは三年後の四十七歳である。

それでは、③の槐安国で「少年」と呼ばれたのはなぜであろうか。それは、四十四歳の淳于棼が眠り、使者に迎えられて槐の穴に入り槐安国へ着くまでの間に若返って、かつて父と別れた①の時点、すなわち十七、八年前の年齢である二十六、七歳になっているからではないか。つまり、槐安国で国王の夫人から「少年」と呼ばれた時に、淳于棼は二十六、七歳の「少年」であったのであろうということである。

このように考えることで、槐安国で国王の夫人から「少年」と呼ばれた謎が解けるのみならず、淳于棼が亡くなったのが夢から覚めた三年後であった理由も説明することができる。次はそのことについて示したい。

（二）　淳于棼の人生と語りの枠

ここでは「南柯太守伝」の形式について、「枠」という考え方をもちいて示し、その枠と「南柯太守伝」の内容がどのように関わっているかを論じつつ、前節からの謎を考察したい。

「南柯太守伝」の「枠」に関しては、先行論がある。尾崎裕氏の「「枕中記」と「南柯太守伝」――その《枠》を手がかりに――」[21]は、「南柯太守伝」の内容から、「道家的」と「儒家的」という異なる価値観が読み取れる理由を、「枠」という考え方によって作品の構造を分析することで明らかにしたものである。尾崎氏は、《枠》とは「〈始め〉と〈終り〉」[22]としている。そして、淳于棼の身に起こった出来事を語る部分と、その淳于棼の物語に対する李公佐による評価の部分とを区別して、二つにわけている。さらに、前者は道家的、後者は儒家的な価値観を示していることを指摘する。

この作品が二つの価値観を内包するという読み方に筆者は賛成するが、「枠」の分け方の点では考えを異にする。尾崎裕氏は「枠」を定義するにあたり、ボリス・ウスペンスキーの「芸術の枠」を基にしている。[23]ボリス・ウスペンスキイ著、川崎浹・大石雅彦訳『構成の詩学』から読み取れる「枠」とは次のようなものである。

文学作品では、その「始め」と「終わり」に枠が表れる。その枠は、物語の語りにおける視点の変化と密接に関わるものである。すなわち、内的視点と外的視点の交替によって枠の存在が明白になる。

ウスペンスキーは『構成の詩学』で、視点交替の例として次のようなものを挙げている。

①物語の始めに、外的視点から語る一人称の人物がいる
②語りの終わりに、それまで物語内容に関わっていなかった人物がでてくる
③終わりで、ふいに読者に語りかける人物がいる
④叙述の終わりで、語りが一人称から三人称に移る

このうち、①は物語の「始め」に、②~④は「終わり」に関するものである。またその他の例もある。

⑤叙述が続いているのに終わってしまう感じが生じる「偽りの結末」

⑥視点の主な担い手が死ぬことで、別の視点に移行する

この⑤と⑥は、物語の始めや終わりのみで起こるとは限らず、物語の途中でも生じる場合がある。①～④のようなウスペンスキーの分類によれば、作者が内的視点から語るか、外的視点から語るかという視点の交替によって枠が表れるのであるから、ひとつの物語の枠は一重とは限らず幾重かの入れ子になることもある。

以上のように、ウスペンスキーの「枠」とは、物語を進行する語り手が物語の内容を語る際に、それを外側から語るか内側から語るかといった視点の変化をとらえるもので、その変化が表現に表れたものを「枠」と称している。そして、ウスペンスキーの言う「視点」は、「誰が見ているか（叙法）」と「誰が語るか（態）」という異なる問題を区別していない。

しかし、本章ではジェラール・ジュネットの考えに倣って、両者を区別して論じる。この「枠」に関する文脈でウスペンスキーが述べている「視点の交替」を、ジュネットが整理した範疇に当てはめると、①～④は「態（語り手の問題）」のもので、⑥は「叙法（作中人物の視点）」のものと考えられる。

本章では、ジュネットの「態」の範疇における「語りの水準」の考え方に従い、語り手の置かれた位置が語られた物語世界に対して「外」であるか「内」であるかの区別で「枠」を定める。それに加えて、作中の時間や空間の相の違いを考慮に入れて「枠」と定義したい。

筆者は、「南柯太守伝」を五つの「枠」を持つ物語と考えている。**図1**は物語全体が入れ子状に構成されていることをイメージで表したものである。その「枠」は、テクストの次の部分に該当する。

枠１の始め　なし。

枠１の終わり　李公佐の語りの部分。（原文では「公佐貞元十八年～蟻聚何殊」）

枠2の始め　淳于棼の紹介。（「東平淳于棼～大飲其下」）
枠2の終わり　淳于棼が亡くなる。（「生感南柯浮虚～將符宿契之限矣」）
枠3の始め　貞元七年九月に、淳于棼が酒に酔って眠る。（「貞元七年九月～髣髴若夢」）
枠3の終わり　淳于棼は夢の後で、蟻の巣を探索する。（「生遂發寤如初～田子華亦寢疾於牀」）
枠4の始め　淳于棼の夢の始まり。（「見二紫衣使者～行者亦争辟於左右」）
枠4の終わり　淳于棼の夢の終わり。（「俄出一穴～二使因大呼生之姓名數聲」）
枠5の始めと終わり　槐安国。（「又入大城～少頃即至」）

なお、枠1に「始め」がないのは、この物語の冒頭には物語りの語り手「公佐」は姿を現しておらず、冒頭からすぐに淳于棼の物語が始まるためである。しかし、唐代伝奇の中には、「李娃伝」[24]のようにこの枠1の始めに相当する部分、つまり語り手がこれから語る物語の概要などを語り手が語るような部分がある作品も存在する。この「南柯太守伝」や「李娃伝」のように、内容として語られたある出来事に対してそれに対する意見や評価を最後に述べたり、著述の動機を述べたりするような文体は、『史記』を代表とする中国に伝統的な史伝の文体に見られるものである。

こうして「南柯太守伝」の全体は、槐安国での出来事（枠5）を中心として入れ子状に構成されている。また、枠2～5が淳于棼の物語であり、その淳于棼の物語を「語り手」である李公佐が語ったものが「南柯太守伝」という物語である。

この「枠」の属性を作品内の「時間」によって説明すると次のようになる。

枠1　語り手「公佐」が淳于棼の話を物語る時間　貞元十八年
枠2　淳于棼の人生における二十余年の時間（父と別れた二十六、七歳から四十七歳まで）

図１　「南柯太守伝」の五つの「枠」

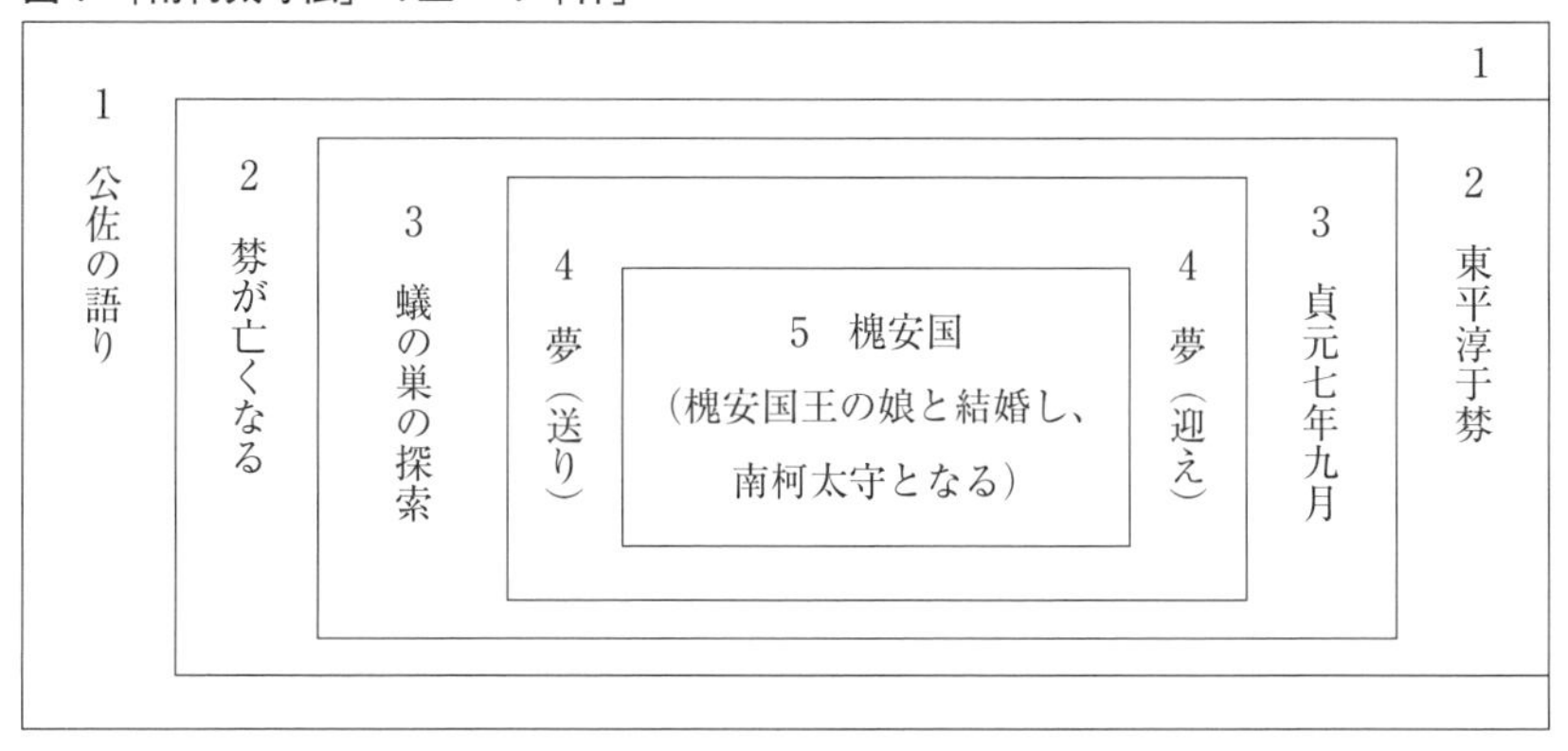

図２　「南柯太守伝」の時間と空間

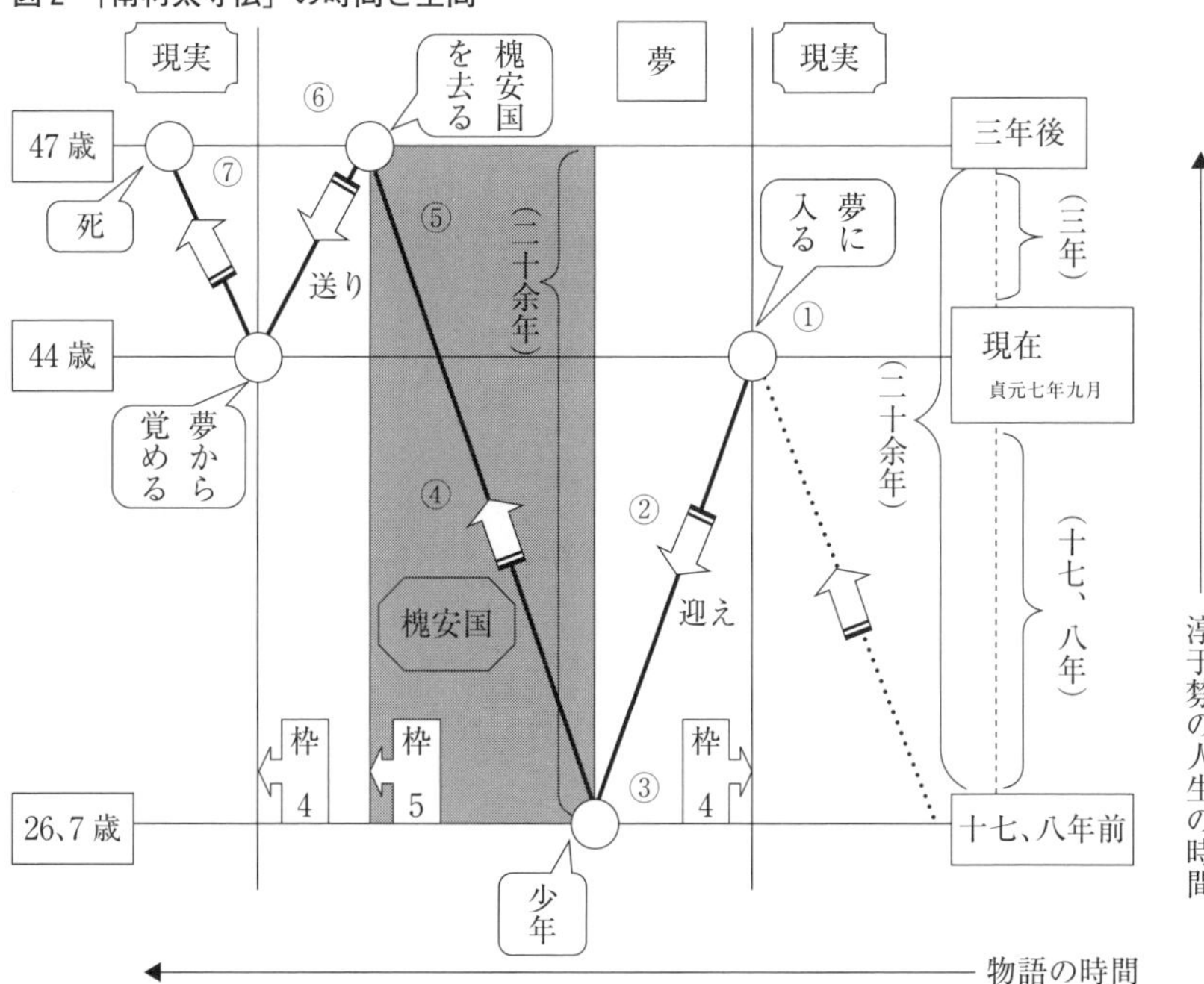

枠3　淳于棼のエピソード　貞元七年九月のある日とその翌日
枠4　夢の出来事　倏忽の時間
枠5　槐安国の時間　二十余年

さらに、「枠」の属性を「空間」によって説明すると次のようになる。

枠1　語り手「公佐」の世界
枠2　物語内の人間世界
枠3　物語内の人間世界
枠4　物語内の夢
枠5　物語内の槐安国

枠2と枠3は物語内の人間世界という点で同じであるが、時間の属性が異なっている。つまり、枠2は淳于棼の人生のうち二十余年という期間を語る時間であり、枠3は貞元七年九月のある日とその翌日というさらに限定された時間を語るのである。

ここに提示した「枠」と、本章で取り上げた淳于棼の年齢をめぐる謎とは大いに関係がある。淳于棼の現実の人生と「夢」で送った人生がどのようなものであったのかを、**図2**の図のようにまとめることができる。なお、図中の①〜⑦と、ここに挙げる①〜⑦は対応している。

①淳于棼は貞元七年九月に四十四歳で、使者の迎えをうけて槐安国へ行く。
②その道行きで時間のさかのぼりが生じ、父と別れた十七、八年前の二十六、七歳まで戻り「少年」となる。
③父と槐安国国王との約束によって二十六、七歳で公主と結婚する。

④その後、二十六、七歳から二十余年を槐安国で過ごして、四十七歳となる。
⑤すると、槐安国に来た際にさかのぼった時間である十七、八年よりも、三年分多い時間を槐安国で過ごしてしまったことになる。
⑥槐安国から帰りの道行きで、時間を三年分さかのぼり、夢の前と同じ現実世界の時空に帰ってくる。
⑦その後人間界で四十四歳から三年の時間を過ごして四十七歳で亡くなる。

ここで、「南柯太守伝」の内容を示した**図2**と、**図1**に示した作品の形式である「枠」との関係を説明すると次の通りである。

淳于棼が「少年」から四十七歳までを過ごしたと考えられる槐安国の部分（グレーの網掛部分）が「枠5」にあたる。そして、使者による送り迎えの部分は「枠4」にあたり、夢の前と後の淳于棼の現実世界での人生は「枠3」、「枠2」となる。「南柯太守伝」は、起きた出来事を時間順に並べたストーリーと、語られた順番であるプロットがほとんど一致している。そのため、物語の内容として表現された空間と時間さえもが、入れ子状になっているのである。

（三）　生き直しをさせられた夢

ここでは（二）で示した時間および空間移動を伴う淳于棼の夢が持つ意味についてまとめたい。

淳于棼は夢を通じて槐安国へ入っていくときに、時間を遡って「少年」とならなくてはならなかった。それは淳于棼が「遊侠」であったことと関係している。淳于棼は夢に入る前の現実世界で「游俠之士」として若い頃から勝手気ままな生活を送っていた。それは「少年」の姿である。ところが、夢の中の槐安国では、顕彰碑が建てられるほどの善き政治を執り行う「士大夫」として人生を送った。

したがって、淳于棼が槐安国で暮らした時間には、現実世界では父と別れてから遊侠の酒飲みとして暮らすより仕方がなかった四十四歳までの「十七、八年」の時間を取り戻す意味合いがあるのではないか。つまり、現実の人間界では父という後ろ盾がないために適わなかった人生を、もう一人の父である槐安国の国王の元で「士大夫」として人生を生き直す時間だったのではないかということである。そして正確には「生き直す」という主体性は淳于棼にはなく、二人の「父」によって人生を「生き直させられた」時間であった、と表現することができよう。

また、第二節で述べたように、淳于棼が「三年後の丁丑の歳」に亡くなったのは、父と国王の言葉が淳于棼の死を予言するものであったからだと言える。しかし、単にそこに因果関係があったというだけにとどまらない。淳于棼が四十四歳に到るまでに現実世界で送った遊侠の人生「十七、八年」と、夢の後で道門に心を寄せて過ごした「三年」を足した合計時間は「二十、二十一年」となり、夢で送った「二十年余り」の人生とちょうど釣り合うことになる。これは単なる偶然ではないであろう。夢における父が決めた結婚によって、淳于棼は現実世界で遊侠暮らしを続けたそれまでの人生と同じ長さの時間を、夢の中で士として生き直しをさせられたのである。そればかりか、夢での生き方が、夢から覚めた後「三年」の人生「遂栖心道門、絶棄酒色」にも影響をあたえたことになる。

以上のように考えるならば、淳于棼が槐安国と現実を移動する際には、行きも帰りも時間をさかのぼる動きが生じていることになる。このように時間をさかのぼるような話を、筆者は他に見つけることが出来ていない。しかし、現実と夢の関係を考えるとき、『列子』[25]巻三周穆王篇に次のような話がある。尹氏は、昼間は老僕をこき使い、夜に見る夢では「人の下僕となって（為人僕）」苦しんだ。一方の老僕は、昼間は尹氏にこき使われたが、夜は「夢で国王となって、そのたのしみに比べるものはない（夢為国君、其楽無比）」のであった。夢には現実世界に欠けている状況を補い均衡をとる働きがあるのである。

おわりに

淳于棼は、夢を見る前の人間界で、体は四十四歳まで年を重ねたものの、精神面は十七、八年前の二十六、七歳、つまりは「少年」にとどまっていた。その淳于棼は人間界で成長できなかった内面の時間を夢の中で生き直させられたのである。そして、夢で士として二十年余り、四十七歳まで過ごして精神の充足を得た。その結果、夢から現実に帰った後には、淳于棼はもはや遊侠を続けることができなかった。そこで、道門に心をよせて過ごし、夢からさめた三年後に、父と王の予告どおり四十七歳で亡くなった。そのような物語として「南柯太守伝」を読むことができるのではないか、このように考える。

注

（1）テクストは、宋李昉等編・張国風会校『太平広記会校』（北京燕山出版社、二〇一一年）巻四七五「淳于棼」を使用した。

（2）卞孝萱は『唐代文史論叢』（山西人民出版社、一九八六年）二六、二七頁で、「枕中記」の成立は建中二（七八一）年ごろ、「南柯太守伝」は貞元十八（八〇二）年と論じている。

（3）祝秀侠は『唐代伝奇研究』（中華文化出版事業委員会、一九五七年）八一頁に、次のように述べる。「『枕中記』と筋書きや題材が似ているものに、李公佐の南柯太守伝もある。（中略）作品の終わりに淳于棼が言った『南柯の浮虚に感じ、人生の倏忽を悟る』の二句は、この作品の主旨を示している。（与「枕中記」故事題材相近似的、還有李公佐的「南柯太守伝」。……篇末淳于生曾説「感南柯之虚浮（ママ）、悟人生之倏忽」二句、便揭出這一篇写作的旨趣。）」

（4）劉開栄『唐代小説研究』（商務印書館出版、一九六四年）一六四頁に、「南柯太守伝を読むと、その主題と大意は前者（＝枕中記。引用者が補う）を思い起こさせる。（看南柯太守伝、主題与大意与前者也相彷彿）」とある。また一六五頁に「枕中記と南柯太守伝の主題は同じだけれども、反映している時代や社会背景はちがっている。（枕中記与南柯伝的主題、雖然相同、但是所反映的時代及社会背景卻是両様。）」とも述べる。

（5）内山知也『隋唐小説研究』（木耳社、一九七七年）二二三頁。
説話学的に両者の構成を見ると、前者（＝枕中記）は漸昇型と逆転型の組み合わせと考えられるのに対して、後者はその漸昇の図式は殆ど指摘できないという相違がある。かつその内容についても多くのプロットはもちろん、モチーフについてさえも著しい相違があって、後者（＝南柯太守伝）が前者の単純なる模倣的作品ではないことは明瞭である。（括弧内は引用者が補う）。

（6）尾崎裕「「枕中記」と「南柯太守伝」――その《枠》を手がかりに――」『学林』第三三号、二〇〇一年。

（7）「枕中記」のテクストは中華書局影印『文苑英華』巻八三三による。

（8）「南柯太守伝」の冒頭に「貞元七年九月」（七九一年）とあることから、それに近い「丁丑」は貞元十三（七九七）年である。したがって、淳于棼が夢を見た「貞元七年」の三年後は「丁丑」ではなく、甲戌である。あるいは、「貞元七年」と「丁丑」を基準にすると、淳于棼が亡くなったのは「三年後」ではなく、六年後ということになる。この矛盾について、卞孝萱は『唐代文史論叢』二九頁（山西人民出版社、一九八六年）に、「後三年」と「丁丑」を基準とし「貞元七年」は「貞元十年」の誤りであろうと述べている。本章では現存のテクストを尊重して矛盾のまま読み進めた。

（9）淳于棼が南柯太守となるまでの出来事で、テクストから読み取れるものは次のとおりである。まず、槐安国に着いた「是夕」に婚礼が行われた。その後（日は不明）、霊亀山で猟をした。続いて「他日」に淳于棼と国王は棼の父について語り、それから「数夕」経って棼の父から手紙が届いた。また別の「他日」に淳于棼の妻が棼が政治に携わるように持ちかけ、「累日」で王から淳于棼へ南柯太守の任が下された。過ぎた日数を数えるための記述は以上である。

（10）『太平広記』巻三七九　再生五「崔明達」（『太平広記会校』、二〇一一年）。

(11)『杜甫詳注』巻二三（仇兆鰲輯注、中華書局、一九七九年）。
(12)『韓昌黎詩繫年集釈』巻六（銭仲聯集釈、上海古籍出版、一九八四年）。
(13)向島成美『漢詩のことば』（大修館書店、一九九八年）九五～一〇五頁。
(14)後藤秋正・松本肇編『詩語のイメージ』（東方書店、二〇〇〇年）二四九～二六三頁。
(15)前掲注（6）論文。
(16)前掲注（5）四〇〇頁。
(17)「ストーリー」及び「プロット」は、ロシアフォルマリズムから物語論（ナラトロジー）へ至る文学理論で用いる術語である。「ストーリー」は、作中で語られる出来事そのものが起こった順序のことであり、「プロット」は、出来事が作品に語られる順序のことである。
(18)内田道夫『中国小説研究』（評論社、一九七七年）四二頁は、「南柯太守伝」が基づく話として『捜神記』巻十「夏陽盧汾」を挙げる。また、黒田真美子は『中国古典小説選五　枕中記・李娃伝・鶯鶯伝他〈唐代Ⅱ〉』（明治書院、二〇〇六年）二五頁で、「南柯太守伝」が『捜神記』巻十六「盧充」のモチーフを借りていることを指摘する。
(19)『捜神記』（干宝撰汪紹楹注、中華書局、一九七八年）。
(20)『十三経注疏』（中華書局、一九八〇年）。
(21)前掲注(6)論文。
(22)前掲注（6）論文九四、九五頁に「現実世界に戻ってからの淳于棼について報告し、淳于棼夢遊譚を意味付ける〈終り〉（以降、これを〈終り1〉とする）と、李公佐が「南柯太守伝」というテクストを意味付ける〈終り〉（以降、これを〈終り2〉とする）、〈始め〉を同じくしながらそれら異なる〈終り〉をもつ二つの《枠》をもっているのが「南柯太守伝」なのである。」とある。
(23)前掲注（6）論文一〇六頁の注⑪に、尾崎氏が使用した「芸術テクストの《枠》」の訳文は、北岡誠司訳『現代思想』一九七二年二月のものとある。筆者はこの訳を未見である。但し尾崎氏が同注に「訳者の付記に「本訳文はウスペンスキー『構成の詩学』（モスクワ、一九七〇年）の最後の章の一部（原文一八一〜一九六頁）である」とある」と引くとおり、『構成の詩学』全体が問題にしている「視点」の問題をふまえると「芸術テクストの《枠》」でいう「枠」も同じく「視点」の問題を論じていると読み取れる。そこで本章では川崎浹・大石雅彦訳『構成の詩学』（法政大学出版局、一九八六年）を使用した。

（24）『太平広記』巻四八四「李娃伝」（『太平広記会校』、二〇一一年）の冒頭には、作者白行簡が登場する。「汧国婦人李娃、長安之倡女也。節行瓌奇有足称者。故監察御史白行簡為伝述」。

（25）『列子集釈』（新編諸子集成、中華書局、一九七九年）。

（補注）「南柯太守伝」に関する論考として、岡本不二明氏「唐代伝奇「南柯太守伝」に於ける夢と時間の一考察」（『中国文史論叢』七、二〇一一年三月）。のち、同氏『唐宋伝奇戯劇考』所収（汲古書院、二〇一一年十月）をお読みになった方は多いであろう。岡本氏の論考と本章はいずれも作中の「時間」に着目して検討しているが、論旨に異なるところがある。なお、本章の初出は、二〇〇九年十月刊行の『集刊東洋学』一〇二号であり、その元となった口頭発表は、二〇〇八年五月の東北中国学会第五七回大会（於北海道大学）、および同年十月の日本中国学会第六〇回大会（於京都大学）におけるものであることを記しておく。

第三章　「南柯太守伝」に含まれる二つの焦点化
――物語に介入する語り手――

はじめに

この章では前章に続き、「南柯太守伝」について論じる。前章で、「南柯太守伝」を、淳于棼が夢の中で生き直しをさせられた物語として読み取る解釈を示した。そうした解釈と、従来指摘されているように「政治批判」や「世相批判」の物語と読み取る解釈はどのような関係にあるのか。それを明らかにするために、「語り手」が物語をどの位置から語り、誰の視点から捉えた物事をどのように語っているかについて検討する。

「南柯太守伝」[1]では、淳于棼という遊侠の男が、夢で訪れた王国で南柯太守となって活躍し、夢から覚めたあとでその王国が蟻の巣であったことを確認するくだりがある。この部分に関して、江守義氏は次のように指摘している。

淳于棼が酒から醒めた後で、「家の召使いが庭で箒をもち、友人二人が長椅子に腰かけて足を洗い、傾いた日はまだ西の垣に隠れておらず、飲み残しの酒樽は東の窓辺に酒をたたえているのを見た。夢の短い時間に、一生を過ごしたかのようだ。男は思いかえしてため息をつき……（見家之僮僕、擁篲于庭、二客濯足于榻、斜日未隠于西垣、余樽尚湛于東牖。夢中倏忽、若度一世矣。生感念嗟嘆……）」とある。この中の「夢の短い時間に、一生を過ごしたかのようだ（夢中倏忽、若度一世矣）」は、作中人物の視角と語り手の視角が混じり合ったものである。[2]

すでに述べてきたように、物語が言語によって表現されてそこに存在するためには、誰かが物語らなければならない。その語る誰かを「語り手」という。この「語り手」とは、作者とは区別される概念である。[3] また、「視角」とは、いわゆる視点のことを指す術語であり、江守義氏は「南柯太守伝」の分析を、誰が、誰の視点を通じて見たもの感じたことを語るかという観点から行っている。本章の題名に用いた「焦点化」という語もそのような問題を扱う際の術語である。

したがって、本章の目的は、作品内に、誰が見たものを語り手がどのように表現しているかを分析することによって、作品の構成を明らかにし、作品の内容をとらえることである。

「南柯太守伝」の語り手は、おおむね淳于棼という作中人物が知覚したものごとを語っている。しかしごく一部ではあるが、淳于棼ではなく槐安国国王の知覚を語る部分（「王意疑憚之〜王亦知之」）がある。その部分には、「国有大恐、都邑遷徙（国に大きな災いが起こって、都が遷る）」という槐安国の国人による上表のことばが含まれており、そのことばは、淳于棼の夢と現実世界との符合を示す根拠の一つとなっている。

ではなぜ、この部分のみが国王の視点に切り替えて語られているのか。その視点の切り替えは、作品全体の構成にどのような影響を及ぼしているのか。本章は、作中人物の視点と語り手の視点の関係を分析することによって、それを明らかにしようとするものである。

第一節　語り手は誰が知覚したものごとを語るか

（一）　語り手と物語の関係

いま「南柯太守伝」として取り上げるテクストは、『太平広記』巻四七五に「淳于棼」と題して収められ、淳于棼の夢をめぐるできごとに、「公佐」の著述動機、さらに李肇の賛を加えたかたちで伝わっている。物語はまず、「東平淳于棼、呉楚游侠之士」という淳于棼の紹介から始まる。続いて、貞元七年九月のある日に、酒に酔って眠った淳于棼が夢のなかで体験したできごとを語り、その夢でのできごとと、目が覚めた淳于棼が現実世界で確認したできごととの符合を語る。

いま、「語る」と述べたが、誰が語っているのか。この語り手は、淳于棼が「後三年、歳在丁丑、亦終於家、時年四十七、将符宿契之限矣（夢を見た三年後の丁丑の年に、やはり家で亡くなった。時に年は四十七、まさに先の定めの期限に符合したのだ）」と亡くなったその直後に、物語の最終局面に登場する。

公佐、貞元十八年秋八月、自呉之洛、暫泊淮浦。偶覿淳于生貌、(4) 詢訪遺跡、翻覆再三、事皆摭実、輒編録成伝、以資好事。雖稽神語怪、事渉非経、而竊位著生、冀将為戒。後之君子、幸以南柯為偶然、無以名位驕于天壌間云。

（公佐は貞元十八年秋八月に、呉から洛へ行こうとし、しばらく淮浦に停泊した。たまたま淳于生の遺容を見て、遺跡を訪ね、繰り返すこと再三、事実をみな拾いあつめ、そうして記録し伝を作り、好事家に供する。神について調べ怪を語ることは、経書の教えにそむくけれども、官位を盗み執着する者が、戒めにしてほしいと願う。後の君子よ、南柯のことをどうか偶然と思わずに、名声地位の身にあることを天地の間に驕ることがないように。）

「公佐」と称する人物（この「公佐」は「南柯太守伝」の作者とされる李公佐を指すと考えられるがここではそのことに深く立ち入らない）が、淳于棼が亡くなった後に事跡を訪ねて記録したものが、その直前までに語った淳于棼の夢にまつわる物語であるという内幕を披露している。

このように「南柯太守伝」という物語のなかには、語り手である「公佐」も登場している。しかし、「公佐」は、淳于棼が亡くなった後で淳于棼について知ったのであり、淳于棼の人生とは直接のかかわりがない人物であることを、ここでは確認しておく。

次は、この語り手が、どの人物の知覚を通じて語っているかを具体的に考察したい。

（二）「見」に表れる作中人物淳于棼の視点

語り手が、誰の知覚を通じて語っているかがよく表れるのは、知覚を表現することばにおいてである。知覚とは、感覚器官に受けた刺激を、あるまとまりを持った事象としてとらえる働きである。「南柯太守伝」で使用頻度が高いものは、「みる」という知覚表現であり、そのなかでも特に「見」である。そこで、まずは「見」という語を中心に述べたい。

ここに挙げるのは、酒に酔った淳于棼が夢を見、槐安国からの迎えを受けて出かける場面である。（傍線は引用者による。以下同。）

貞元七年九月、因沈醉致疾。時二友人於坐、扶生帰家、臥於堂東廡之下。二友謂生曰、「子其寝矣、余将秣馬濯足、俟子小愈而去。」生解巾就枕、昏然忽忽、髣髴若夢。見二紫衣使者。跪拝生曰、「槐安国王遣小臣致命奉邀。」生不覚下榻整衣、随二使至門。見青油小車、駕以四牡、左右従者七八、扶生上車、出大戸、指古槐穴而去、使者即駆入穴中。生意頗甚異之、不敢致問。

（貞元七年九月に、淳于棼はたいへん酔っ払って気分がわるくなった。その時友人二人が席にいて、男を助けて家に帰り、座敷の東の軒下に寝かせた。友人二人は男に言った。「君は寝たまえ。我々は馬にまぐさをやり足を洗って、君が少しよくなるのを待ってから帰ろう。」男は頭巾を解いて枕につくと、意識が朦朧として、ぼんやりと夢見ごこちとなった。すると、二人の紫衣の使者を見た。男にひざまずいて挨拶をして「槐安国王が私どもを遣わせ王の命令によってお迎えにあがりました。」と言った。男は無意識に寝台から下りると着物を整え、使者二名にしたがって門へ行った。黒漆で塗った小さな車が、四頭の牡馬に引かせてあり、おつきの従者が七、八人いるのを見た。男を助けて車に乗せ、大門を出て、古槐の穴を目指して進み、使者はすぐさま穴の中へ馬車を馳せ入れた。男は心にそのことをたいへん怪しんだが、あえて尋ねることをしなかった。）

以上の部分には「見」の字が二回用いられている。

一つめの「見二紫衣使者」は、ぼんやりと夢見ごこちとなった淳于棼が「二名の紫衣の使者」を「見」たということである。この「見」という語から、語り手がどのような視点で語っていることが表れているかを考えてみると、二つの状態が読み取れる。第一には、作中人物淳于棼が「見」ているというその行為を、作中人物の外側から認識している第三者的な視点である。第二には、淳于棼が「見」ているという知覚を通じて、作中人物の内側から認識している当事者的な視点である。

二つめの「見青油小車」も同様である。淳于棼が「黒漆で塗った小さな車」を「見」たのを、語り手は外側から認識し、同時に内側からも認識するということである。このように「見」字からは、作中人物の行為を外側から語る視点と、作中人物の感覚に寄り添って内側から語る視点を読み取ることが可能である。

「南柯太守伝」における「見」の用例をすべて確認してみると、「見二紫衣使者」や「見青油小車」のように地の文に「見○○」とある用例は(5)、すべて作中人物である淳于棼が「見」たと読み取れるものを「見○○」と語っている。そして、「南柯太守伝」の作中人物は淳于棼の他にも数名いるが、それらの人物が見たと読み取れる地の文の「見○○」はひとつもない。さらに、「みる」を表す他の語「看」「観」「視」「矚眄」(6)も、地の文に使われる場合は淳于棼の「みた」ものを語っている。

つまり、「南柯太守伝」の語り手は、先ほど確認したとおり、淳于棼の物語に作中人物として登場はしておらず、物語世界の外側から語っているのだが、淳于棼の「みる」という知覚を通じて物語を語っているのである。このことは「みる」以外の知覚表現からも確認できる。それは作中人物の心情表現においてである。

（三）　作中人物の心情の語りと語り手

「南柯太守伝」における作中人物の心情表現の方法を分類してみると、次の三つに分けることができる。①会話や書状のことばとして引用する型、②地の文に心情を直接表現する型、③「某は○○と感じた」と表現する型、である。

①会話や書状のことばとして引用する型では、「曰」や「云」などを引用の目印として用いている。たとえば、「群女曰、『不意今日与君為眷属。』」（女たちが「今日あなたと親族になるとは思いませんでした。」と言った）や「子華曰、『不意今日獲覩盛礼。』」（子華が「今日、このように立派な儀式をみるとは思いませんでした。」と言った）」のように、「曰」を用い、それ以下に続く文に心情が表現される。また、「国人上表云、『玄象讁見、国有大恐……』」（国都の者の上表に言う「天象に譴責の兆しがあり、国に大きな災いが起こって……」）」のように「云」を用い、それ以下に上表の内容を引用する。このような型は「南柯太守伝」では、作中人物の心情を語る際に広く用いられている。

②地の文に心情を直接表現する型は、本章の「はじめに」で取り上げた「夢中倏忽、若度一世矣」のようなかたちである。文脈が明らかになるように示すと次のとおりで、淳于棼が夢から醒めた後の場面である。

見家之僮僕、擁篲于庭、二客濯足于榻、斜日未隠于西垣、余樽尚湛于東牖。夢中倏忽、若度一世矣。生感念嗟嘆……（家の召使いが庭で箒をもち、友人二人が長椅子に腰かけて足を洗い、傾いた日はまだ西の垣に隠れておらず、飲み残しの酒樽は東の窓辺に酒をたたえているのを見た。夢の短い時間に、一生を過ごしたかのようだ。男は思いかえしてため息をつき……）

この部分に関して、さきほどの江守義氏の解釈を引き続き紹介する。

字面の意味から読みとれば、「夢中倏忽、若度一世矣」は、語り手の視角であるとも言えるし、作中人物の視角であるとも言える。もし、これを単なる語り手の視角であると考えるならば、そのあとに続く「生感念嗟嘆（男は思いかえしてため息をつき）」は見当はずれでまったく余計なものである。あるいは、もし、これを単なる作中人物の視角と考えるならば、「夢中倏忽、若度一世矣」は作中人物が目に見たものではありえないため、この「夢中倏忽、若度一世矣」とその前の部分である「見……於東牖」ははっきりと区別される。つまり、「夢中倏忽、若度一世矣」は、作中人物の感慨をただ述べているのではなく、こういった感慨は語り手の視角を通してこそ表現しうるもので、語り手は作中人物の感慨を表現すると同時に、語り手自身もそれと同じ感慨を抱いていることがはっきり認められる。(7)

以上のような見解は妥当であると筆者は考える。誰の感慨であるのかを特定する目印になる「曰」などを用いずに、誰の感慨であるかを明らかにせず表現された「夢中倏忽、若度一世矣」は、作中人物淳于棼の視点と語り手の視点が重なり合ったものであり、両者の心情を表していると言える。

しかし、ここで再確認しておきたいことは、この節の（一）で述べたとおり、語り手は淳于棼と直接交わりがない立場の人物であり、淳于棼の夢やその前後の現実でのできごとには登場しない人物だということである。物語世界の外側にいるはずの語り手が、いつのまにか内側に入りこんで自己の感慨を述べている。江守義氏が指摘するのは「夢中倏忽、若度一世矣」についてのみであるが、(8)「南柯太守伝」ではこのことば以降の語りに、似たような表現が繰り返される。このように、語り手の感慨が物語内に語られることによって、作品にどのような効果が及ぼされているかについては第三節で検討したい。

③「某は○○と感じた」と表現する型の例は、「扶生上車、出大戸、指古槐穴而去、使者即駆入穴中。生意頗甚異之、不敢致問」である。「生意頗甚異之」という部分は、淳于棼の心のうちを語っている。「生意頗甚異之」が表現している内容は、淳于棼を乗せた馬車が「古槐の穴を目指して進み、使者がすぐさま穴の中へ馬車を馳せ入れた（指古槐穴而去、使者即駆入穴中）」のを「淳于棼が心にたいへんいぶかしく感じた」、ということである。

この型に分けられるものは、「生心甚自悦（男は心にたいへんよろこんだ）」、「生私心悦之（男はひそかに心にこれをよろこんだ）」、「生思念之（男はこれを考えた）」などであり、これらの「生」はすべて淳于棼を指している。つまり、物語内のあるできごとに対しての淳于棼の心情を表すときのみにこうした表現を用い、その他の作中人物には用いない。ただし例外として、槐安国国王の心情を表現する「王意疑憚之」が一例あるが、これについて次節で検討する。

第二節　「国有大恐、都邑遷徙」をめぐる異なる二つの視点

（一）　槐安国と現実をつなぐ「国有大恐、都邑遷徙」

すでに第一節（二）、（三）で確認したとおり、「南柯太守伝」の言説のほとんどは、淳于棼の視点を通じて語られている。しかし、「王意疑憚之（王は心のうちで淳于棼のことを疑い恐れた）」は国王の心情を地の文に表現している。このように、地の文に淳于棼以外の作中人物の気持ちを語る部分は「南柯太守伝」には他にない。

それでは、なぜこうしたことが起きたのか。「王意疑憚之」という言説を国王の視点を通じて語っているのは、淳

于棼の視点からでは表現できないため、つまり他に視点を切り替えなければ表現できないからであろう。「王意疑憚之」から始まり、国王の知覚を表現する「王亦知之」で終わる部分には「国有大恐、都邑遷徙」という情報が挟まれている。この「国有大恐、都邑遷徙」は国王だけが知り得た情報であって、淳于棼は知り得なかった。そのために、国王の視点からと淳于棼の視点からとでは、じつは違う物語が成り立っているのではないか。そのことを検討したい。

「南柯太守伝」には、「国有大恐、都邑遷徙」という句が二回使われている。一つめは、夢のなかの槐安国で、妻を亡くした淳于棼が南柯太守を辞して国都に戻ったのちに、槐安国から現実世界に戻る直前までの場面である。ここでの「国有大恐、都邑遷徙」は、「国人」の上表文中に出てくる。

生久鎮外藩、結好中国、貴門豪族、靡不是洽。自罷郡還国、出入無恒、交遊賓従、威福日盛。a王意疑憚之。時有国人上表云、「玄象謫見、b国有大恐、都邑遷徙、宗廟崩壊。釁起他族、事在蕭牆。」時議以生侈僭之応也。遂奪生侍衛、禁生遊従、処之私第。c生自恃守郡多年、曽無敗政、流言怨悖、鬱鬱不楽。d王亦知之。

（男（＝淳于棼）は長年地方を治める太守であり、国の中央の人々とも親交を結び、貴族豪族で、うちとけない者はなかった。南柯太守を辞めて都に戻ってから、出入り並ならず、交友する者付き従う者、勢力は日に盛んになる。a王はこころのうちで淳于棼を疑い恐れた。その時都のある人物が上表して「天象に譴責の兆しがあり、b国に大きな災いが起こって、都が遷り、宗廟は崩壊します。この災いは他族によって起こされますが、異変は内輪にあります。」と言う。時の評者は、男の分不相応な贅沢の報いであるとした。そうして男の護衛を取り上げ、男の交際を禁じ、私邸にとじこめた。c男は南柯太守である時期が長かったが、かつて失政がなかったことを自負していたので、恨みつらみを言いふらして、うつうつと楽しまなかった。d王もまたこれを知った。）

二つめは、夢から覚めたあとの淳于棼が、現実世界に槐安国の痕跡を探しあてた場面である。

追想前事、感歎于懐、披閲窮跡、皆符所夢。不欲二客壊之、遽令掩塞如旧。是夕、風雨暴発。旦視其穴、遂失群蟻、莫知所去。e故先言国有大恐、都邑遷徙、此其験矣。

（男は）先の事を思いおこして、心に感歎した。穴を開いて痕跡を調べると、すべて夢に見たところと一致していた。二人の友人がこれを壊すのを望まず、いそいでもとのようにふさがせた。この夜、にわかに風雨が吹き起こった。朝早く、その穴をよくみると、蟻の群れはいなくなって、どこへ行ったかわからない。つまり、先に「国に大きな災いが起きて、都が遷る」と言ったのは、これがその証しなのだ。）

以上のように「国有大恐、都邑遷徙」を二回用いて、槐安国と現実世界とが符合していることを表現している。

次は、「国有大恐、都邑遷徙」すなわち蟻の巣がなくなることに関して、淳于棼の視点と槐安国国王の視点からどのように読み解くことができるのかについて、その語り方をさらに考察したい。

（二）　淳于棼の視点と国王の視点

淳于棼が槐安国に滞在しているときに、「國有大恐、都邑遷徙」に関してどのように理解をしていたかを考える際にひとつの判断材料となるのは、先に挙げた傍線部cの部分である。

c生自恃守郡多年、曽無敗政、流言怨悖、鬱鬱不楽。（男は南柯太守である時期が長かったが、かつて失政がなかったことを自負していたので、流言怨悖、うつうつと楽しまなかった。）

この中に出てくる「流言怨悖」は、従来二通りの解釈がある。一つは、（ア）淳于棼が、怨みを流言した、であり、もう一つは（イ）周囲の流言を淳于棼が聞いて怨んだ、である。(9)

ここで確認したいことは、（ア）と（イ）のいずれの解釈を採るにしても、「流言」の詳細な内容を文脈から確定することはできないということである。ただし（イ）のように周囲の流言を淳于棼が聞いて怨んだ、と解釈する場合は、淳于棼が耳にした「流言」のなかに「a王意疑憚之。時有國人上表云、『玄象譎見、b国有大恐、都邑遷徙、宗廟崩壊。釁起他族、事在蕭牆。』時議以生侈僭之応也」という内容が含まれる可能性を完全には否定しきれない。

しかし、上表そのものが国王に対してなされたものであることや、さらにa「王意疑憚之」が国王の視点を通じて語られていることから考えて、淳于棼はb「国有大恐、都邑遷徙」を知り得なかったと読み取ることに無理はない。そうであれば「流言怨悖」は、淳于棼が、南柯太守を長年務めて過失がなかったと自負しているのに、王が自分を「処之私第（私邸にとじこめた）」ことを、うらみに思ってグチをこぼしたと読み取れる。そうした淳于棼の様子を国王も知った（d「王亦知之」）ので、淳于棼に次のように言い渡した。

因命生曰、「姻親二十余年、不幸小女夭枉、不得与君子偕老、良用痛傷。夫人因留孫自鞠育之。」又謂生曰、「卿離家多時、可暫帰本里、一見親族、諸孫留此、無以為念。後三年、当令迎生。」生曰、「此乃家矣、何更帰焉。」王笑曰、「卿本人間、家非在此。」生忽若惛睡、瞢然久之、方乃発悟前事、遂流涕請還。王顧左右以送生、生再拝而去。

この部分に、淳于棼が王から直接聞いた言葉が示されており、その言葉から淳于棼が知り得た情報は三つある。

①姻親二十余年、不幸小女夭枉、不得与君子偕老、良用痛傷。夫人因留孫自鞠育之。

姻族となって二十年余り、不幸にもわが娘は若くして亡くなり、そなたと年老いるまで添い遂げられなかったのは、たいへん痛ましい。国王夫人はそのため孫を引き取って手ずから養い育てている。

②卿離家多時、可暫帰本里、一見親族、諸孫留此、無以為念。後三年、当令迎生。

そなたは家を離れて長く経つので、ひとまず故郷に帰って、親族に会うがよかろう。孫たちはここに置くので、心配無用である。三年の後、そなたを迎えよう。

③卿本人間、家非在此。

そなたはもともと俗世の者であり、家はここにはない。

このうち、①と②の内容が「国有大恐、都邑遷徙」という国の災いの話とはまったく関係がないことは明らかである。③「卿本人間、家非在此」は、俗世（現実世界）に戻った淳于棼が蟻の巣（槐安国）を掘り起こしたという後のストーリーとあわせて考えると、国人の上表にある「釁起他族、事在蕭牆（この災いは他族によって起こされますが、異変は内輪にあります）」と関係がないわけではない。しかし、国王から「卿本人間、家非在此」と言われた「淳于棼は急にうつらうつらして、しばらくぼうぜんとしたが、やっと以前のことを思い出した（生忽若惛睡、瞢然久之、方乃発悟前事）」という話の流れから考える限りは、やはり国の災いの話とは関係がない。

結局、この場面で、淳于棼の知り得た情報に欠けているのは、のちに蟻の巣がなくなった理由に関する情報である。それは、国王の視点を通じて語っている部分「a王意疑憚之。時有国人上表云、『玄象謫見、b国有大恐、都邑遷徙、宗廟崩壊。釁起他族、事在蕭牆。』時議以生侈僭之応也」と関わっている。b「国有大恐、都邑遷徙」が語られたのは、槐安国王が受け取った上表の文中である。それによって、淳于棼の視点と国王の視点とでは、のちに「蟻の群れがいなくなった（失群蟻）」できごとに対する解釈が異なってくる。

つまり、淳于棼の視点からは次のような内容が読み取れよう。淳于棼の自負は、南柯太守として何の失政もなかったことである。それにもかかわらず、王の命令で私邸に蟄居させられたので、うらみに思っていた。そのうえ突然、家（人間界）に帰るようにと言われた。後に人間界に戻ってから、槐安国とおぼしき蟻の巣を見つけ掘り返してみたが、その夜に風雨がおこり、翌朝には蟻たちはいなくなっていた。

一方、国王の視点から見た物語は次のようになる。南柯郡から都に帰ってきた淳于棼は勢力がますます盛んになった。このことを王は不快に思っていた。そのときに上表があって、「国に大きな災いが起こって、都が遷る」兆しがあるという。しかも、「釁起他族、事在蕭牆（この災いは他族によって起こされますが、異変は内輪にあります）」というのだから、これは他族（人間）であって今は姻族になっている淳于棼の行いのせいに違いないということになる。そこで、淳于棼に人間界に帰るよう勧める。上表はこのようにして、淳于棼が人間界へ帰るできごとに繋がる。その後、槐安国（蟻の巣）は淳于棼によって掘り起こされ、風雨の夜になくなった。

このように、淳于棼の視点と国王の視点とではずれが生じていて、「国に大きな災いがあり、都が遷る」ことを淳于棼が知り得なかったことが読み取れる。

すると次に生じる疑問は、「旦視其穴、遂失群蟻、莫知所去。e故先言国有大恐、都邑遷徙、此其験矣」に関してである。「此其験矣（これがその証しなのだ）」は、槐安国での上奏文の内容と、蟻の巣がなくなったできごとの間に因果関係があるという、誰かの判断を語っている。この場面で「朝早く、その穴をよく見た（旦視其穴）」行為の主体は、文脈上淳于棼だと考えられる。すると、「此其験矣」と判断したのも淳于棼になるのだろうか。しかし、淳于棼が「国に大きな災いが起きて、都が遷る」ことを知り得なかったのならば、「故先言『国有大恐、都邑遷徙』此其験矣」と判断したのが淳于棼であるというのでは、つじつまが合わない。この問題について次節で考察したい。

第三節　物語内に介入する語り手

（一）　姿を現す語り手と姿の見えない語り手

淳于棼が夢から覚めたあと、現実世界に槐安国の痕跡を確かめる場面（生遂発寤如初～将符宿契之限矣）[10]には、単純に作中人物の心情を表現したとはとらえきれない心情表現がまとまって現れる。そうした表現は、夢の前のできごとや夢の中のできごとを語る場面にはまったく見られず、夢から覚めたあとから淳于棼が亡くなるまでのできごとを語る場面に限って現れている。そこには「矣」や「也」を文末に用いた表現が目につく。「矣」は、発話者の主観的な心の動きを表現し[11]、「也」は、断定の語気を表現するものである。

「矣」や「也」といった語気助詞は、夢の中のできごとを語る場面では、「曰」に続けて引用される会話の内容を示す場合にのみ用いられている。具体的にいくつか引用すると、次のようなものがある[12]。

生因他日、啓王曰、「……爾來絶書信十七八歳矣」

男は別の日に、王に申し上げた「……それから（父の）手紙が絶えて十七、八年なのです」

夫人戒公主曰、「……爾善事之、吾無憂矣」

国王夫人は公主を戒めて言った「……あなたが夫によくお仕えするならば、私はなんの憂いもありませんよ」

子華曰、「周生貴人也。……」

子華は言った「周さんは身分が高いです。……」

このように「曰」に導かれて、会話文の引用として「矣」や「也」を伴った文が提示されるときには、その文に示された心の動きや断定の判断の主体が誰であるかがはっきりしている。

しかし、地の文に直接「矣」や「也」が用いられると、誰の心の動きや判断が示されているのかがわかりにくくなる。そのような表現が、淳于棼が夢から覚めたあとから亡くなるまでのできごとを語る場面に多く現れている。そこで、それらが誰の心の動きや判断であるのかについて考察したい。

まず、「諸蟻不敢近、此其王矣、即槐安国都也（多くの蟻は近づこうとしない、これはその王であり、ほかでもなく槐安国の都である。）」は、蟻の巣を探索した結果を語っている。この「此其王矣」は、先に淳于棼が夢で見た槐安国のよう す「御衛厳粛、若至尊之所。見一人長大端厳、居正位、衣素練服、簪朱華冠（護衛が厳粛で、天子の御所のようである。一人、背が高くて威厳ある者が玉座にいて、白い練り絹の衣を着て、朱色の華飾りの冠を戴いているのが見えた）」を受けての語りであることから、淳于棼の視点を通じて語っている。淳于棼は夢から覚めた時点で、そばにいた「二友人」に夢の話を打ちあけて、一緒に蟻の巣を探している。二友人は夢の詳細までは知り得なかったかもしれないが、「此其王矣」は淳于棼の知覚であると共に、二友人の知覚でもある。いずれにしても作中人物を通じた視点で語っていることが確かである。

また、「即生所領南柯郡也（つまり男が治めた南柯郡である）」や「即生所猟霊亀山也（つまり男が猟をした霊亀山である）」、「即生所葬妻盤竜岡之墓也（つまり男が妻を葬った盤竜岡の墓である）」も淳于棼の夢での体験を受けている。しかし、「生所〜也」という表現からは、淳于棼の視点から離れた客観的視点が読み取れる。単に淳于棼の心情や認識を語るだけならば、夢の中のできごとを語った場面と同じように「淳于棼は〇〇と感じた、と思った」という型で表現すれば十分のはずである。ところが、場面が進む程に淳于棼の視点との乖離は大きくなり、語り手の視点が明らかになる。

「生感南柯之浮虚、悟人世之倏忽、遂栖心道門、絶棄酒色。後三年、歳在丁丑、亦終于家、時年四十七、将符宿契之限矣」の傍線部「まさに先の定めの期限に符合したのだ」は、語り手の判断であると考えられる。「南柯太守伝」の語り手が、多くの場面を淳于棼の知覚を通じて物語を語っていることはすでに述べたとおりである。しかし、ここで亡くなった後の淳于棼が、自身が四十七歳で亡くなったそのときが、先の定めに一致していたという感慨を語っていると読み取るのには無理がある。したがって、「将符宿契之限矣」は淳于棼以外の人物の心情であるはずである。さらに、淳于棼が亡くなった場面に立ち会う作中人物がこの物語に語られていない以上は、淳于棼以外の作中人物の心情であると考えることも難しい。つまり「将符宿契之限矣」には、語り手の知覚が反映されていると考えるのが妥当である。

さらに、語り手の知覚の反映が顕著なのが、次の部分である。

追想前事、感歎于懐、披閲窮跡、皆符所夢。不欲二客壊之、遽令掩塞如旧。是夕、風雨暴発。旦視其穴、遂失群蟻、莫知所去。故先言国有大恐、都邑遷徙、此其験矣。

「故先言国有大恐、都邑遷徙、此其験矣（つまり、先に「国に大きな災いが起きて、都が遷る」と言ったのは、これがその証しなのだ）」は、夢の中の槐安国における予言「国有大恐、都邑遷徙」と、現実世界で起きた蟻の巣の消失を結びつけて生じた感慨である。この予言となった上表の内容である「国有大恐、都邑遷徙」を知らなかった淳于棼（第二節（二））は、今ここで蟻の巣がなくなったという事実を目にしたのみであって、二つを結び付けて判断することはできない。それができるのは、語り手である。あるいは、読み手である。

「南柯太守伝」の読み手は「是夕、風雨暴発。旦視其穴、遂失群蟻、莫知所去。故先言国有大恐、都邑遷徙、此其験矣」を読んだときに、淳于棼と一緒になり穴をよくみて、蟻がいなくなったことを確認したうえで、「つまり、先に『国に大きな災いが起きて、都が遷る』と言ったのは、これがその証しなのだ（故先言国有大恐、都邑遷徙、此其験矣）」と考える。それは、先の上表に「国に大きな災いが起こって、都が遷る（国有大恐、都邑遷徙）」と記されていたことを思い浮かべるからであるが、この読みがどのように成立しているかを次にまとめたい。

（二）　国王の知覚と淳于棼の知覚をつなぐ語り手

まず、第二節（一）に挙げた、夢のなかで槐安国の都に戻ってから現実世界に戻る直前までの部分から、次のことが読み取れる。再び原文を示す。

a王意疑憚之。時有国人上表云、「玄象謫見、b国有大恐、都邑遷徙、宗廟崩壊。釁起他族、事在蕭牆。」時議以生侈僭之応也。遂奪生侍衛、禁生遊従、処之私第。c生自恃守郡多年、曽無敗政、流言怨悖、鬱鬱不楽。d王亦知之。

ここでは、a「王意疑憚之」やd「王亦知之」のように、国王の内側にある心情や知覚を語る表現が用いられている。また、b「国有大恐、都邑遷徙」は、国王に上奏されたことばである。つまり、この部分は語り手が国王の知覚を通じて語っている部分である。じつはこの国王の視点は、夢のあとのできことを語る場面に影響を及ぼしている。

次に、第三節（一）で取り上げた、淳于棼が夢から覚めたあとから亡くなるまでの場面では、淳于棼の視点を通じた語りになっている。地の文に「夢中倏忽、若度一世矣」のように心情を語る表現が繰り返され、それらは一見したところ、淳于棼のものであると読み取れる。しかし、

追想前事、感歎于懐、披閲窮跡、皆符所夢。不欲二客壊之、遽令掩塞如旧。是夕、風雨暴発。旦視其穴、遂失群蟻、莫知所去。故先言国有大恐、都邑遷徙、此其験矣。

で、蟻の巣が無くなったできごとが、「此其験矣（これがその証しなのだ）」と判断することができるのは国王への上表「国有大恐、都邑遷徙」を知っている者のはずである。このように考えると、「旦視其穴、遂失群蟻、莫知所去。故先言『国有大恐、都邑遷徙』此其験矣」は、淳于棼の視点からは判断できないことになる。

夢の後で蟻の穴を確認しているのは淳于棼であり、その部分は淳于棼の知覚を通じて語られている。しかしながら、それに続く「此其験矣」は、あくまで上奏された内容「国有大恐、都邑遷徙」を知っている国王の視点を通じてこそ可能になる語りである。したがって、「此其験矣」は「視其穴、遂失群蟻、莫知所去（その穴をよくみると、蟻の群れはいなくなって、どこへ行ったかわからない。）」という知覚を体験した淳于棼を離れて、別の視点から語る「見えない」語り手の心情を表現したことばなのだといえる。

そして語り手は、淳于棼が亡くなった直後に「南柯太守伝」の物語に登場する。第一節（一）で取り上げたテクストを再び挙げる。

公佐、貞元十八年秋八月、自呉之洛、暫泊淮浦。偶覿淳于生貎、詢訪遺跡。翻覆再三、事皆摭実、輒編録成伝、以資好事。雖稽神語怪、事渉非経、而竊位著生、冀将為戒。後之君子、幸以南柯為偶然、無以名位驕于天壌間云。

公佐は、淳于棼の夢にまつわるできごとの語りが終わった後のこの場面で、名を明らかにして現れる。そして、淳于棼のできごとを世に伝える動機を語る。

公佐が登場するこの部分を、尾崎裕氏は論文「『枕中記』と『南柯太守伝』――その《枠》を手がかりに[13]――」で、〈終り2〉と名付けている。「〈終り2〉における李公佐は全知の視点ではなく偏った視点で語る語り手」であり、李公佐が「士大夫の価値観から淳于棼の夢遊を意味付けようとしている」と指摘する。さらに、尾崎氏のいう〈終り1〉の部分は、本章注（10）に引く①から⑨とほぼ重なる淳于棼の夢のあとのできごとにあたるが[14]、尾崎氏は〈終り

1〉と語り手の関係は論じていない。
しかし、本章で論じた考察から、淳于棼の夢のあとのできごとを語る場面〈終り1〉にも、語り手の心情が入りこんでいることが明らかになった。つまり〈終り2〉に突如「公佐」と名乗りでた語り手は、〈終り1〉では、国王の視点を通じて、目に見えない語り手として物語内に存在していることが読み取れる。

おわりに

本章に述べたとおり、「南柯太守伝」の語りの視点を検討した結果「南柯太守伝」という物語には、淳于棼個人の人生の物語と、国の政治を描くという二つの物語が含まれており、それが語り手によって結び付けられて一つの「南柯太守伝」ができあがっていることが明らかになった。

筆者は前章で、「南柯太守伝」は、淳于棼が現実世界で生きることができなかった人生を、夢の中で生き直させられた物語として解釈できることを論じた。そうした解釈と、先行論で多く指摘されているような「南柯太守伝」を政治批判や世相批判の作品であると読み取る解釈[15]は、一見なんの関係もないようにみえる。しかし、語り手は自身が登場していない部分に姿を隠して登場し、淳于棼と国王の視点を通じて、「南柯太守伝」という物語を一つにまとめ上げている。あるいは、そこにこの作品を政治批判や世相批判の作品として解釈させる要因があるのかもしれない。

注

（1）テクストは、宋李昉等編・張国風会校『太平広記会校』（北京燕山出版社、二〇一一年）巻四七五「淳于棼」を使用した。

(2) 江守義『唐伝奇叙事』（安徽人民出版社、二〇〇六年）一六九頁
淳于棼酒後醒来、〝見家之僮僕、擁篲于庭、二客濯足于榻、斜日未隠于西垣、余樽尚湛于東牖。夢中倏忽、若度一世矣。生感念嗟嘆……〟其中、〝夢中倏忽、若度一世矣〟便是人物視角和叙述者視角混同。

(3) 拙論で用いる「語り手」が「語る」という考え方は、「物語論（ナラトロジー）」によっている。その「物語論」の代表的著作はGerard Genette《Discours du recit, essai de methode》, in Figures III, Seuil, 1972（邦訳ジェラール＝ジュネット著、花輪光・和泉涼一訳『物語のディスクール 方法論の試み』水声社、一九八五年）である。なお、前掲注（2）の江守義の著作も「物語論（中国で叙事学と呼ぶ）」を方法として用いている。

(4) 「偶覩淳于生貌」は、『太平広記会校』では「偶覩淳于生兄楚」に作り、その校記に、「兄楚 原作「棼」。沈本作「貌」。現拠孫本改」とある。この傍点部について他にも諸説あるが、ここでは、野竹斎沈氏鈔本に従い「貌」とした。

(5) 地の文の「見〇〇」は「見二紫衣使者」、「見青油小車」を含め十三例ある。「忽見山川風候、草木道路、与人世甚殊」、「俄見一門洞開、生降車而入」、「見一人長大端厳、居正位、衣素練服、簪朱華冠」、「見金翠歩障、彩碧玲瓏、不断数里」、「徹障去扇、見一女子」、「見雉堞台観、佳気鬱鬱」、「復見前二紫衣使者従焉」、「見所乗車甚劣、左右親使御僕、遂無一人」、「見本里閭巷、不改往日」、「見家之僮僕、擁篲于庭、二客濯足于榻」、「藤蘿擁織、上不見日」。以上すべて淳于棼が見たと読み取れる。これ以外に会話や上奏文などに「見」の使用が四例あるが、それらは「会う」や「見識」、「現れる」の意に用いる。淳于棼の父からの手紙に「云歳在丁丑、当与女相見」、上奏文に「伏見司隷潁川周弁忠亮剛直」、「玄象謫見、国有大恐」、王の命令に「卿離家多時、可暫帰本里、一見親族」とある。

(6) 地の文に使われるのは「視」で、「生戦慄、不敢仰視」「目不可視」「日視其穴」の三例あり、淳于棼が「みた」ことを指す。その他「曰」に続く引用文に「視」を二例、「看」「観」「嘱盼」を各一例使っている。

(7) 前掲注（2）に同じ。
就字面意義看、〝夢中倏忽、若度一世矣〟既可以説是叙述者視角、也可以説是人物視角。如果単純認為它是叙述者視角、其後的〝生感念嗟嘆〟則所作落空、純属多余；如果単純認為認為它是人物視角、〝夢中倏忽、若度一世矣〟又不可能是人

物眼中所見、它和上文的〝見……於東牖〟截然分開、它只能説是人物的感慨、但這種感慨只有通過叙述者視角才能得以表現、叙述者在表現人物感慨的同時顕然也認同這種感慨。

（8）前掲注（2）の六九頁でも、「夢中倏忽、若度一世矣」が作中人物の感慨と語り手の感慨を兼ねた句であることを指摘する。このような形で語り手が物語に関係していることを、江守義は「隠性介入（姿を隠した介入）」と称する。また、語り手の「公開介入（表立った介入）」の例として四九頁では「悟人世之倏忽」を挙げている。

（9）（ア）のように、淳于棼が怨みを流言したと解釈している例は、次のとおりである。「いろいろ恨みごとをいいふらし、心中おだやかでない」（前野直彬『六朝・唐・宋小説選』一九六三年、二五八頁）、「怨みごとを言いふらし、ふさぎこんで楽しまなかった」内田泉之助・乾一夫『唐代伝奇』（新釈漢文大系、明治書院、一九七一年）二三二頁、「国王を怨む言葉をもらして、憂鬱になり、さびしがっていた」（今村与志雄『唐宋伝奇集』上、岩波文庫、一九八八年、一一五頁）、「私下里説了一些対皇帝不敬的話。」（李剣国主編『唐宋伝奇品読辞典』上、新世界出版社、二〇〇七年、張振国、二七三頁）。一方、（イ）周囲の流言を淳于棼が聞いて怨んだとする解釈もある。「この根拠のない誹謗中傷にすっかりふさぎ込んでしまった」（黒田真美子『枕中記・李娃伝・鶯鶯伝〈唐代Ⅱ〉』、中国古典小説選五、二〇〇六、一八四頁）。

（10）該当部分の原文を次に挙げる。論述の便宜上、①から⑨までの番号を付し改行する。

①生遂発寤如初、見家之僮僕、擁篲于庭、二客濯足于榻、斜日未隠于西垣、余樽尚湛于東牖。夢中倏忽、若度一世矣。生感念嗟嘆、遂呼二客而語之、驚駭、因余生出外、尋槐下穴。生指曰、「此即夢中所驚入処。」二客将謂狐狸木媚之所為祟、遂命僕夫荷斤斧、断擁腫、折査蘖、尋穴究源。

②旁可袤丈、有大穴、根洞然明朗、可容一榻、上有積土壌、以為城郭台殿之状、有蟻数斛、隠聚其中。中有小台、其色若丹、二大蟻処之、素翼朱首、長可三寸、左右大蟻数十輔之、諸蟻不敢近、此其王矣、即槐安国都也。

③又窮一穴、直上南枝可四丈、宛転方中、亦有土城小楼、群蟻亦処其中、即生所領南柯郡也。

④又一穴、西去二丈、磅礴空朽、嵌窞異状、中有一腐亀殻、大如斗、積雨浸潤、小草叢生、繁茂翳薈、掩映振殻、即生所猟霊亀山也。

⑤又窮一穴、東去丈余、古根盤屈、若龍虺之状、中有小土壤、高尺余、即生所葬妻盤竜岡之墓也。
⑥追想前事、感歎于懐、披閲窮跡、皆符所夢。不欲二客壊之、遽令掩塞如旧。是夕、風雨暴発。旦視其穴、遂失群蟻、莫知所去。故先言国有大恐、都邑遷徙、此其験矣。
⑦復念檀蘿征伐之事、又請二客訪跡于外。宅東一里、有古涸澗、側有大檀樹一株、藤蘿擁織、上不見日、旁有小穴、亦有群蟻隠聚其間、檀蘿之国、豈非此耶。嗟乎、蟻之霊異、猶不可窮、況山蔵木伏之大者所変化乎。
⑧時生酒徒周弁、田子華、並居六合県、不与生過従旬日矣。生遽遣家僮疾往候之。周生暴疾已逝、田子華亦寝疾于牀。
⑨生感南柯之浮虚、悟人世之倏忽、遂栖心道門、絶棄酒色。後三年、歳在丁丑、亦終于家、時年四十七、将符宿契之限矣。

(11) 「矣」が心情を表現する例として『論語』述而の「子曰、甚矣、吾衰也、久矣、吾不復夢見周公也」が挙げられる。これらの「矣」は「～の状態になる」という語気も含んでいようが、それと同時に「～であるなあ」という嘆きの心情を表現してもいる。なお、小松謙『「現実」の浮上――「せりふ」と「描写」の中国文学史』(汲古書院、二〇〇七年)に、助字の書記言語における展開に関して論じている。同九四頁に、柳宗元「李赤伝」における地の文の「矣」の機能を考察している。

(12) 本文中に挙げた以外の用例は五例ある。「二友謂生曰、『子其寝矣。……』」、「俄伝声曰、『駙馬可進矣。』」、「生曰、「此乃家矣。……」」、「子華曰、『不意今日獲覩盛礼、無以相忘也。』」、「因上表曰、『……庶使臣政績有聞、憲章不紊也。』」である。

(13) 尾崎裕「『枕中記』と『南柯太守伝』――その《枠》を手がかりに――」(『学林』三十三号、二〇〇一年)。

(14) 前掲注(12)の論文九四頁に、「家の僮僕の箒を庭に擁し、二客足を榻に濯ひ、斜日未だ西垣に隠れず、余樽尚ほ東牖に湛へたるを見る……」から「……時に年四十七、将に宿契の限に符す」までを〈終り〉とし、「現実世界に戻ってからの淳于棼について報告し、淳于棼の夢遊譚を意味付ける〈終り〉(以降、これを〈終り1〉とする)」と述べる。

(15) 卞孝萱は『唐代文史論叢』(山西人民出版社、一九八六年、三九頁)に「李公佐于貞元之時、目睹徳宗〝懐安〟藩鎮、把幾個公主下嫁給〝逆息虜胤〟……採用伝奇形式、隠晦曲折地批評時政」と言う。また、侯忠義『隋唐五代小説史』(浙江古跡出版社、一九九七年、六六頁)に「它借大槐安国(螞蟻国)的夢境、来影射封建官場盛衰無常的現実、表達了富貴如雲、浮生若夢的思想。……其特典是設想一個〝蟻国〟来比喩〝官場〟、称鑽営者為〝蟻聚〟、更具風刺意味」と言う。

むすびにかえて

本書全体を通じて、唐代伝奇における物語内のできごとが起きた順序と語られた順序の相違や、語り手が誰の見聞きし感じた物事を語っているのか、また、語り手と語られた物語との関係といった観点から検討を進めることにより、従来知られていなかった唐代伝奇の語りに関する特徴を明らかにすることができたと考えている。

本書で検討の対象とした唐代伝奇作品は、魯迅校録『唐宋伝奇集』収録の作品である。この他にも、唐代伝奇に分類することができる作品は数多くある。そのため、本書と同じような観点から、唐代伝奇を広く読み進めることが必要である。

小松謙氏『「現実」の浮上――「せりふ」と「描写」の中国文学史』（汲古書院、二〇〇七年）では、書き手の心情の表出を次のような文に読み取っている。それは、柳宗元「李赤伝」の地の文の文末に「矣」「也」などの助字を用いた文や、韓愈の墓誌銘の地の文に見られる「噫」「嗟乎」から始まる文である。それらの文章は、本書で検討した「南柯太守伝」「謝小娥伝」といった唐代伝奇の文と似た特徴を持つ同時代の文章であるため、比較検討を要する。

また、六朝の志怪の「売粉児」（『太平広記』巻二七四、出『幽明録』）にも、今回検討した唐代伝奇の文体と同じように、地の文に語り手の感慨が含まれるような表現の例（「至食時、父母怪男不起。往視、已死矣」）があるため、そうした前の時代の文体も検討する必要がある。

和田英信氏「欧陽修「詩話」の表現形式」（『お茶の水女子大学中国文学会報』一八、一九九九年）に次のような指摘がある。欧陽修「詩話」の語り手である「余」が、自己の過去の経験に即して語っている「今」が、表面に出ていると読み取れる表現があり、そのような表現は、いわゆる「史伝」の文体からは逸脱したものであることを述べている。このように、語られたできごととは直接関わらない「語り手」が語っている「今」と、語られたできごとを結び付ける点は、今回検討した李公佐「南柯太守伝」とも共通点があると考えられる。

さらに、中国小説における「自由式話法」（地の文における作中人物の心情と物語の語り手の心情が重なった表現）について、広く検討することが必要である。魯迅の小説を主な対象とした平井博氏、景慧氏らの研究や、近代小説に対象を広げた中里見敬氏「中国語の自由間接話法について」（『東アジア文化交渉研究別冊』七、二〇一一年）などの研究があるが、古典小説の分野でも重ねて検討してゆく余地がある。

以上のように、唐代伝奇の作品を個別に読み進めること、同時代や前後の時代の文体との比較を行っていくことが必要であると考える。

付録　唐代伝奇関係研究文献目録（日本編　二〇〇〇〜二〇一四年）

この目録は、日本国内において二〇〇〇年から二〇一四年にかけて発表された唐代伝奇に関する研究著書および論文の目録である。隣接分野の目録に、川口秀樹氏「隋唐小説研究文献目録一九九〇〜九九年」（『中唐文学会報』第六号、一九九九年）がある。そこで、本目録の対象を二〇〇〇年以降の著書、論文とした。作成にあたって参照したものは、本文の序論第二章の注（11）に挙げたとおりである。

排列は発行年の昇順とし、同年のものは単行書、論文の順に並べ、さらに著者氏名の五十音順に配する。

二〇〇〇年

〈単行書〉

東野治之　『金剛寺本遊仙窟』塙書房

〈論　文〉

内山知也　「『十二真君伝』考」『村山吉廣教授古稀記念中国古典学論集』汲古書院

岡田充博　「「板橋三娘子」考（2）物語の成立とその背景」東洋古典学研究一〇

岡本不二明　「中唐豪俠小説論序説――沈亜之「馮燕伝」をめぐって」『興膳教授退官記念中国文学論集』汲古書院

岡本不二明　「唐代伝奇「李娃伝」の読み方」未名一八

尾崎裕　「志怪・伝奇の夢について――『太平広記』「夢」所収の話を手がかりとして」学林三二

尾田洋子、河村晃太郎、塩卓悟　「訳注『太平広記』婦人之部（3）―巻二七一・才婦篇」千里山文学論集六三

角谷聰　「「三国時代物語」の形――唐代小説における三国時代の人物」中国学研究論集六

桐島薫子　「『雲渓友議』考――筆記小説の詩話」国際文化研究所論叢一一

小松建男　「明代の『鶯鶯伝』本文（1）」文芸言語研究、文芸篇三八
下定雅弘、森本早織　「盧生は何を知ったのか？――『枕中記』の主題」中国文化論叢九
富永一登　「顧況「戴氏『広異記』序」について」『中国学論集―山本昭教授退休記念』白帝社
西崎亨　「金剛寺本『遊仙窟（有注本）』和訓の特殊性」武庫川国文五六
西島孜哉　「『男色大鑑』の成立――いわゆる『遊仙窟』字訓について」武庫川国文五六
林　望　「書評　東野治之編『金剛寺本　遊仙窟』」文学一三
藤原克己　「新刊紹介　東野治之編『金剛寺本遊仙窟』塙書房」史学雑誌一〇九―一一
増子和男　「唐代伝奇「陸顒伝」に関する一考察――消麺虫来源再考」日本文学研究三五
溝部良恵　「伝奇勃興以前の唐代小説における虚構について――「淮南猟者」（『紀聞』）と「安南猟者」（『広異記』）の比較分析を中心として」日本中国学会報五二
屋敷信晴　「杜光庭『神仙感遇伝』について」『中国学論集―山本昭教授退休記念』白帝社
屋敷信晴　「六朝・唐代神仙小説と錬金術」中国学研究論集五
盧秀満　「唐代小説に見られる別世界の創作手法――冥界訪問譚の展開を中心として」中国学研究論集五
盧秀満　「唐代小説に見られる別世界――別世界の混在化」中国中世文学研究三八
若林建志　「『任氏伝』の言語について」東洋大学紀要、教養課程篇三九
若林建志　「唐代伝奇と樹木信仰」中国学研究一九（佐藤一郎教授退休記念号）

二〇〇一年

〈論　文〉

大角哲也　「『纂異記』所収「許生」について――「甘露の変」をめぐって」『中国中世文学研究四十周年記念論文集』白帝社
大角哲也　「唐代小説集『纂異記』考釈叙録」中国学研究論集七
岡田充博　「「板橋三娘子」考（3）中国の変身譚のなかで（上）」東洋古典学研究一二

尾崎裕　「「枕中記」と「南柯太守伝」――その《枠》を手がかりに」学林三三
河村晃太郎、塩卓悟　「訳注『太平広記』婦人之部（4）―巻二七二・美婦人篇」千里山文学論集六六
久保卓哉　「大業拾遺記について」『中国中世文学研究四十周年記念論文集』白帝社
久保卓哉　「陳後主をめぐる説話――隋遺録について」福山大学人間文化学部紀要、人文社会科学編一
佐々木睦　「文字に取り憑かれた話――唐代伝奇より」（特集　中国の怖いはなし――いざ、怪力乱神の世界へ！）月刊しにか一二―八
佐野誠子　「台湾大学蔵孫潜校本『太平広記』について」東京大学中国語中国文学研究室紀要四
周以量　「日本における『太平広記』の流布と受容――近世以前の資料を中心に」和漢比較文学二六
増子和男　「唐代伝奇「陸顒伝」に関する一考察（下）」日本文学研究三六
松尾善弘　「「荘周の夢」で解く「枕中記」」中国文化論叢一〇
溝部良恵　「六朝唐代小説史上における諸問題（志怪と伝奇――小南一郎先生の研究をめぐって）」東京大学中国語中国文学研究室紀要四
屋敷信晴　「唐代小説と『真誥』」日本中国学会報五三
屋敷信晴　「唐代小説と「漢武帝内伝」――上元夫人を手がかりにして」中国中世文学研究四〇
若林建志　「『柳毅』の言語について」言語と文化一

二〇〇二年

〈論　文〉

池田幸恵　「金剛寺本『遊仙窟』の本文と異本注記」訓点語と訓点資料一〇八
大橋由治　「良史の才と伝奇小説」大東文化大学漢学会誌四一
岡田充博　「「板橋三娘子」考（4）中国の変身譚のなかで（下）」東洋古典学研究一四
岡本不二明　「白頭翁の嘆き――「東城老父伝」をめぐって」東洋古典学研究一三

鎌倉敬三　「整版無刊記本の『長恨歌伝・長恨歌・琵琶行・野馬台』について」汲古四一
川合康三　「アメリカにおける唐代伝奇研究――ニイハウザー教授主催の研究会の報告」中唐文学会報九
河村晃太郎、塩卓悟　「訳注『太平広記』婦人之部（5）―巻二七二・妬婦篇」千里山文学論集六七
河村晃太郎、塩卓悟　「訳注『太平広記』婦人之部（6）―巻二七三・前篇」千里山文学論集六八
小南一郎　「唐代伝奇小説――語りの場から作品へ」中国古典小説研究七
鈴木正弘　「「人虎伝」の「李儼」について（覚書）」中国筆記小説研究六
太平広記研究会　「『太平広記』訳注――巻三百五十六「夜叉」（1）」中国学研究論集一〇
鳥谷良子　「『遊仙窟鈔』ノート」香椎潟四八
増子和男　「唐代伝奇「杜子春伝」に見える道教的用語再考（上）」日本文学研究三七
増子和男　「唐代伝奇「無双伝」に関する一考察――仮死薬を中心として（上）」中国詩文論叢二一
溝部良恵　「成任編刊『太平広記詳節』について」東京大学中国語中国文学研究室紀要五
屋敷信晴　「唐代狐妖譚と道教」中国中世文学研究四二
若林建志　「『盧江馮媼伝』と桑樹」中国学研究二一
若林建志　「『無双伝』の言語について」言語と文化二

二〇〇三年

〈単行書〉
岡本不二明　『唐宋の社会と小説』汲古書院

〈論　文〉
遠藤寛一　「長恨歌の研究（9）―『歳時広記』に見える「長恨歌伝」（上）」江戸川短期大学紀要一八
大沢正昭　「唐宋変革期における家族規模と構成――小説資料による分析」唐代史研究六
岡田充博　「「板橋三娘子」考（5）日本の変身譚のなかで」東洋古典学研究一六

岡本不二明　「演劇的側面からみた唐代伝奇「柳毅伝」」　岡山大学文学部紀要三九
岡本不二明　「唐代伝奇と樹木信仰――槐の文化史」　岡山大学文学部紀要四〇
河村晃太郎、塩卓悟　「訳注『太平広記』婦人之部（7）―巻二七三・後篇」　千里山文学論集六九
桐島薫子　「『雲渓友議』考――筆記小説の詩話（2）」　国際文化研究所論叢一四
黄冬柏　「伝奇と佳人――唐代小説における女性像について」　福井大学教育地域科学部紀要、第Ⅰ部人文科学、国語学・国文学・中国学編五四
塩卓悟　「宋太宗の文化事業――『太平広記』を中心に」　比較文化史研究五
太平広記研究会　「『太平広記』訳注（2）巻三百五十七「夜叉」（2）」　中国学研究論集一一
太平広記研究会　「『太平広記』訳注（3）巻三百八十七「悟前生」（1）」　中国学研究論集一二
董上徳　「略論中国古代艶遇型〝遊仙〟故事的承伝与変異―以《遊仙窟》〝一男双美〟故事框架為中心」　九州中国学会報四一
藤井良雄、Cheng Z.　「兪平伯「『長恨歌』と『長恨歌伝』とが伝える疑義」訳注」　福岡教育大学紀要、第一分冊、文科編五二
増子和男　「唐代伝奇「杜子春伝」に見える道教的用語再考（中）―「白石三丸」考」　日本文学研究三八
増子和男　「唐代伝奇「無双伝」に関する一考察――仮死薬を中心として（中）」　中国詩文論叢二三
若林建志　「『李章武伝』の言語について」　言語と文化三

二〇〇四年

〈論　文〉

池田智恵　「李公佐研究――先行研究整理を中心に」　中国古籍文化研究二
内田賢徳　「『遊仙窟』という条件」　説話論集　第一四集
遠藤寛一　「長恨歌の研究（10）『歳時広記』に見える「長恨歌伝」（下）」　江戸川短期大学紀要一九
岡田充博　「「板橋三娘子」考（1）（2）補訂」　東洋古典学研究一八
尾崎裕　「唐代伝奇の語りに関する物語論的考察」　学林三九

小南一郎　「「霍小玉伝」に見る唐代伝奇小説の挫折」桃の会論集二
太平広記研究会　「『太平広記』訳注（4）巻三百八十八「悟前生」（2）」中国学研究論集一三
太平広記研究会　「『太平広記』訳注（5）巻一百九十一「驍勇」（1）」中国学研究論集一四
高西成介　「唐代小説に見られる致富譚について」中国中世文学研究四五（小尾郊一博士追悼特集）
髙橋文治　「その後の『柳毅伝』」桃の会論集二
藤井良雄、Chen Zhong　「孫次舟「『長恨歌』と『長恨歌伝』とを読み解く」訳注」福岡教育大学紀要、第一分冊、文科編五三
増子和男　「唐代伝奇「無双伝」に関する一考察——仮死薬を中心として（下）」中国詩文論叢二三
溝部良恵　「牛粛『紀聞』について——「呉保安」を中心に」中唐文学会報一一
宮本俊澄、古川絹子、水上裕子　「無刊記本の刊行時期確定についての一方法——『長恨歌伝』を例として」（二〇〇三年度〔私立大学図書館協会〕東地区研究部　研究分科会報告大会）私立大学図書館協会会報一二二

二〇〇五年

〈単行書〉

成瀬哲生　『古鏡記・補江総白猿伝・遊仙窟』中国古典小説選四（唐代一）明治書院

〈論　文〉

赤井益久　「伝奇と筆記——中国小説史の主題に即して」國學院雑誌一〇六—一一
岡田充博　「「板橋三娘子」考（3）補訂」東洋古典学研究二〇
角谷聰　「『三国志演義』における英雄描写——『太平広記』驍勇部との比較を通して」中国中世文学研究四八
加藤敏　「伝奇小説——「杜子春」の想像力」田部井文雄編『漢文教育の諸相——研究と教育の視座から』大修館書店
太平広記研究会　「『太平広記』訳注（6）巻一百九十二「驍勇」（2）」中国学研究論集一五
田中美佐　「『太平広記』にみえる陸羽史料の解説及び訳注」近畿大学短大論集三八—一

二〇〇六年

〈単行書〉

黒田真美子　『枕中記・李娃伝・鶯鶯伝他』中国古典小説選五（唐代二）明治書院

〈論　文〉

赤井益久　「「枕中記」校辯」中国古典研究五一

岡田充博　「「板橋三娘子」考（4）補訂」東洋古典学研究二二

岡本不二明　「異類たちの饗宴—唐代伝奇「東陽夜怪録」を手がかりに」中国文史論叢二

今場正美、尾崎裕　「『太平広記』夢部訳注（1）」学林四三

今場正美、尾崎裕　「『太平広記』夢部訳注（2）」学林四四

坂口三樹　「「李徴」の変容——「人虎伝」本文の生成に関する覚書」中国文化六四

静永健　「白居易の青春と徐州、そして女妖任氏の物語」中国文学論集三五

太平広記研究会　「『太平広記』訳注（7）巻二百八十三「巫」附「厭呪」」中国学研究論集一六

太平広記研究会　「『太平広記』訳注（8）巻二百八十四「幻術」（1）」中国学研究論集一七

屋敷信晴　「『太平広記』明野竹斎鈔本について——巻三「漢武帝」を中心に」中国中世文学研究四九

二〇〇七年

〈論　文〉

大橋由治　「文言小説研究序説——『太平広記』（1）」大東文化大学紀要、人文科学四五

岡田充博　「「板橋三娘子」考（5）補訂」東洋古典学研究二四

岡本不二明　「書評 陳珏『初唐伝奇文鈎沈』」中国文史論叢三

河田聡美　「「犬」と「狗」——『太平広記』『全唐詩』に登場するイヌたち」立教大学ランゲージセンター紀要一七

黄　暐　「王夫之の雑劇『龍舟會烈女報冤』をめぐって——唐代伝奇『謝小娥伝』から清雑劇まで」神奈川大学大学院言語と文化論集一三

今場正美　「二人同夢——志怪・伝奇における夢の役割」学林四五
今場正美、尾崎裕　「『太平広記』夢部訳注（3）」学林四五
塩卓悟　「唐宋代の屠殺・肉食観——『太平広記』『夷堅志』を手掛かりに」史泉一〇五
塩卓悟　「唐宋文言小説と内藤湖南——『太平広記』を中心に（特集　日本庶民文芸と中国）——（日本人は自らの文芸に如何に中国文化を織り込んだか）」アジア遊学一〇五
曹述燮　「富貴功名、得志顕達的展開——通過《枕中記》及其系列作品的分析」愛知淑徳大学論集、文化創造学部・文化創造研究科篇七
太平広記研究会　「『太平広記』訳注（9）巻二百八十五「幻術」（2）」中国学研究論集一八
太平広記研究会　「『太平広記』訳注（10）巻二百八十六「幻術」（3）」中国学研究論集一九
西川幸宏　「サルの異類婚姻譚と「白猿伝」」アジア学科年報（追手門学院大学）一
前田あゆみ　「唐代伝奇小説「離魂記」論」福岡教育大学国語科研究論集四八
屋敷信晴　「唐代伝奇と日本文化——「枕中記」の受容をめぐって（特集　日本庶民文芸と中国）——（日本人は自らの文芸に如何に中国文化を織り込んだか）」アジア遊学一〇五
安田真穂　「小説の中に描かれる「妬」——『妬記』を中心に」研究論集八五

二〇〇八年

〈単行書〉

溝部良恵　『広異記　玄怪録　宣室志他』中国古典小説選六（唐代三）明治書院

〈論　文〉

赤井益久　「「杜子春伝」臆説」中国古典研究五三
黄冬柏　「伝奇から話本へ——鶯鶯物語の変遷を中心に」中国文学論集三七
三枝茂人　「『飛燕外伝』成書年代・作者考」中国文学報七五

塩卓悟　「関西大学図書館内藤文庫蔵『太平広記』について」汲古五四
下定雅弘　「「鶯鶯伝」をどう読むか？――「情の賦」との関係を中心に」岡山大学文学部紀要五〇
太平広記研究会　「『太平広記』訳注（11）巻二百八十七「幻術」（4）」中国学研究論集二〇
太平広記研究会　「『太平広記』訳注（12）巻二百八十八「妖妄」（1）」中国学研究論集二一
陳　翀　「《麗情集》所収伝奇小説篇目敍略補正（1）」中唐文学会報一五
西尾和子　「典拠資料に見る『太平広記』の性格――『太平御覧』との比較から」和漢語文研究六
福田素子　「六朝・唐代小説中の転生復讐譚――討債鬼故事の出現まで」東方学一一五
溝部良恵　「森槐南の中国小説史研究について――唐代以前を中心に」中国研究一
向島成美　「唐代伝奇「枕中記」をめぐって」漢文教室一九四
屋敷信晴　「『太平広記』訳注――巻四百十八「龍」一（上）」国語国文学研究四三

二〇〇九年

〈論　文〉

今場正美、尾崎裕　「『太平広記』夢部訳注（5）」学林四九
下定雅弘　「「河間伝」をどう読むか？――女性のすさまじい性欲と末尾の訓戒」岡山大学文学部紀要五一
下定雅弘　「「長恨歌伝」をどう読むか？――楊貴妃像の検討を中心に」岡山大学文学部紀要五二
太平広記研究会　「『太平広記』訳注（13）巻二百八十九「妖妄」（2）」中国学研究論集二二
太平広記研究会　「『太平広記』訳注（14）巻二百九十「妖妄」（3）」中国学研究論集二三
太平広記読書会　「『太平広記』訳注――巻四百十八「龍」一（下）」国語国文学研究四四
張　芸　「唐代の筆記・小説における〝見〟について」古代学一
戸倉英美、上原究一、鈴木弥生、武井遥香、鈴木政光　「『太平広記』を読む――虎に食べられそうになる話」東京大学中国語中国文学研究室紀要一二

西尾和子　「『太平広記』と『太平御覧』の境界――『晋書』と『南史』を手がかりに」和漢語文研究七

葉山恭江　「「南柯太守伝」の時空と語りの枠――生き直させられた夢」集刊東洋学一〇二

別宮章子　「唐代伝奇研究――「紅綫」にみる侠義小説の特徴」日本文学一〇五

二〇一〇年

〈論　文〉

許　飛　「唐代小説に見られる「紙銭」」中国中世文学研究五七

今場正美、尾崎裕　「『太平広記』夢部訳注（6）」学林五〇

今場正美、尾崎裕　「『太平広記』夢部訳注（7）」学林五一

今場正美、尾崎裕　「『太平広記』夢部訳注（8）」学林五二

澤崎久和　「『文苑英華』所収『麗情集』「長恨歌伝」の本文について」（特集　長恨歌――愛と死の文学）白居易研究年報一一

下定雅弘　「『麗情集』「長恨歌伝」と『文集』「長恨歌伝」」中国文史論叢六

太平広記研究会　「『太平広記』訳注（15）巻二百九十一「神」（1）」中国学研究論集二四

太平広記研究会　「『太平広記』訳注（16）巻二百九十二「神」（2）」中国学研究論集二五

太平広記読書会　「『太平広記』訳注――巻四百十九「龍」二（上）」国語国文学研究四五

土屋英明　「Book Review 古体小説叢刊『遊仙窟校注』の内容――〔唐〕張文成撰、李時人・詹緒左校注『遊仙窟校注』（古体小説叢刊）」東方三五七

西山猛　「『遊仙窟』における主人公の呼称」比較社会文化一六

二〇一一年

〈単行書〉

岡本不二明　『唐宋伝奇戯劇考』汲古書院

〈論　文〉

岡田充博　「「板橋三娘子」校注稿」横浜国立大学教育人間科学部紀要Ⅱ、人文科学一三
岡本不二明　「唐代伝奇「南柯太守伝」に於ける夢と時間の一考察」中国文史論叢七
岡本不二明　「審雨堂の謎――「南柯太守伝」異聞」岡山大学文学部紀要五六
塩卓悟　「国立公文書館蔵『太平広記』諸版本の所蔵系統」汲古五九
太平広記研究会　「『太平広記』訳注（17）巻二百九十三「神」（3）」中国学研究論集二六
太平広記研究会　「『太平広記』訳注（18）巻二百九十四「神」（4）」中国学研究論集二七
太平広記読書会　「『太平広記』訳注――巻四百十九「龍」二（下）」国語国文学研究四六

二〇一二年

〈単行書〉

岡田充博　『唐代小説「板橋三娘子」考――西と東の変驢変馬譚のなかで』知泉書館

〈論　文〉

赤井益久　「書評　岡田充博著『唐代小説「板橋三娘子」考――西と東の変驢変馬譚のなかで』」中国文学報八二
岡本不二明　「宋詩にみえる「枕中記」の影響について」岡山大学文学部紀要五八
今場正美、尾崎裕　「『太平広記』夢部訳注（9）」学林五五
塩卓悟　「中央研究院附属図書館所蔵『太平広記』の諸版本――傅斯年図書館を中心に」中国学研究論集二九
太平広記研究会　「『太平広記』訳注（19）巻二百九十五「神」（5）」中国学研究論集二八
太平広記研究会　「『太平広記』訳注（20）巻二百九十六「神」（6）」中国学研究論集二九
太平広記読書会　「『太平広記』訳注――巻四百二十「龍」三（上）」国語国文学研究四七
高西成介　「『太平広記』訳注（稿）――巻四百「宝」部金上（上）」高知県立大学紀要六一
西尾和子　「北宋期における『太平広記』の受容形態――『玉海』太平広記条に見る王応麟自注の検証を中心に」和漢語文研究一〇

葉山恭江　「物語に介入する語り手――唐代伝奇「南柯太守伝」に含まれる二つの焦点化」大東文化大学漢学会誌五一（池田教授・三浦教授退休記念号）

葉山恭江　「「古鏡記」の語り――語り手王度に語られた王度と王勣」中国古典小説研究一七

葉山恭江　「日本における唐代伝奇研究の現状と課題（付唐代伝奇関係文献目録二〇〇〇～二〇一〇）」大東文化大学中国学論集三〇

三田明弘　「『太平広記』の全体構造における笑話の意味」日本女子大学紀要、人間社会学二三

二〇一三年

〈単行書〉

富永一登　『中国古小説の展開』研文出版

〈論　文〉

赤井益久　「唐伝奇「崑崙奴」芻義」中国古典研究五五

岡本不二明　「鄭の荘公の物語――『左伝』と唐代伝奇」中国文史論叢九

今場正美、尾崎裕　「『太平広記』夢部訳注（10）」学林五六

太平広記研究会　「『太平広記』訳注（21）巻二百九十七「神」（7）」中国学研究論集三〇

太平広記研究会　「『太平広記』訳注（22）巻二百九十七「神」（8）」中国学研究論集三一

太平広記読書会　「『太平広記』訳注――巻四百二十「龍」三（下）」国語国文学研究四八

趙倩倩　「『太平広記』所収「金牛」「銀牛」故事考」早稲田大学大学院教育学研究科紀要　別冊二一

西尾和子　「北宋末期から南宋期における『太平広記』の受容形態」和漢語文研究一一

野池彩名　「唐代伝奇に見られる女性像」長野国文二一

二〇一四年

〈単行書〉

小南一郎　『唐代伝奇小説論――悲しみと憧れと』岩波書店

〈論　文〉

岡本不二明　「「李娃伝」と鞭――平康里・曲江池・剣門」中国文史論叢一〇
今場正美、尾崎裕　「『太平広記』夢部訳注（11）」学林五八
大角哲也　「唐代小説集『纂異記』考釈（2）浮梁張令――官吏の汚職さらに崋山神一族の堕落・浮気・横恋慕」中国中世文学研究六三・六四
佐野誠子　「「任氏伝」の長安」中唐文学会報二一
太平広記研究会　「『太平広記』訳注（23）巻三百「神」（9）」中国学研究論集三二
太平広記研究会　「『太平広記』訳注（24）巻三百「神」（10）」中国学研究論集三二
太平広記読書会　「『太平広記』訳注――巻四百二十「龍」四（上）」国語国文学研究四九
高西成介　「『太平広記』訳注（稿）――巻四百「宝」部金上（中）」高知県立大学紀要、文化学部編六三
中純子、幸福香織　「『太平広記』楽部訳注稿（1）」中国文化研究三〇
西尾和子　「南宋期における『太平広記』受容の拡大要因について」日本中国学会報六六
葉山恭江　「「謝小娥伝」の語り――語り手「余」と作中人物「余」の関係」大東文化大学漢学会誌五三（林教授退休記念号）
屋敷信晴　「唐代龍類小説に於ける龍王像の変容――「龍の信義」と創作性をめぐって」中国中世文学研究六三・六四

主要参考文献

日本【論文】

古鏡記

(1) 荘司格一「「古鏡記」成立の背景――中世における鏡の説話」『山形大学紀要人文科学』一一―一、一九八六
(2) 小南一郎「王度『古鏡記』をめぐって――太原王氏の伝承――」『東方学報』六〇、一九八八

枕中記

(3) 近藤春雄「唐代小説について――枕中記・南柯太守伝・謝小娥伝」『愛知県立女子大学・愛知県立女子短期大学紀要、語学・文学』一五、愛知県立女子大学、一九六五
(4) 内山知也「沈既済と小説」『東方学』三二、東方学会、一九六六
(5) 乾一夫「枕中記の構想――唐代伝奇小説の世界――」中国古典文学研究会編『文学と哲学のあいだ』笠間書院、一九七八
(6) 竹田晃「枕中記――真と反の間――」伊藤漱平編『中国の古典文学』東京大学出版会、一九八一
(7) 下定雅弘・森本早織「盧生は何を知ったのか?――『枕中記』の主題」『中国文化論叢』九、帝塚山学院大学中国文化研究会、二〇〇〇
(8) 松尾善弘「「荘周の夢」で解く「枕中記」」『中国文化論叢』十、帝塚山学院大学中国文化研究会、二〇〇一
(9) 赤井益久「「枕中記」校辯」『中国古典研究』五一、中国古典学会、二〇〇六

南柯太守伝

(10) 若林建志「『南柯太守伝』の言語について」『東洋大学紀要、教養課程篇』三八、一九九九
(11) 尾崎裕「「枕中記」と「南柯太守伝」――その《枠》を手がかりに――」『学林』三三、中国芸文研究会、二〇〇一
(12) 岡本不二明「唐代伝奇と樹木信仰――槐の文化史――」『岡山大学文学部紀要』四〇、二〇〇三

(13) 池田智恵「李公佐研究——先行研究整理を中心に」『中国古籍文化研究』二、二〇〇四

謝小娥伝

(14) 赤井益久「謝小娥伝札記」『中国古典研究』二七、一九八二
(15) 松崎治之「中国復讐譚論考——唐代小説『謝小娥伝』をめぐって」『国際文化研究所論叢』二（筑紫女学園大学）一九九一

唐代伝奇

(16) 内山知也「中唐小説の二つの傾向について」『小尾博士古稀記念中国学論集』汲古書院、一九八三
(17) 繁原央「唐代伝奇小説の描写法」『國學院雑誌』九七—一一、一九九六
(18) 尾崎裕「志怪・伝奇の夢について——『太平記』「夢」所収の話を手がかりとして」『学林』三二、中国芸文研究会、二〇〇〇
(19) 尾崎裕「唐代伝奇の語りに関する物語論的考察」『学林』三九、中国芸文研究会、二〇〇四

中国小説

(20) 平井博「叙法から見た魯迅の一人称小説——唐代伝奇、晩清小説と対比しつつ」『人民文学報』二七三—三、一九九六
(21) 小南一郎「中国古典文学研究の可能性——民衆文芸への視点——」『東方学』一〇〇号、二〇〇〇
(22) 津守陽「「郷土」をめぐる時間形式——沈従文と「不変の静かな郷村」像」『日本中国学会報』六一、二〇〇九年

日本【単行書】

訳注書

(23) 塩谷温『晋唐小説』（国訳漢文大成　文学部第一二巻）国民文庫刊行会、一九二〇
(24) 前野直彬『六朝・唐・宋小説集』（中国古典文学全集）平凡社、一九五九
(25) 前野直彬『唐代伝奇集一・二』（東洋文庫）平凡社、一九六三

(26) 前野直彬『六朝・唐・宋小説選』（中国古典文学大系）平凡社、一九六三
(27) 吉川幸次郎編『中国古小説集』（世界文学大系七一）筑摩書房、一九六四
(28) 内田泉之助・乾一夫『唐代伝奇』（新釈漢文大系）明治書院、一九七一
(29) 西岡晴彦・高橋稔『六朝・唐小説集』（中国の古典）学習研究社、一九八二
(30) 今村与志雄『唐宋伝奇集（上）（下）』（岩波文庫）岩波書店、一九八八
(31) 成瀬哲生『古鏡記・補江総白猿伝・遊仙窟〈唐代Ⅰ〉』（中国古典小説選四）明治書院、二〇〇五
(32) 黒田真美子『枕中記・李娃伝・鶯鶯伝〈唐代Ⅱ〉』（中国古典小説選五）明治書院、二〇〇六
(33) 溝部良恵『広異記・玄怪録・宣室志〈唐代Ⅲ〉』（中国古典小説選六）明治書院、二〇〇八

小説史等

(34) 塩谷温『支那文学概論講話』大日本雄弁会、一九一九
(35) 石田幹之助『増訂　長安の春』（東洋文庫）平凡社、一九六七
(36) 前野直彬編『中国文学史』東京大学出版会、一九七五
(37) 内山知也『隋唐小説研究』木耳社、一九七七
(38) 内田道夫『中国小説研究』評論社、一九七七
(39) 近藤春雄『唐代小説の研究』笠間書店、一九七八
(40) 狩野直喜『支那小説戯曲史』みすず書房、一九九二
(41) 中里見敬『中国小説の物語論的研究』汲古書院、一九九八
(42) 向島成美『漢詩のことば』大修館書店、一九九八
(43) 後藤秋正・松本肇編『詩語のイメージ』東方書店、二〇〇〇
(44) 大形徹『魂のありか　古代中国の霊魂観』角川書店、二〇〇〇
(45) 竹田晃『中国小説史入門』（岩波テキストブックス）岩波書店、二〇〇二

(46) 岡本不二明『唐宋の小説と社会』汲古書院、二〇〇三
(47) 小松謙『現実の浮上――「せりふ」と「描写」の中国文学史』汲古書院、二〇〇七
(48) 岡本不二明『唐宋伝奇戯劇考』汲古書院、二〇一一
(49) 岡田充博『唐代小説「板橋三娘子」考――西と東の変驢変馬譚のなかで』知泉書館、二〇一二
(50) 富永一登『中国古小説の展開』研文出版、二〇一三

その他（方法論）

(51) ジェラール・ジュネット著　花輪光・和泉涼一訳『物語のディスクール――方法論の試み――』水声社、一九八五
(52) ジェラール・ジュネット著　神郡悦子・和泉涼一訳『物語の詩学――続・物語のディスクール』水声社、一九九七
(53) ボリス・ウスペンスキイ著　川崎浹・大石雅彦訳『構成の詩学　芸術テクストの構造と構成的形式のタイポロジー』法政大学出版局、一九八六
(54) ジャン＝ミシェル・アダン著　末松壽・佐藤正年訳『物語論――プロップからエーコまで』白水社、二〇〇四
(55) アントワーヌ・コンパニョン著、中地義和・吉川一義訳『文学をめぐる理論と常識』岩波書店、二〇〇七
(56) 諏訪裕『ナラトロジーの理論と実践――フローベール『まごころ』を読む』近代文芸社、二〇〇七
(57) 廣野由美子『視線は人を殺すか――小説論一一講』（ミネルヴァ歴史・文化ライブラリー）ミネルヴァ書房、二〇〇八

中国【単行書】

(58) 李昉等編『談愷本太平広記』国家図書館出版社、二〇〇九
(59) 李昉等編、張国風会校『太平広記』北京燕山出版社、二〇一一
(60) 魯迅『唐代伝奇集』（『中国古小説集』（世界文学大系）筑摩書房に吉川幸次郎の訳）
(61) 魯迅『中国小説史略』、一九二四（『魯迅全集十二』収録、学習研究社、一九八六、今村与志雄訳『中国小説史略　上下』筑摩学芸文庫、一九九七、中島長文訳注『中国小説史略　1・2』東洋文庫、平凡社、一九九七）

(62) 祝秀侠『唐代伝奇研究』中華文化出版事業委員会、一九五七
(63) 劉開栄『唐代小説研究』商務印書館、一九六四
(64) 朱沛蓮『唐人小説』遠東図書公司、一九七四
(65) 王夢鷗『唐人小説研究1〜4』芸文印書館、一九七一、七三、七四、七八
(66) 汪辟疆『唐人小説』上海古籍出版社、一九七八
(67) 呉志達『唐人伝奇』一九七一（赤井益久訳『唐伝奇入門』日中出版、一九八五）
(68) 李宗為『唐人伝奇』中華書局、一九八五
(69) 卞孝萱『唐代文史論叢』山西人民出版、一九八六
(70) 程毅中『唐代小説史話』文化藝術出版社、一九九〇
(71) 李剣国『唐五代志怪伝奇叙録』南開大学出版社、一九九三
(72) 張鶴友『唐宋伝奇選』人民文学出版社、一九九七
(73) 王平『中国古代小説叙事研究』河北人民出版社、二〇〇一
(74) 袁閭琨・薛洪勣主編『唐宋伝奇総集』河南人民出版社、二〇〇一
(75) 蔡守湘『唐人小説選注』里仁出版社、二〇〇二
(76) 卞孝萱『唐人小説与政治』鷺江出版社、二〇〇三
(77) 陳平原『中国小説叙事模式的転変』（文学史研究叢書）北京大学出版社、二〇〇三
(78) 李鵬飛『唐代非写実小説之類型研究』北京大学出版社、二〇〇四
(79) 張国風『《太平広記》版本考述』中華書局、二〇〇四
(80) 中丹『叙事学与小説文体学研究』（第三版）北京大学出版社、二〇〇四
(81) 胡亜敏『叙事学』（文学理論批評建設叢書）華中師範大学出版社、二〇〇四
(82) 康韻梅『唐代小説承衍的叙事研究』台湾里仁書局、二〇〇五

(83) 林驊・王淑艶編選『唐伝奇新選』湖北教育出版社、二〇〇六
(84) 姜宗妊『談夢――以中国古代夢観念評析唐代小説』南開大学出版社、二〇〇六
(85) 江守義『唐伝奇叙事』安徽人民出版社、二〇〇六
(86) 中国社会科学院文学研究所纂、呉庚舜・董乃斌主編『唐代文学史』人民文学出版社、一九九五年十二月北京第一版、二〇〇六年第三次印刷
(87) 王先霈・王又平主編『文学理論批評術語滙釈』高等教育出版社、二〇〇六
(88) 李剣国主編『唐宋伝奇品読辞典』上・下　新世界出版社、二〇〇七
(89) 李剣国・陳洪主編『中国小説通史』高等教育出版社、二〇〇七

初出一覧

序　論　第二章　日本における唐代伝奇研究の現状と課題
原題「日本における唐代伝奇研究の現状と課題（付唐代伝奇関係研究論文目録）」『大東文化大学中国学論集』第三〇号、二〇一二年十二月

第一部　第三章「謝小娥伝」の語り——語り手「私」と作中人物「私」の関係
原題「謝小娥伝」の語り——語り手「余」と作中人物「余」の関係」『大東文化大学漢学会誌』第五三号、二〇一四年三月

第二部　第一章「古鏡記」語り手に王度に語られた王度と王勣の物語
原題「「古鏡記」の語り——語り手王度に語られた王度と王勣——」『中国古典小説研究』第一七号、二〇一二年十二月

第二部　第二章「南柯太守伝」の時空と語りの枠——生き直しをさせられた夢
原題「「南柯太守伝」の時空と語りの枠——生き直させられた夢——」『集刊東洋学』第一〇二号、二〇〇九年十月

第二部　第三章「南柯太守伝」に含まれる二つの焦点化——物語に介入する語り手
原題「物語に介入する語り手——唐代伝奇「南柯太守伝」に含まれる二つの焦点化——」『大東文化大学漢学会誌』第五一号、二〇一二年三月

以上、本書にまとめるにあたり、加筆修正した。

あとがき

本書は、二〇一四年三月に大東文化大学大学院文学研究科にて学位を受けた博士論文『唐代伝奇における語り――語り手と物語世界の関係』をもとにしたものです。ここにまとめたものが、学問的な批判を受けることを願っています。

唐代伝奇を読み始めたのは、指導教授である門脇廣文先生が開講している中国小説史の授業を受けたことからでした。前期には小説史の流れを学び、後期は先行研究を踏まえて「李娃伝」を解釈するというものでした。

その過程で、「枕中記」の盧生が、夢を見る前と夢から覚めた後とで人生に対する考え方を変えることに興味を覚え、現実世界と夢の世界の関係についてレポートをまとめました。次いで、「枕中記」と似ていると言われている「南柯太守伝」を読み始め、修士論文として提出したのが、本書へつながる第一歩でした。

そのころに読んだのが、中里見敬氏『中国小説の物語論的研究』や、尾崎裕氏「唐代伝奇の語りに関する物語論的考察」です。こうして「物語論」という文学批評理論を用いた先行研究を知ったことにより、その後の方向性が定まってゆきました。したがって、お二方の研究なくして本書はなかったと思います。

その後、北京大学の中文系に高級進修生として留学する機会を得たことも、「物語論」を方法とする後押しになりました。中国において「叙事学（物語論）」は、文学批評理論のひとつとして確かに活用されていることを実感したからです。中国語で出版された「叙事学」に関する高等教育向けの教科書からは、フランス語による原著から日本語訳された書物に学ぶだけでは理解が十分でなかった部分や、中国語に特徴的な表現について理解を深めることができました。

その留学中、溝口雄三先生の訃報にふれました。先生には学部三年次のゼミでご指導いただきました。溝口先生が『方法としての中国』において「素手で入る」と述べているのは、先入観に囚われた自己に無自覚なまま、過去の事績を現在の価値観で評価することへの警鐘であったと思います。その教えは胸に刻まれていますが、対象に向きあうときに、何の方法も持たずに「素手で入る」ことはできないという思いもありました。そのことは、依って立つところを明らかにした小説読解を試みることになった遠因となっています。

学位の審査には、主査 門脇廣文先生、副査 馬場英雄先生、中川諭先生、九州大学大学院言語文化研究院 中里見敬先生にあたっていただきました。口頭試問では、先生方のご専門の立場から、多くのご教示をいただきましたこと、厚く御礼申し上げます。本書に反映いたしましたが、未達の部分については今後の課題といたします。

学部の頃より長年ご指導いただいている門脇廣文先生には、大学院の在学中、常に研究を博士論文としてまとめ上げることを最優先すべきこととして、ひとかたならぬご鞭撻を賜りました。感謝の念に堪えません。先生のもとで、ゼミの先輩や仲間と議論を重ね、また院生会の活動を通じて意見を交わし、考えを深めることができました。さらに、学会発表においては、多くの先生方よりご教示いただきました。恵まれた環境に学べたことに感謝しております。

最後に、出版にあたり汲古書院の三井久人社長ならびに柴田聡子さんにたいへんお世話になり、ありがとうございました。また、折に触れて叱咤勉励くださった諸先生方、お名前を挙げきれないすべての方々に感謝申し上げます。

二〇一六年三月四日

葉山恭江

索　引

物語論用語索引

書名・作品名索引

人名索引

【著者紹介】
葉山　恭江（はやま　ゆきえ）
1974年生まれ、長野県に育つ。大東文化大学文学部中国文学科卒業。
2014年3月大東文化大学大学院文学研究科中国学専攻博士課程後期課程修了。
博士（中国学）。現在、大東文化大学文学部中国学科助教。

唐代伝奇を語る語り手
——物語の時間と空間——

二〇一六年十二月二十三日　発行

著　者　葉山恭江
発行者　三井久人
整版印刷　三松堂株式会社
発行所　汲古書院
〒102-0072　東京都千代田区飯田橋二―五―四
電　話　〇三（三二六五）九七六四
FAX　〇三（三二二二）一八四五

ISBN978-4-7629-6581-4 C3098